ハヤカワ文庫SF
〈SF2174〉

アルマダ
〔上〕

アーネスト・クライン
池田真紀子訳

早川書房

8151

ARMADA

by

Ernest Cline

Translated by

Makiko Ikeda

First published 2018 in Japan by

HAYAKAWA PUBLISHING, INC.

This book is published in Japan by

arrangement with

FOUNDRY LITERARY + MEDIA

through TUTTLE-MORI AGENCY, INC., TOKYO.

僕が知るもっとも勇敢な人物
アメリカ海兵隊少佐エリック・T・クラインに
弟よ　つねに忠実であれ《semper Fi》

アルマダ
〔上〕

オンラインゲーム《アルマダ》
地球防衛同盟軍（EDA）
パイロットランキング

01 RedJive
02 MaxJenius
03 Withnailed
04 Viper
05 Rostam
06 IronBeagle
07 Whoadie
08 CrazyJi
09 AtomicMom
10 Kushmaster5000

PHASE ONE

唯一正当なコンピューターの使い道は、ゲームである。

——ユージン・ジャーヴィス（『ディフェンダー』クリエーター）

1

空飛ぶ円盤が出現したのは、教室の窓からぼんやり外をながめて、大冒険に出る白昼夢にふけっているときだった。

いったん目をつむった。また開いて、空の同じところをもう一度確かめた。円盤はまだ飛んでいた。ぴかぴか光る銀色の円盤が空にジグザグ模様を描いている。その動きを目で追いかけようとしても、とてもついていけない。円盤はますます速度を増し、ありえない角度で方向転換を繰り返していた。人間が乗っているなら、きっとシェイクされてジュースになっているだろう。円盤は流れ星みたいに空をすっと横切ったかと思うと、地平線のすぐ上でふいにぴたりと静止した。遠くの木立の上空に何秒かホバリングし、真下の地面に向けて見えないビームを照射して何か探査でもしているみたいだったが、まもなくまたも唐突に上昇した。そしてさっきと同じように物理の法則をことごとく否定するような進路とスピードで飛び回った。

僕は自分に言い聞かせた。落ち着け、落ち着けよ。疑う心を忘れちゃいけない。僕は科学的な人間なんだから。理科の成績はCだけど。

空飛ぶ物体をふたたび凝視した。正体はやはりわからないが、何じゃないかはわかる。あれは隕石《いんせき》じゃない。気象観測の気球でもなければ、沼気《しょうき》でも球電でもない。僕のこの二つの眼《まなこ》に映っているあの未確認飛行物体は、間違っても地球のものじゃない。

僕の頭に最初に浮かんだ考えは——**おい、うそだよな。**

それを追いかけるように浮かんできた次の考えは——**信じられない、ついに現実になろうとしているらしいぞ。**

幼稚園に初めて登園した日からずっと、待ち続けてきた。一発で世界がひっくり返るようなぶっ飛んだできごとが起きないかと。学校教育というエンドレスの退屈を吹き飛ばしてくれるような大事件が、いつか僕の身に起きてくれないかと。学校の周囲に広がる平和な造成地を何百時間もぼんやりながめては、ゾンビがわらわらと押し寄せてこの世が地獄に変わる瞬間をひそかに夢見てきた。何かとんでもない事故が起きて、僕に超能力が備わったりするのでもかまわない。映画『バンデットQ』の時空を股にかけるドワーフの窃盗団が襲来するのでもいい。

他人《ひと》には打ち明けにくい僕の白昼夢の、大まかに言って三つに一つには、別世界の住人の予期せぬ訪問がからんでいる。

もちろん、そんなことが現実に起きるなんて本気で信じたことはない。どこか別の星の住人が、おおよそ取るに足らないこの青と緑のちっぽけな惑星にちょいと立ち寄ってみるかと思いつくことがあったとしても、その宇宙人が自尊心というものをわずかでも持ち合わせているなら、僕の生まれ故郷、オレゴン州ビーヴァートン、またの名を〝アメリカを代表するあくびタウン〟を第一接触《ファーストコンタクト》の地に選ぶことはありえない――地球文明絶滅プロジェクトの第一歩として、この街の退屈そのものの住人を一掃してやろうというのでもないかぎり。ルーク・スカイウォーカーの言葉を借りれば、宇宙のどこかに輝ける中心が存在するとしたら、この惑星はその中心からもっとも離れた場所にあるんだから。〝ベルーおばさん、悪いけどブルーミルクを取ってもらえる?〟。

ところが、奇跡が起きた――よりによってこの町で。その奇跡はいま、僕の目の前で進行中だ。空飛ぶ円盤が現れた。僕はそれを目撃している。

しかも、そいつはどうやらこっちに近づいているようだ。

肩越しにちょっと振り向いて、すぐ後ろの席に座っている僕の親友たち、クルーズとディールの様子を盗み見た。ひそひそ声で何やら議論の最中らしく、どちらも窓のほうは見ていない。外を見てみろと合図しようかという考えも頭をよぎったが、そのあいだに円盤が消えてしまったら——？　僕自身がその行方を追うチャンスを逃したくない。

窓の外に視線を戻した。ちょうどそのとき、銀色のまばゆい光がまた一つ閃《ひらめ》いた。空飛ぶ円盤ははるか上空を水平に横切ったかと思うと急にぴたりと止まり、すぐそこの空き地の上にしばし浮かんだ。そしてまた高速で動き出した。止まる。動く。止まる。動く。

見間違いじゃない。じりじりこっちに近づいてきている。円盤の形がはっきり見て取れるようになった。まもなく円盤が一瞬だけ機体を大きく傾けた。そこで初めて全体が鮮明に見えた。いわゆる〝円盤〟じゃない。その角度で見ると、左右対称になった船体は、両刃の斧《おの》に似ていた。縁《へり》がぎざぎざした細長い翼が左右に伸び、その付け根の部分にはめこまれた黒い八角形のプリズムが朝の陽光を受けて、暗黒の宝石といった風情できらめいている。

脳神経がショートしたような感覚に襲われた。飛行物体のあの独特の形状に見覚えがある。それはこの数年、毎晩のように照準器越しに凝視してきた輪郭だった。いま、僕が目で追っている物体は、ソブルカイ星軍グレーヴ・ファイター——僕がはまっているオンラインゲーム、《アルマダ》の敵キャラ異星人が操る戦闘機の一種だ。

もちろん、現実にそんなことはありえない。『スター・ウォーズ』のTIEファイター《タイ》や『スター・トレック』のクリンゴン帝国のウォーバードがそのへんの空をのんびり飛んでいたりしないのと同じだ。ソブルカイ星人もグレーヴ・ファイターも、コンバットゲームのなかの架空の存在であって、現実の世界には存在しない。というか、存在しようがない。ゲームがリアルな世界にはみ出してきたり、架空の宇宙船がきみの住む街をかすめて飛んでいったりなんてことは、現実には起きない。そういうむちゃくちゃなことが起きるのは、一九八〇年代の安っぽいSF映画、たとえば『トロン』や『ウォー・ゲーム』、『スター・ファイター』──そう、僕の死んだ父さんが夢中になって見ていたような映画のなかだけの話だ。

ぴかぴか光る宇宙船がまた一つ大きく旋回して、全体像がさらに明瞭に見えた。やっぱり間違いない。あれはグレーヴ・ファイターだ。胴体部分に刻まれた鉤爪《かぎづめ》みたいな独特の溝、牙みたいに前方に突き出した二門のプラズマ砲。何もかもそっくりだった。

ロジカルな説明は一つしか考えられない。これは幻覚だ。では、ドラッグも酒もやらずに真っ昼間から幻覚を見たりするのは、いったいどういう種類の人間だ？　頭がちょっとアレなやつ、精神活動に深刻な不調を来《きた》したやつだろう。

父さんもそういう人間の一人だったんじゃないか――僕はずいぶん前からそう疑っている。父さんの古い日誌を読んだせいだ。何冊も残されていたなかの一冊に書かれていることを読むと、晩年の父さんは妄想にとらわれていたんじゃないかとしか思えなかった。ゲームと現実の世界を区別する判断力をなくしかけていたのかもしれない。そしていま、僕もまったく同じ危機に直面しているようだ。たぶん、内心でずっと恐れていたこと――〝あの親父にして、この息子あり〟――が、ここに来てついに現実になったというだけのことなんだろうな。

薬を盛られたとか？　いや、それはありえない。今朝食べたのは、登校する車のなかで温めもせずにがっついたストロベリー味のポップタルトだけだ。コンバットゲームに出てくる架空の宇宙船の幻覚を見たというだけでもうどうかしているのに、そんなものを見た原因を甘いアイシングがかかった朝食用のペストリーに求めるとしたら、もっとどうかしている。自分のDNAという、かぎりなくクロに近い容疑者が別に挙がっている僕の場合、なおさらどうかしている。

――そう、責任は僕自身にある。これは防ごうと思えば防げた事態だ。なのに僕は、予防策を講じるどころか、その正反対のことを続けてきた。父さんの轍《てつ》をもろに踏んで、物心ついてこのかたただひたすら現実逃避主義を貫き、幻想が自分の現実にすり替わるのを喜んで受け入れてきた。そして今日、父さんに次いで、自分の浅はかさの代償を支払う時が来たというわけだ。狂った列車《クレイジー・トレイン》に乗って、本来なぞるべきレールからそれていこうとしている。〝発車オーライ《オール・アボード》！　ハハハー！〟と叫ぶオジー・オズボーンの声が聞こえてきそうだ。

それにしたって、なあ、頼むよ──僕は自分の説得を試みた。このタイミングで壊れたりするなって。だって、もうたった二カ月で卒業なんだぜ！　最終コーナーを回って、あとはホームストレートを突っ走るだけってタイミングだ。な、だからしっかりしてくれよ！

窓の向こうで、グレーヴ・ファイターがまた水平方向にすばやく動いた。機体が背の高い木立のてっぺんをかすめ、木々の枝がゆさゆさ揺れた。次に戦闘機は、低く垂れこめた分厚い雲に突入した。ものすごいスピードだったから、雲の真ん中に一瞬、円筒形の穴がくっきりと残って、雲の反対側に突き抜けた戦闘機の後ろには白雲のリボンがちぎれて翻った。

次の刹那《せつな》、戦闘機は最後に一度だけ空中でぴたりと静止したあと、ふいに真上に飛び、現れたときと同じように唐突に姿を消した。銀色に輝く軌跡だけが視野に残った。

僕はすぐには動けなかった。ほんの一秒前までグレーヴ・ファイターが飛んでいた空の一点をぽかんと見つめることしかできなかった。それから、近くに座っているクラスメートたちの様子をさりげなく確かめた。窓のほうを見ている生徒は一人もいない。グレーヴ・ファイターが本当に飛んでいたのだとしても、僕以外の誰も目撃していなかった。

窓のほうにふたたび顔を向け、銀色に輝く正体不明の飛行物体が戻ってきていないかと、なかば祈るような気持ちで何もない空にもう一度視線をめぐらせた。しかしあの物体はきれいに消えていた。どうやら、あんなものを目撃してしまった衝撃とは僕一人で向き合うしかなさそうだ。

グレーヴ・ファイターまたはその幻影を見たのをきっかけに、心のなかで小さな地滑りが起きていた。しかもそれは、互いに矛盾する無数の感情や記憶の断片が一緒くたに混じり合った巨大な雪崩《なだれ》に発展しようとしている。あふれ出した感情や記憶はすべて、父さんや、父さんの持ち物のなかにあった古い日誌と結びついていた。

正直なところ、あれを日誌と呼んでいいのかどうかわからない。それに、読み始めたはいいが、僕は途中で放り出してしまっていた。どう受け取っていいか困るような内容、書いた人物の精神状態を疑うしかないような内容だったからだ。そこで古びたノートをもとあった場所に返して、その存在ごと忘れようと試みた。そしてつい数秒前まではうまい具合にすっかり忘れていた。

ところが、思い出したが最後、僕の頭はそれに完全に占拠されてしまった。強烈な衝動に襲われた。教室から飛び出していって車に乗りこみ、家に帰ってあの日誌を探したい。そう時間はかからないはずだ。学校から家まではほんの数分の距離なんだから。

教室のドアを一瞥《いちべつ》した。その出入口を守っている人物、数学Ⅱを担当する老セイルズ先生の様子も。銀色の髪を角刈りにし、分厚いレンズが入った角縁の眼鏡をかけたセイルズ先生は、例によって無彩色の装いをしている。黒いローファー、黒いスラックス、白い半袖のワイシャツ、クリップ式の黒いネクタイ。先生はこの高校でもう四十五年以上も教えていて、その間《かん》ずっと変わることなくあのレトロな着こなしを貫いている。そのことは図書室に並んでいる卒業記念アルバムを見れば確認できる。そのセイルズ先生もついに今年度で定年退職だ。まあ、それが全員のためだろうな。先生は教える情熱を前世紀のどこかに置き忘れたまま、今世紀に来ちまったみたいだから。今日も授業の最初の五分で宿題の説明をし、残りの時間でやりなさいと指示しただけで、あとは補聴器のスイッチを切ってクロスワードパズルに没頭している。それでも、生徒がこっそり教室から抜け出そうとすればさすがに気がつくだろう。

古びた黒板の上、ライムグリーン色の煉瓦《れんが》壁にはめこまれた骨董《こっとう》級の時計を確かめた。時計はいつもどおり薄情に、終鈴までまだ三十二分あると告げていた。

このままあと三十二分もじっとしているなんて、絶対に無理だ。あんなものを見たあとだ。三十二秒だって正気を保っていられたら上出来だろう。

僕は一つ左の列に目を移した。ダグ・ナッチャーがケイシー・コックスいびりの日課に精を出していた。よりによってナッチャーのすぐ前の席を割り当てられたケイシーは、ニキビ顔をした内気なやつだった。ふだんは哀れなケイシーを言葉で愚弄《ぐろう》するだけなのに、今日のナッチャーは趣向を変えてスピットボールという古典的いやがらせにいそしんでいる。紙をちぎって唾液で固めた玉を大砲の弾よろしく机に積み上げ、ケイシーの後頭部を狙ってせっせと飛ばしていた。ケイシーの後頭部の髪の毛はすでに唾液で湿っている。一発命中するごとに、教室の後ろのほうの席に座ったナッチャーの仲間二人がうれしそうにむふふと笑い、ナッチャーの野郎はますますいい気になって砲撃に励む。

ナッチャーがそうやってケイシーをいじめているのを見ると、僕はかならず怒りで爆発しそうになる。あいつがあそこまでしつこくケイシーにちょっかいを出す理由の一つは、きっとそれだろうな。どんなに腹が立とうと僕には何もできないとわかってやっているんだ。

僕はセイルズ先生のほうをちらりと見た。まだクロスワードパズルに熱中していて、例のごとく何も気づいていない。それをいいことに、ナッチャーは日課のようにケイシーいびりに邁進《まいしん》する。おかげで僕も日課のように、ナッチャーの顎にパンチをめりこませたいという衝動と闘うはめになる。

ダグ・ナッチャーと僕は、中学校時代に起きた〝事件〟以来、徹底して接触を避けてきた。しかし今年度はついに双方の運が尽きたか、数学のクラスで一緒になった。しかも、よりによってすぐ隣の列の席を割り当てられた。僕の高校時代最後の学期を地獄に変えるために、宇宙規模の何らかの力が作用しているとしか思えない。

そう考えると、僕の元彼女《カノ》、エレン・アダムズまで同じクラスにいることにも納得がいく。エレンは、三列右、二つ後ろの席に座っている。僕の視野の端っこに入るか入らないかの位置関係だ。

エレンは僕の初恋の人で、互いの初体験の相手でもある。エレンが僕を振って隣の高校のレスリング選手に乗り換えてからそろそろ二年たつが、それでも彼女の鼻の付け根に散ったそばかすを見るたびに、あるいは目の上に落ちてきた赤い巻き毛を払いのけるしぐさが視界をかすめるたびに、失恋の痛みを思い出す。数学の授業はたいがい、同じ教室にエレンもいるということを忘れようとしているだけで終わってしまう。

宿敵と元カノにはさまれて苦悶《くもん》しながら過ごすという不運に見舞われたおかげで、月曜から金曜の七時間目の数学の授業は、僕にとってのコバヤシマル（『スター・トレック』に登場する架空の宇宙船）――精神鍛錬が主目的の、どう頑張っても絶対に合格できないテストになっている。

しかしありがたいことに、運命は、親友二人も同じクラスに配して、幸運と不運の帳尻を合わせた。クルーズとディールが一緒でなければ、僕はきっと最初の一週間さえ乗り切れずに追い詰められて、早々に幻覚を見るようになっていただろう。

また悪友たちのほうを振り返った。ひょろりと痩せて背が高いディール、ずんぐりして背が低いクルーズ。ファーストネームはどっちもマイクだ。混乱を避けるために、僕は小学校のころから二人をラストネームで呼んでいる。マイク・コンビは、僕が放心して妙なものを見る前から始めていた議論をまだ続けていた。テーマは〝映画史上いちばんクールな武器は？〟僕は二人のひそひそ声にまた耳を向けた。

「〝スティング〟？　よせよ、そもそも剣のうちに入らない」ディールが言った。「あんなの、暗闇で光るホビット用バターナイフだ。スコーンやらレンバスブレッドやらにジャムを塗る道具だろ」

クルーズがうんざり顔で天井を見上げた。「〝ホビットと一緒になってパイプ草を吸いすぎて、血の巡りが悪くなったのか〟」そう映画『ロード・オブ・ザ・リング』のせりふを引いてから、続けた。「〝スティング〟は、第一紀のゴンドリンで鍛えられたエルフの短剣だよ！　どんなものだって切れる。それにオークやゴブリンが接近すると青白く光って警告するんだ。おまえの一推し、マイティ・ソーの〝ムジョルニア〟は、いったい何を検知して警告するんだよ？　インチキ外国風アクセントか？　二十年前ならかっこよかった古くさいヘアスタイルか？」

　たったいま、自分が何を見たか話したかった。しかし、いくら親友といえども信じてもらえないだろう。そんなことを言い出すとは、ザックのやつ、やっぱり頭オカシイんじゃないのと思われるだけだ。

　しかも、それは当たっているのかもしれない。

「あのな、ソーは敵の接近なんか検知できなくたって平気なんだよ。ちびっ子《ホビット》と違って、洞穴じみたおうちに逃げこむ必要がないからな」ディールが小声で反論した。「それに、ムジョルニアには一撃で山も粉砕できる破壊力があるんだぞ。衝撃波も発生させられるし、フォースフィールドも展開できる。雷だって起こせる。しかも、どこに投げてもかならずソーの手に戻ってくるんだ。地球を貫通してでも戻ってくるんだぜ！ついでに言うと、ムジョルニアを使いこなせるのはソー一人だけだ！」そう言うと、得意顔をして椅子の上でふんぞり返った。

「ふん、スイス・アーミー・ナイフに毛が生えた程度のもんだろ。なんちゃって魔力がついてるってだけでさ」クルーズが言った。「あれなら『グリーン・ランタン』の指輪のほうがまだましじゃん！　作ってる側にしたって、バカくさいストーリーに合わせてソーが活躍できるように、ほとんど毎週あのハンマーに新しい能力を付け足さなくちゃならないし」にやりとして続ける。「ちなみに、ムジョルニアを使いこなしたキャラなら、ほかにいくらでもいる。クロスオーバー作品のなかで、ワンダーウーマンもムジョルニアを持ち上げたぞ。グーグルで調べてみるんだな、ディール！　おまえの言ってることはどれもこれも説得力ゼロだってわかるから」

ちなみに、僕ならたぶん、『エクスカリバー』の王者の剣エクスカリバーを挙げるだろう。ただ、議論に加わる気にはなれなかった。またもやナッチャーに意識が向いた。ナッチャーはケイシーを狙って次の巨大スピットボールを放とうとしているところだった。玉は唾液まみれのケイシーの後頭部に命中したあと床に落ち、そこですでに小山をなしている使用ずみミサイルの仲間入りをした。

ケイシーは、玉がぶつかった瞬間に身をこわばらせたものの、振り向いたりはせず、いっそう深く背を丸めて椅子に沈みこんだ。その真後ろで、ナッチャーは次の爆弾の発射準備を始めた。

ナッチャーの行動の背景に、酔っ払っては家族に暴力を振るうあいつの父親の存在があることは確かだろうが、どんな理由があろうと他人を傷つける言動は許されないと僕は思う。僕だって父親の問題と無縁じゃない。しかし、だからってハエを捕まえて羽をむしったりはしない。

一方で、僕は頭に血が上ると前後をすっかり忘れるというちょっとした問題を抱えている。そのせいで暴れた前歴もあって、あわせて学校の書類にもしっかり記載されていた。

ああ、そうか、それだけじゃないな。〝大好きなゲームの異星人が乗っている宇宙船の幻覚を見る〟という問題もあるんだった。

そう考えると、僕には他人の精神の健全性を云々《うんぬん》する資格はなさそうだ。

教室に視線を巡らせた。いまやケイシーの近くに座っている全員がケイシーに注目していた。ついに今日、ナッチャーに果敢に立ち向かおうとするだろうかと息を詰めて見守っている。しかしケイシーはときおり目を上げてセイルズ先生のほうをうかがうだけだった。先生はあいかわらずクロスワードに夢中で、目の前で展開している緊迫した青春ドラマにまるで気づかずにいる。

ナッチャーが次の玉を飛ばし、ケイシーは椅子にますます低く沈みこんだ。まるで少しずつ溶けていっているみたいだった。

僕は今学期ずっと続けてきたとおりのことを今日も試みた。怒りをコントロールしようと努力したんだ。ナッチャーとケイシーから意識をそらし、我関せずを貫こうとした。だが、そんなのは無理に決まっている。すぐに努力を放棄した。

ナッチャーはケイシーにしつこくいやがらせをしている。同じ教室にいる僕らは、それを知っていてただ黙って見ている。そう考えると自分がいやになった。自分だけじゃない。全人類に対して憎悪を感じた。どこかの星に知的生命体が存在したところで、こんな地球人とぜひ交流を持ちたいと思うだろうか。だって、同じ地球人同士でも相手を尊重できないんだ。昆虫じみた目をぎょろつかせた異星の生物を温かく迎えられるわけがない。

グレーヴ・ファイターのイメージが脳裏に鮮やかに蘇《よみがえ》り、全身の神経がなおいっそうざわつき始めた。今度も、どうにかなだめようと努力した。ドレイクの方程式（宇宙における知的生命体の分布を推定する方程式）を反芻《はんすう》し、フェルミのパラドックス（地球外に文明が存在する可能性は高い一方、そのいずれからも連絡がないことの矛盾）について考えてみた。この宇宙のどこかに生命体が存在することはおそらく確かだろう。しかし宇宙の規模や年齢を考慮すると、それらの生命体と接触できる確率は天文学的に低い。僕が生きているあいだに限定すれば、その確率はゼロに近くなる。僕らは当分のあいだここで――太陽から数えて三番目にある岩の塊で暮らすしかないというのはほぼ決まりだ。しかもまっしぐらに絶滅に向かっている。

顎に鋭い痛みが走った。無意識のうちに、奥歯が割れそうなくらい歯を食いしばっていたらしい。抵抗する顎をなだめるようにして、やっと力を抜いた。それから、やはりナッチャーのいじめに気づいているだろうかと、エレンの席のほうを振り返った。エレンは困ったような顔でケイシーを見つめていた。その目には同情があふれている。

その顔を見た瞬間、僕のなかで何かがぷつんと弾けた。

「おいザック、何する気だよ？」ディールがあわてた声でささやいた。「座れって！」

僕は視線を下に向けた。自分でも気づかないうちに立ち上がっていた。すぐにまたナッチャーとケイシーに目を戻した。

「そうだよ、放っとけよ！」反対の肩の後ろから、今度はクルーズのささやき声が聞こえた。「落ち着け、ザック」

しかしこの時点ではもう、僕の視界に真っ赤な怒りの膜がかかっていた。

ナッチャーに近づいた。本当はやつの髪の毛をひっつかんで、机に顔をたたきつけてやりたかった。渾身《こんしん》の力をこめて。何度も。気がすむまで。

その代わり、ケイシーの椅子のすぐ後ろの床の上で小山を作っている唾液まみれの灰色のスピットボールをごっそりすくい上げた。それを両手で押し固めて一つのボールにすると、ナッチャーの頭のてっぺんに載っけた。べしゃり！　最高に痛快な音だった。ナッチャーは跳ねるように立ち上がると、勢いよく振り返った。しかし目の前に突きつけられた顔を見て僕だとわかった瞬間、凍りついた。目を大きく見開いた。ほんの少しだけ青ざめたように見えた。

「うおぉぉぉぉ！」教室がどよめいた。中学時代に僕とナッチャーのあいだで起きた事件のことはみんな知っている。誰もがリターンマッチを期待しているのが伝わってきた。今日の七時間目の数学Ⅱは、俄然《がぜん》おもしろくなり始めている。

ナッチャーは手を頭にやって、どろどろになるまで噛んだナプキンで作った濡れた玉を確かめた。それから玉をつかむと、教室の反対側に向かって投げつけた。その道筋にいた不幸な五、六人が、はがれた紙片のつぶてを浴びた。ナッチャーと僕はにらみ合った。やつの耳の前側を、自分の唾液の小川が流れている。ナッチャーは僕をにらみつけたまま、片手で顔を拭った。

「ようやく大事なボーイフレンドに味方する気になったか、ライトマン？」ナッチャーは低い声で言った。内心の動揺を隠そうとしたつもりだろうが、声がうわずっていた。

僕は歯をむき出して一歩前に出ながら右のこぶしを振り上げた。狙ったとおりの効果があった。ナッチャーはぎくりとしただけじゃない。後ろによろめいて自分の椅子につまずき、あやうく尻餅をつきそうになった。ぎりぎりで踏みとどまると、体勢を整え直してまた僕をにらみつけた。しかし頬は決まり悪そうに赤く染まっていた。

教室は静まり返っていた。聞こえるのは、休むことなく秒を刻む壁の時計の音だけだった。

やれよ、と僕は念じた。理由をくれ。さあ、僕を殴れよ。

しかしナッチャーの目を見ていれば、恐怖が大きくふくらんで怒りをのみこんでいこうとしているのがわかる。もしかしたら、僕の目を見て察したのかもしれない――僕の理性が吹っ飛びかけていることを。

「このサイコ野郎が」ナッチャーは小さな声でつぶやいた。それから向きを変えて椅子に腰を下ろすと、背を向けたままこっちに中指を立ててみせた。

僕はまだ右手を振り上げたままでいた。ようやく気づいて下ろした瞬間、クラスの全員がほっとしたように息をついた。僕はケイシーに視線をやった。礼代わりにうなずくくらいのことはするかと思ったが、自分の机についたまま、しょぼくれた犬みたいに身をすくめているばかりで、僕と目を合わせようとしなかった。

僕はまたエレンのほうをさりげなくうかがった。今回はまっすぐ僕を見つめていたのに、目が合いそうになると視線をそらした。僕は教室に視線をめぐらせた。目が合ったのはクルーズとディールの二人だけで、二人とも心配そうな顔をしていた。

ここに至ってようやくセイルズ先生がクロスワードパズルから顔を上げ、いまにも斧を振り下ろそうとしている殺人鬼みたいな風情でナッチャーを見下ろしている僕に目をとめた。あわてて補聴器を耳に押しこんでスイッチを入れ、目を上げて僕とナッチャーを見比べたあと、最後にまた僕を見た。

「あー、何をしているのかね、ライトマン?」ねじくれた人差し指で僕を指して言った。

僕が黙っていると、先生は眉をひそめた。「席に戻りなさい――早く」

それはできない。あと一秒だってこの教室にいたら、頭蓋骨に亀裂が入ってぐしゃりとつぶれるだろう。そこで僕は教室を出ることにした。セイルズ先生の机のすぐ前を通り抜け、出入口のドアを開けた。先生は信じられないという顔で眉を吊り上げたまま、黙って僕を見送った。

「まっすぐ校長室に出頭するんだな、ライトマン!」先生の大声が追いかけてきた。

そのとき僕はもう、一番近い出口を目指して全力疾走していた。どのクラスも授業中で静まり返った廊下を突っ走る。スニーカーを履いた足がワックスのきいた床を蹴るたびに、きゅっきゅっと小気味よい音が壁に反響した。

このまま永遠に出られないのかと思い始めたころ、ようやく学校の昇降口から外へ飛び出した。生徒用の駐車場へと急ぎながら、上を向いて空のあちこちに目を走らせた。一方の地平線から反対の地平線まで念入りに確かめる。校舎の窓から誰か見ていたら、あいつ、完全に頭がおかしくなったらしいぞと思われたことだろう。ほかの誰にも見えない巨人対巨人のテニスの試合を観戦しているみたいだったろうから。もしかしたらドン・キホーテの再来と思われたかもしれない。並び立つ風車を敵と思いこんで突進していこうとしているラ・マンチャのドン・キホーテ。

僕の車は駐車場の奥のほうに駐めてあった。一九八九年型の白いダッジ・オムニで、もとは父さんが乗っていた車だ。無数の傷やへこみができて、塗料ははがれかけ、錆が広がりかけたところがいくつもある。僕の子供のころからずっとガレージのなかで防水シートに覆われて放置されていたが、十六歳の誕生日に、母さんがキーを僕に渡してくれた。僕は複雑な気持ちでそのバースデープレゼントを受け取った。ちゃんと走るかどうかさえ怪しい、錆だらけのみっともない代物だったからというだけじゃない。僕が〝できた〟のはまさにその車のなかでだったからだ。ついでに言うと、その〝できちゃった〟現場は、偶然にも、いままさに僕が立っているこの駐車場だ。それはある年のバレンタインデーに、ワインを飲みすぎた上に恋愛映画『セイ・エニシング』をまたもや鑑賞した母さんがうっかり漏らした、家族史における嘆かわしいトリビアだった。〝酒に真実あ《イン・ヴィーノ・ヴェ》り《リタス》〟というラテン語のことわざがあるが、うちの母さんの場合、そこにキャメロン・クロウ監督の映画という条件も加わると、真実ばかりか、言わなくていいことまでしゃべり出す。

そんな話はともかく、父さんのダッジ・オムニは、十六歳の誕生日以降、僕の愛車になった。よく言うように、人生は円環なんだろうからね。それに、もらえるものはありがたくもらっておくにかぎる。万年金欠の高校生ならなおさらだ。僕としては、カーステレオからピーター・ガブリエルの歌声が流れるなか十代の父さんと母さんがバックシートで励んでいるところを想像したりしないよう、ベストを尽くすのみだ。

もちろん、この車のカセットプレイヤーはいまもりっぱに動く。変換ケーブル経由で携帯電話からも再生できるようにしてあるが、僕はそれよりも、父さんが作った古いミックステープを聴くほうがいい。父さんが好きだったバンドはそのまま僕の好きなバンドになった。ZZトップ、AC/DC、ヴァン・ヘイレン、クイーン。ダッジ・オムニのパワフルな四気筒エンジンを始動すると、がたのきたスピーカーからパワー・ステーションがカバーしたT・レックスの『ゲット・イット・オン』が大音量で流れ始めた。

フルスピードで車を走らせた。迷路みたいな郊外のさびれた道を、おそらく安全とは言いがたい速度でかっ飛ばす。行く手の道路はろくに見ず、空ばかり見上げていたからなおさらだ。まだ夕方にもならない時間だったが、まん丸に近い月がちょうど真上のあたりにうっすら見えていて、空のあちこちに視線を飛ばしていると、どうしても月に目が吸い寄せられた。おかげで、家までほんの数分の距離なのに、二度も一時停止の標識を見逃して交差点を突っ切った。一度は赤信号を無視して、横方向から来たＳＵＶとあやうく衝突しかけた。

そのあと、家までの最後の三キロメートルほどは、ハザードランプをつけっぱなしにして、這うような速度で進むことにした。ただし、あいかわらずウィンドウから首を出して上を見ていた。空から一瞬だって目を離したくなかった。

2

空っぽの私道《ドライブウェイ》に車を止めてエンジンを切ったものの、すぐには降りなかった。両手でハンドルを握り締めたまま、ツタのからまる煉瓦壁の小さな家を見上げ、屋根裏部屋の窓を凝視した。あの部屋にしまってある父さんの持ち物を掘り返した日のことを思い出す。若かりしクラーク・ケントになった気分がしたものだ。遠い昔に亡くなった父親の幽霊じみたホログラムから、ついに自分の出生の真実を聞かされようとしているスーパーマン。しかしいま僕の脳裏に描き出されているのは、ルーク・スカイウォーカーという名の若きジェダイ見習いがダゴバの洞窟の入口に立ってなかをのぞいている姿、ジェダイ・マスターのヨーダから今日の修行の趣旨を告げられている光景だ。〝フォースの暗黒面が強い場所じゃぞ、ここは。しかし、ハナタレ小僧よ、入らねばならぬのだ〟

僕は仰せに従った。

玄関の鍵を開けてリビングルームに入ると、ラグの上にだらしなく寝そべっていた老いぼれビーグル犬のマフィットが頭を持ち上げ、眠たそうな目で僕を見上げた。二、三年前なら、狂ったように鳴きながら玄関の内側で待っていただろう。しかし年取って耳が遠くなったいまは、僕が帰ってきた程度のことで昼寝から起きてきたりはしない。マフィットはそのまま仰向《あおむ》けに転がった。僕は腹をくしゅくしゅなでてやったあと、階段を上った。老犬は僕を目で追っただけだった。

屋根裏部屋のドアの前まで来たはいいが、僕は階段のてっぺんに立ってノブに手をかけたまま動かなかった。ドアは開けなかった。なかには入らなかった。すぐには行動できない。

まずは心の準備が必要だ。

父さんの名前はゼイヴィア・ユリシーズ・ライトマン。十九歳の若さで死んだ。そのとき僕は生まれたての赤ん坊だったから、父さんのことは何一つ覚えていない。おまえはラッキーだったなとずっと自分に言い聞かせてきた。思い出一つない相手なんだ、さみしいも何もないものな。

なのに、不思議と恋しくてしかたがなかった。父さんがいないせいで心にぽっかり開いたままの穴を、僕はデータで埋めようとした。父さんに関する情報を集められるだけ集めた。母さんや父方のじいちゃんばあちゃんと同じくらい熱烈にさみしがる権利を自分も手に入れようとしているのかなと思ったこともある。

その後、十歳くらいになると、いま振り返って〝ガープ期〟と呼んでいる時期が訪れた。物心ついて以来、死んだ父さんについて知りたくてたまらなかったが、十歳ごろを境に、それまでの好奇心は完全な強迫観念に変わった。

それまで僕のなかにあった、若くして死んだ父さんのイメージといえば、何年もかけて形作られた理想的な父親像を抽象画にしたようなものだった。しかし現実には、ごく基本的な事実を四つ知っているだけだった。子供時代を通じて、じいちゃんばあちゃんから何度も繰り返し聞かされた事実だ。

1　僕は（ここにその時点の僕の年齢を代入）歳のころの父さんにそっくりである。
2　父さんは、僕と母さんを心の底から愛していた。
3　父さんは、勤務していた市営汚水処理施設で起きた事故で死んだ。
4　その事故は父さんの過失によって起きたものではないとされている。

しかし年齢が二桁台に乗ったころから、そんな曖昧模糊としたディテールなど、むくむくとふくらみ続ける僕の好奇心を満たすにはまるで足りなくなった。というわけで、当然のことながら、僕は父さんの残された妻を質問攻めにした。来る日も来る日も。朝から晩まで。お子様だった僕は、死んだ夫について、当の夫のクローンみたいな十歳の息子から執拗に問い詰められるのがどれほどつらいことか、想像さえしなかった。エゴイスティックな子供は、ネオンみたいにまばゆく輝く点と点を結びつけることなど思いもよらず、次から次へと質問を続けた。対する兵士のように勇敢な母さんは、答えられるかぎり、そして時間の許すかぎり、その質問に答え続けた。

やがてある日、母さんは小さな真鍮《しんちゅう》の鍵を取り出すと、屋根裏部屋に積み上げられた箱のことを話した。

それまで僕は、父さんの遺品は残らず慈善団体に寄付したものと思っていた。若くして夫に先立たれたシングルマザーが人生をやり直すに当たってまずすることは、きっとそれだろうと思ったからだ。しかしその夏の日、そうではないと知った。父さんの遺品は一つ残らず段ボール箱に詰めて、事故の数カ月後、その和解金で購入したこの家に引っ越したときに屋根裏部屋に片づけたという。僕のためにしたことだと母さんは言った。大きくなって、自分の父親がどんな人間だったか知りたくなったら、屋根裏部屋にある箱を開けてごらんなさいと言えるように。

とうとうその鍵を使う日が来て、屋根裏部屋のドアを勢いよく開けると、母さんから聞かされたとおり、たくさんの箱がそこで僕を待っていた。部屋の角、斜めに走る垂木の下に整然と積み上げられた手つかずの引越用の段ボール箱が、窓から射しこむまばゆい陽光をふんだんに浴びていた。僕は凍りついたように戸口に突っ立ったまま、僕の手で秘密が解き明かされる瞬間を根気強く待っていたタイムカプセルの塔を長いことぼんやり見つめた。

その夏はずっと屋根裏部屋にこもり、古代文明の墓の埋葬品を発掘する考古学者よろしく、段ボール箱を一つ残らずひっくり返した。相当な時間がかかった。僕の父さんは、わずか十九年で生涯を閉じたとは思えないほど大量の物品を収集していた。

全体の三分の一くらいの箱には、古いビデオゲームのコレクションが詰まっていた。個人のコレクションを超えて、ほとんど博物館だ。ゲーム機本体は五種類あり、それぞれのソフトが数百本そろっていた。それ以上に圧巻だったのは、父さんが使っていたパソコンだ。クラシックに分類されるようなアーケードゲームとビデオゲームのエミュレーターやROMファイルが数千種もインストールされていた。とてもじゃないが、一人の人間が一度の生涯でプレイしきれる数とは思えない。しかし父さんは、どうやらその偉業に挑もうとしたようだ。

別の箱を開けると、時代を感じるトップローディング式のビデオカセットレコーダーが出てきた。自分の部屋の小型テレビにどうにか接続して、父さんの古いビデオテープを一本ずつ、箱から適当に引っ張り出しては鑑賞していった。ほとんどは昔のSF映画やテレビドラマだったが、公共放送PBSで放映された科学ドキュメンタリーの録画も相当数あった。

父さんの古い衣類を詰めた箱も出てきた。当時の僕にはサイズが大きすぎたが、一枚残らず袖を通し、屋根裏部屋の埃をかぶった鏡に映る自分の姿を見つめながら、父さんのにおいで肺を満たした。

カードや手紙が入った箱を見つけたときは狂喜した。〝クラス内恋愛〟していたころに母さんが父さんに授業中にこっそり渡したラブレターも、丁寧に折りたたまれて、靴箱からあふれんばかりに押しこんであった。恥知らずな僕は一通残らず読み、僕の創造主である人物についてそれまで知らなかった細々《こまごま》とした事実を貪欲に吸収した。

最後に開けた箱には、古いテーブルトークRPG関連の品物が入っていた。ルールブック、さまざまな多面体のダイスが入った袋、キャラクターシート。くたびれたキャンペーンノートも大量にあった。どれを開いても、ゲームの舞台となる架空の世界の設定が細かく書きつけられていて、父さんのたくましすぎる想像力の片鱗《へんりん》をうかがわせた。

そういったノートのなかに、見た目が違うものが一冊だけあった。すり切れた表紙はブルーで、その真ん中に謎めいた言葉が一つだけ活字体で書かれていた――《PHAETON《ファエトン》》。

なかの黄ばみかけたページには、日付と名前が並んだ奇妙なリストがあり、そのあとに日記の断片のようなものが続いていた。父さんはどうやら、世界規模の陰謀を暴いたつもりでいたらしい。それはアメリカの陸海空に海兵隊を加えた四軍すべてが関与する、トップシークレットに分類されるプロジェクトで、父さんの説に従えば、国連加盟国の一部に加え、エンターテインメント業界とゲーム業界も加担している。

初めて読んだとき、これは父さんが練り上げたテーブルトークRPGのシナリオの一つか、いつかきちんと執筆するつもりだったのに実現しなかった短編小説の梗概《こうがい》なんだろうと考えて自分を納得させようとした。しかし先に進めば進むほど空恐ろしくなった。どうやってもフィクションとしては読めなかったからだ。心を病んで壮絶な妄想にとらわれた人物が思いつくまま書いた、長い手紙に似ていた。そしてその人物のDNAは、僕という人間の半分を形成している。

その日誌を読んで、僕のなかにできあがりかけていた、理想化された若き父さんのイメージはがらがらと音を立てて崩壊を始めた。あの日誌を二度と開くものかと誓うに至った理由の一つはそれだ。

しかし今日、父さんに起きたのと同じことが僕に起きた。ゲームが僕の現実世界を脅かそうとしている。父さんもやはり、幻覚を見ただろうか。父さんは——僕は——精神を病んでしまったのか。父さんの頭のなかをいま一度のぞいてみずにはいられない。父さんの妄想の海にもう一度飛びこんで、僕の妄想がそことつながっているのかどうか、確かめずにすませられなかった。

ようやく勇気を奮い起こしてドアを開け、屋根裏部屋に足を踏み入れた。段ボール箱はすぐに見つかった。もともとあった埃のたまった隅っこに、僕が積み直したままになっていた。ラベルなどは貼っていない。しばらくかかって、やっとテーブルトークRPG関連のものが入った一つを探し当てた。

その箱を床に下ろし、中身を確かめた。《アドバンスト・ダンジョンズ&ドラゴンズ》、《ガープス》、《チャンピオンズ》、《スター・フロンティア》、《スペースマスター》といったゲームのルールブックや追加ルール集《サプリメント》を取り出していく。その下に父さんが昔作ったキャンペーンシナリオが十冊くらい。目当てのノートは最後の最後にようやく現れた。八年前に僕が一番底に埋めておいたからだ。出てきたノートをながめた。タブで三つに仕切ることができる罫線入りの青いノートは全体で百二十ページあり、使い古されてすり切れていた。表紙に書かれたタイトルを指でそっとなぞった。意味を調べて以来、僕の心にずっとこびりついている名前——《PHAËTON》。

ギリシャ神話の登場人物、ファエトンまたはパエトンは、太陽神である父ヘリオスの罪悪感をうまいこと利用して太陽の戦車を拝借し、それに乗ってドライブに出かけたバカ息子だ。仮免許すら取得していなかったパエトンは、出発からまもなく運転を誤って暴走し、地球を丸焦げにしそうになったため、天空神ゼウスが放った雷《いかづち》によって撃墜された。

僕は床にあぐらをかいて座ると、膝にノートを置いて、表紙をまじまじと観察した。右下の隅にも活字体の小さな文字が並んでいる。〈所有者：ゼイヴィア・ライトマン〉。その下に当時の自宅住所が添えてあった。

その住所を見た瞬間、別の記憶が洪水のようにあふれ出てきた。ライトマンのおじいちゃんとおばあちゃんが住んでいたオークパーク・アヴェニューの小さな家の住所だからだ。子供のころ、だいたい週末ごとに遊びにいっていた家。くたびれたソファに腰を下ろし、手製のピーナツバタークッキーを食べ、死んだ息子、僕の父さんのことを代わるがわる語るおじいちゃんとおばあちゃんの話に耳を澄ました。一人息子の思い出を語る声には、いつだって悲しみや喪失感が隠れていたが、それでも僕はその話を聞きたくて何度でも遊びにいった――たった一年のあいだに二人とも死んでしまうまで。おじいちゃんとおばあちゃんが死んでからは、父さんと僕とをつなぐ唯一の生存者という、ひどく荷の重い役割を母さん一人が背負ってきた。

僕は一つ深呼吸をし、意を決してノートの表紙をめくった。

表紙の裏側には、なにやら込み入った年表がある。父さんがつけた標題によれば〈年代順配列〉だ。硬い厚紙でできた表紙の裏いっぱいに、日付や名前がびっしりと書きこまれている。いろんな種類のペンや鉛筆、マーカー（バカっぽいクレヨンは使っていなくて幸いだ）の筆跡が入り乱れているところから察するに、数カ月から数年かけて完成させたものだろう。項目のいくつかに丸印がついていて、年表のほかの項目と線で結ばれている。線やら矢印やらが複雑怪奇にからまり合っているさまは、年表というよりフローチャートみたいだ。

〈年代順配列〉

1962年　《スペースウォー！》──世界初のビデオゲーム（《OXO》《テニス・フォー・ツー》は除く）

1966年　NBCテレビで『スター・トレック』放映（66年9月8日から69年6月3日）

1968年　映画『2001年宇宙の旅』

1971年　《コンピューター・スペース》──世界初のコイン投入式アーケードゲーム、《スペースウォー！》の移植版

1972年《スター・トレック テキスト・ゲーム》——黎明期のホームコンピューター向けBASIC言語プログラム
1975年 タイトー《インターセプター》——一人称視点コンバットフライトシミュレーションゲーム
1975年《パンサー》——世界初の（？）戦車シミュレーションゲーム PLATOオンラインゲーム
1976年《スターシップ1》——最初期の一人称視点スペースコンバットゲーム——《スター・トレック》ベース
1977年 映画『スター・ウォーズ』（77年5月25日公開）。興行収入歴代一位を記録。侵略者《インベーダー》の来訪に備えた系統的強化の第一段階？
1977年 映画『未知との遭遇』。迫り来る来訪に備え、パニックを起こさないように大衆を訓練しておく目的？
1977年 ゲーム機アタリ2600発売。全国の一般家庭に戦闘訓練シミュレーターが！ ゲーム《コンバット》を同梱
1977年《スターホーク》リリース。『スター・ウォーズ』をベースにした無数のゲームの初期の一つ

1977年　短編小説『エンダーのゲーム』。SF小説に訓練シミュレーターとしてビデオゲームが登場した初めての例？　映画『スター・ウォーズ』公開と同年の発表――偶然か？
1978年　《スペースインベーダー》――『スター・ウォーズ』ベース――最初の世界的ヒットゲーム
1979年　《テールガンナー》《アステロイド》《ギャラクシアン》《スターファイア》リリース
1979年　《スターレイダース》――アタリ400／800用――ほかのプラットフォームにも移植
1980年　映画『スター・ウォーズ／帝国の逆襲』劇場公開
1980年　アタリ《バトルゾーン》――初のリアルな戦車シミュレーションゲーム
1981年　3月――アメリカ陸軍が《バトルゾーン》を転用した戦車トレーニングシミュレーター《ブラッドレー・トレーナー》の開発をアタリ社に発注。実際に製作されたのはプロトタイプ一台とされているが、《スター・ウォーズ》や《ファエトン》など、後年のゲームのフライトスティックにデザインが流用されている！

1981年7月――ビーヴァートンのMGPで初めて《ポリビウス》が目撃される。
7月なかばのこと
1982年 映画『E.T.』――『スター・ウォーズ』の興行収入記録を塗り替える
1982年 映画『遊星からの物体X』『スター・トレックII カーンの逆襲』
1983年 映画『ジェダイの帰還』!
1983年 アタリ2600用スペースコンバットシミュレーター《スターマスター》
1983年 アタリのアーケードゲーム《スター・ウォーズ》、セガのスペースコンバットシミュレーター《スター・トレック》――コクピットを模した筐体《きょうたい》
1984年 《エリート》――84年9月20日発売
1984年 映画『2010年』――『2001年宇宙の旅』の続編
1984年 映画『スター・ファイター』7月13日公開! タイアップのビデオゲームは発売中止に?
1985年 映画『エクスプローラーズ』『第5惑星』
1985年 長編小説『エンダーのゲーム』――77年の短編版と設定は同じ
1986年 映画『アイアン・イーグル』『エイリアン2』『ナビゲイター』『スペースインベーダー』

1987年　映画『ヒドゥン』『プレデター』
1988年　映画『エイリアン・ネイション』『ゼイリブ』
1989年　映画『アビス』！
1989年　89年8月8日にMGPで《ファエトン》の筐体が目撃される。これ以降の目撃事例はゼロ
1989年　《メカウォーリア》リリース――これも軍用トレーニングシミュレーター？
1990年　《ウィングコマンダー》――発売元オリジン・システムズ社――トレーニングシミュレーター？
1991年　《ウィングコマンダー2》
1993年　《スター・ウォーズ レベルアサルト》《スター・ウォーズ Xウィング》《ウィングコマンダー　プライヴァティア》《ドゥーム》
1993年　ドラマ『X-ファイル』――現実の地球外生命体の来訪を隠すためのフィクション？
1994年　《スター・ウォーズ TIEファイター》《ウィングコマンダー3》《ドゥームII》

1994年　映画『ブレイン・スナッチャー／恐怖の洗脳生物』『スターゲイト』

1995年　《アブソリュート・ゼロ》《ショックウェーブ》《ウィングコマンダー4》

1995年　《マリン・ドゥーム》――《ドゥームII》を元にアメリカ海兵隊が開発した訓練用ソフト

1996年　映画『スター・トレック　ファーストコンタクト』『インデペンデンス・デイ』

1997年　映画『メン・イン・ブラック』『スターシップ・トゥルーパーズ』『コンタクト』

1997年　《インデペンデンス・デイ》ゲーム――プレイステーション版とPC版

1997年　《Xウィング vs. TIE ファイター》

1998年　映画『ダークシティ』『パラサイト』『ロスト・イン・スペース』

1998年　《ウィングコマンダー　シークレット・オプス》《スター・ウォーズ　トリロジーアーケード》

1999年　映画『スター・ウォーズ　エピソード1／ファントム・メナス』

1999年　映画『ギャラクシー・クエスト』

一九七七年、映画『スター・ウォーズ』公開。それが父さんの年代順配列の最大の焦点のようだった。丸で何重にも囲まれ、それ以降に出てくる十数個の項目に向けて矢印が引かれている。『スター・ウォーズ』シリーズから着想を得たゲーム、たとえば《スペースインベーダー》、《スターホーク》、《エリート》、《ウィングコマンダー》などだ。

ここに《アルマダ》が含まれていないのは当然だ。この年代順配列に、過去十八年間にリリースされたゲームは一つも載っていない。一九九九年の『ギャラクシー・クエスト』公開で終わっている。その数カ月後に生まれた僕が一歳の誕生日を迎えるころ、かわいそうな父さんはすでに市の共同墓地でスイセンの肥料になっていた。

しばらく年代順配列とにらめっこして解読を試みたあと、ノートの最初のページに注意を向けた。古典的なコイン投入式アーケードゲームの鉛筆画がある。僕の見たことのない筐体だ。コントロールパネルにはジョイスティックが一本とラベルのない白いボタンが一つあるきりで、黒一色の筐体には、ふつうならあるイラストやロゴなどはいっさいない。マットブラックの筐体正面にゲームの聞き慣れないタイトルが緑色の大文字で書いてあるだけだ――《ポリビウス》。

そのイラストの下に、父さんの箇条書きのメモがある。

・著作権者や製造者の名前は筐体のどこにもない。
・MGPで目撃されたのは一から二週間という短期間だけ。
・ゲームプレイは《テンペスト》風。ベクタースキャン。レベルは10まで？
・高レベルをプレイしたプレイヤーが発作を起こしたり、幻覚や悪夢を見たりした。殺人、自殺、あるいはその両方に至った事例も複数あり。
・〝メン・イン・ブラック〟が毎晩、スコアのデータを回収していた。
・戦争に備えてゲーマーを訓練するための軍用プロトタイプの最初期の例？
・《ブラッドレー・トレーナー》を開発したのと同じ隠密プロジェクトの作？

最初に日誌を見つけたとき、インターネットをざっと検索してみた。すると、《ポリビウス》というのは、数十年前からネット上に出回っている都市伝説だとわかった。一九八一年の夏にオレゴン州ポートランド市内のとあるゲームセンターでだけ目撃されたアーケードゲームで、噂によれば、プレイした少年数人が精神に変調を来したという。その後、ゲームは忽然《こつぜん》と消え、それきり目撃されていない。ゲームセンターの終業後に

〝メン・イン・ブラック〟が来て《ポリビウス》の筐体を開け、データバンクからハイスコアデータをダウンロードしていたという目撃談も伝えられている。

しかしネット上の情報を見るかぎりでは、《ポリビウス》伝説は完全なデマであることがとっくの昔に証明されている。噂の出所をたどると、一九八一年当時、ここビーヴァートンにあったマリブ・グランプリ（MGP）というゲームセンターで起きた事件に行き着く。ハイスコア狙いで《アステロイド》を長時間プレイし続けた少年が過労で倒れ、救急車が駆けつける騒ぎになった。このMGPの一件と、当時あちこちのゲームセンターで流れていた噂――アタリ社のアーケードゲーム《テンペスト》で光過敏性発作を起こす事例が多発しているという話で、こちらは正真正銘の事実だ――と一緒くたになって、《ポリビウス》伝説が生まれたらしい。

〝メン・イン・ブラック〟の部分も、現実のできごとに起源があるようだ。八〇年代初めごろ、ポートランド周辺のゲームセンターで非合法ギャンブルが行われているという疑惑があり、FBIが継続的に捜査していた。つまり、同時期に営業時間終了後のゲームセンターにFBI捜査官が来てゲーム筐体を開けていたのは、おそらく事実だろう。ただし、ハイスコアのデータを回収していたわけではなく、ギャンブル用の装置が取りつけられていないか調べていただけのことだ。

もちろん、九〇年代初めに父さんがこのノートに《ポリビウス》のスケッチを描いたころはまだ、そういった事実は広く知られていなかった。当時、《ポリビウス》はこの界隈《かいわい》で——すなわち伝説が生まれた現場であり、子供のころから父さんが通い詰めていたゲームセンターであるマリブ・グランプリ周辺でまことしやかに流布していた都市伝説だった。

ノートの二ページ目を開くと、架空のアーケードゲームのイラストがもう一つある。それは《ファエトン》だ。《ポリビウス》のイラストよりずっと緻密に描かれている。それはたぶん、父さんの言葉を信じるなら、自分の目で実際に見ているからだろう。そのページの一番上に、父さんはこう書いていた。〈1989年8月9日、オレゴン州ビーヴァートンのマリブ・グランプリにて、僕自身がこのゲームを目撃した〉。

その一文には、署名まで書き添えてあった。

イラストに描かれた《ファエトン》の筐体は、シートのついたコクピット型になっている。全体は映画《トロン》のライトサイクルに似たカプセル形状で、両サイドにレーザー砲もどきが備わっているおかげか、宇宙船みたいに見える。何より珍しいのは、扉が付いていることだろう。父さんのイラストを見るに、スモークの入ったプレキシガラスでできた貝殻形のハッチを二枚、コクピットのシートを左右からはさむように取り付けてあり、ゲーム中はコクピットが密室状態になる。開けるときは、ランボルギーニみたいに上に向けてスライドする。父さんはコクピット内のコントロールパネルの概略図もスケッチしていた。四方向操作のフライトスティック型コントローラー、左右のアームレストに設けられた複数のボタン、天井にずらりと並んだスイッチ類。ゲーム機というより、フライトシミュレーターというほうがふさわしいように思える。筐体はほぼ真っ黒で、側面にスタイリッシュな書体で掲げられたゲームのタイトル――PHAËTON――だけが白い。

八年前に検索したとき、《ファエトン》という名のゲームが登場する噂はネット上のどこにもなかった。電話を取り出してまたざっと検索した。状況はやはり変わっていない。少なくともネットの世界では、世界中どこでも、どのプラットフォームでも、《ファエトン》というゲームはかつて一度もリリースされたことがない。ファエトンという名前自体は、車の名前、コミック本のキャラクターなど、いろんなものに使われている。しかし《ファエトン》をタイトルにしたアーケードゲームは存在しない。つまり、《ファエトン》に関することは何もかも、父さんの想像の産物だろうということだ。たった三十分前に見たグレーヴ・ファイターが、僕の想像の産物にすぎないのと同じように。

イラストの《ファエトン》の筐体をもう一度見た。PHAËTONと書いてあるなかの、大文字のEの上のウムラウトに向けて、矢印が引いてある。その矢印の隣に、父さんはこう書いていた。〈このウムラウトの黒丸に、スコアのダウンロード用ポートが隠されている！〉。

《ポリビウス》のイラストと同様、下に箇条書きのメモが添えてある。並んでいるのは、想像上のゲームに関する〝事実〟だ。

• 1989年8月9日にMGPで目撃されたのみ——その後に撤去され、それきり誰も見ていない。
• 著作権者や製造者の情報はいっさい見つからず。黒一色のゲーム筐体——《ポリビウス》の目撃談と酷似。
• 一人称視点のスペースコンバットシミュレーター——ゲームプレイは《バトルゾーン》や《テールガンナー2》に類似している。カラーベクタースキャンゲーム。
• 営業時間外に〝メン・イン・ブラック〟が来て、黒いカーゴバンに筐体を積んで運び去った——この点もまた《ポリビウス》の都市伝説と酷似。
• 《ブラッドレー・トレーナー》、《ポリビウス》、《ファエトン》のつながり？いずれもゲーマーを選別・徴兵するための訓練／テスト用プロトタイプ？

僕は《ポリビウス》と《ファエトン》のイラストをしばし見比べた。それからページをめくって、ノートの後ろのほうにある《バトルゾーン》に関する記述を探した。

1981年――アメリカ陸軍は、《バトルゾーン》をベースにしたブラッドレー歩兵戦車トレーニングシミュレーター《ブラッドレー・トレーナー》の開発契約をアタリ社と結んだ。実際に1981年3月に陸軍訓練教義司令部の世界会議でお披露目されている。ところが後になってアタリ社は、このプロジェクトは〝放棄され〟、プロトタイプ一台が製作されただけで終わったとした。また、この《ブラッドレー・トレーナー》向けに開発された6軸コントローラーは、《スター・ウォーズ》など、アタリ社がのちにリリースしたゲームの多くに採用されている。

父さんの陰謀説の少なくともこの部分は事実だ。インターネットで検索をかけると、〝アメリカ陸軍顧問団〟とアタリ社は、《バトルゾーン》をプログラミングし直してブラッドレー歩兵戦車向け訓練シミュレーターを製作する契約を実際に交わしているし、アメリカ陸軍は早くも一九八〇年には兵士の訓練にビデオゲームを活用する構想を実際に進めていたこともわかる。父さんの年代順配列にあるように、海兵隊も一九九六年に似たようなプロジェクトを立ち上げ、革新的な一人称視点シューティングゲーム《ドゥームII》の海兵隊バージョンを製作して、現実の戦闘に備えた訓練に使用している。

もし父さんがまだ生きていたなら、二〇〇二年の《アメリカズ・アーミー》も年代順配列に加わっていたことだろう。《アメリカズ・アーミー》はアメリカ陸軍が開発した無料の一人称視点シューティングゲームで、すでに十年以上、きわめて有用な新兵募集ツールとして運用されている。陸軍リクルーターが僕らの高校に就職の説明に来たことがあるが、そのとき、必須のASVABテストがすんだあとにこのゲームを三十分くらいプレイさせてもらった。兵士として闘う資質があるかどうかを見るテストの結果が出る前からもう、戦闘シミュレーションゲームをやってみろと言われて、なんだかとんちんかんな気がしたことを覚えている。

ノートの色あせたページをめくっていく。父さんは遠大な陰謀の存在を信じ、それを暴こうとして、このリサーチと情報の検討にどれだけのエネルギーと時間を費やしたんだろう。どのページにも、名前や日付、映画タイトルのリスト、未完成に終わった仮説などが走り書きされていた。だがいま、ひしひしと実感した。こんなもの意味不明のたわごとだと思ってばっさり切り捨てた十歳の僕は、あまりにも考えなしだった。単なる妄言と見えて、少なくともそれを支える一貫した論理が隠されていることが、いまならわかる。

父さんの漠然とした、しかも中途半端に終わっている陰謀説を支持する何より重要な〝証拠〟は二つ、《ブラッドレー・トレーナー》と《マリン・ドゥーム》のようだ。ほかに、SF小説『エンダーのゲーム』や、八〇年代の映画『スター・ファイター』と『アイアン・イーグル』もキーだ。時系列中の発売年や公開年にマーカーで印をつけてあるし、ノートの後ろのほうをめくると、それぞれのストーリーラインの概要と批評が数ページにわたって詳しく書きこまれている。それが壮大な謎を解き明かすために欠かせないヒントだとでもいう風だ。

こうしてリストをながめていると、つい口もとがゆるんでしまう。『アイアン・イーグル』なんて映画、この日誌に書いてあるのを見るまで、タイトルさえ知らなかった。その後、父さんの持ち物のなかで見つけたVHSビデオで鑑賞するなり、『アイアン・イーグル』は僕のベストB級ムービーの一本になった。主人公はダグ・マスターズ、空軍の戦闘機乗りの息子で、まだ高校生だが、学校を抜け出して基地のフライトシミュレーター――といっても、実際のところは開発費がバカ高いだけのただのゲームだ――を使い、F-16戦闘機の操縦を身につける。ダグは天性のパイロットだが、本領を発揮できるのは、お気に入りの曲を鳴らしてノリにノっているときだけだ。ある日、パパの戦闘機が偵察飛行中に撃墜され、パパは外国軍の捕虜になってしまった。それを知ったダグはF-16戦闘機を二機盗み出し、ルイス・ゴセット・ジュニア演じるパパの親友パイロットとウォークマン、それにトゥイステッド・シスターやクイーンのノリのいい曲を味方につけて、パパの救出に向かう。

　そして映画史に残る傑作が生まれた。ただ、悲しいことに、傑作に数えているのはこの世で僕一人らしい。クルーズとディールは、僕主催の『アイアン・イーグル』鑑賞会には二度と参加しないときっぱり宣言している。しかし老いぼれビーグル犬のマフィットだけはいまでも大喜びで隣に来て体を丸め、最後まで一緒に見てくれる。そうやって数え切れないくらい繰り返し鑑賞した『アイアン・イーグル』と、毎年クリスマスになると母さんがかならず引っ張り出してくるロイヤル・ガードメンのアルバム『スヌーピーvs.ザ・レッド・バロン』（邦題『暁の空中戦』）の二つが合体して、《アルマダ》の僕のコールサインになった。その名もIronBeagle（アイアンビーグル）だ（ちなみに、《アルマダ》のプレイヤーフォーラムに投稿するときの僕のアバターは、第一次世界大戦の撃墜王の扮装をしたスヌーピーに設定されている）。

　年代順配列をもう一度ながめた。『アイアン・イーグル』、『エンダーのゲーム』、

『スター・ファイター』の三項目は、丸で囲った上に線で互いに結ばれている。父さんがそうした理由が今日になって初めてわかった。この三つはいずれも、シミュレーションゲームを通して、現実の戦闘でも勝負になるスキルを習得した少年の物語だ。そのページノートのページをめくり、まもなく日誌の最後から二番目の項目に来た。そのページは、次の一節が真ん中に書いてあるだけで、残りは空白だ。

ビデオゲームを通して、僕らは自分でも気づかないうちに戦闘訓練を受けているんだとしたら？　だって、『ベスト・キッド』のミスター・ミヤギは、ダニエルさんに家のペンキ塗りやウッドデッキ磨き、車のワックスがけといった雑用ばかりやらせた——が、ダニエルさんが気づかずにいるだけで、どれもりっぱに空手のトレーニングになっていたじゃないか！

そう、ワックス・オン、ワックス・オフだ——ただし、地球規模で！

日誌の最後の項目には日付がない。なかば判読不能の乱れた文字で、支離滅裂な内容が四ページにわたって書き散らされている。父さんは、未完の陰謀説の論旨を要約し、糸を集めて布を織り上げるように、一つの仮説にまとめ上げようと試みたらしい。

〈実はゲーム業界そのものがひそかにアメリカ軍の支配下にあるのだ。そもそもビデオゲームを発明したのだって軍なのかもしれない。そうだとして――いったいなぜ？〉。

実在しない《ポリビウス》と《ファエトン》の筐体イラスト以外、証拠らしい証拠は何も挙げられていない。あるのは父さんが練り上げた荒唐無稽な仮説だけだ。

〈軍は――または軍で暗躍する謎の組織は、ゲーム最高スコアを記録した世界中のゲーマーを多種多様な手段を用いて追跡し、個人情報を収集している〉。これに関して、父さんは例を一つ挙げた。アクティヴィジョン社の〝ハイスコア・ワッペン〟だ。

一九八〇年代、ゲーム開発販売会社のアクティヴィジョン社は、あるキャンペーンを大々的に実施して話題になった。テレビ画面をポラロイドカメラで撮影するなどして、最高スコアを更新した証拠をアクティヴィジョン社に郵送すると、賞品として格好いい刺繡《ししゅう》入りワッペンが送られてくる。このキャンペーンは世界中の優秀なゲーマーの住所氏名を収集するために考案された巧妙な計略だったというのが父さんの考えだ。

その項目の最後に、別の色のペンを使って、父さんはこう付け加えていた。〈いまならインターネットを使ってエリート・ゲーマーの情報を簡単に集められる！　インターネットが作られた理由の一つはそれか？〉。

アメリカ軍は才能あるゲーマーを世界中からかき集めて何をさせようとしているのか、

父さんの日誌を読んでも最後までわからない。それでも、年代順配列や日誌は不吉な記述であふれていた。異星からの訪問者が出てくるゲーム、映画、テレビ番組。友好的な異星人もいれば、敵対的な異星人もいる。『スペースインベーダー』、『E.T.』、『遊星からの物体X』、『エクスプロラーズ』、『第5惑星』、『エイリアン2』、『アビス』、『エイリアン・ネイション』、『ゼイリブ』……

僕はぶんぶんと勢いよく首を振った。そうすれば、頭のなかにある狂気じみた何かを振り払えるとでもいうみたいに。

父さんがこんな日誌を書いたときから、すでに二十年近くたった。それだけの歳月が流れたのに、その間《かん》にゲームを利用した政府の陰謀が明るみに出たことは一度もない。それはすなわち、陰謀説そのものが僕の父さんのたくましすぎる――もしかしたら妄想に片足を突っこんでいる――想像力の産物にすぎないからだろう。父さんは子供のころからルーク・スカイウォーカーや『エンダーのゲーム』のエンダー・ウィッギンや『スター・ファイター』のアレックス・ローガンに憧れ、あんな風になりたいと願った。その思いが強すぎて、ついに妄想じみた複雑なファンタジーをひねり出した。

そして僕にグレーヴ・ファイターの幻覚を見せたのも、それと同じもの、空想の世界をどこまでも旅していってしまう性癖だろう。そうだ、もしかしたら、あんなものを見たのは、いままさに手にしているこのノートの中身のせいかもしれない。父さんの陰謀説の記憶が僕の脳味噌《のうみそ》のどこか隅っこにずっと居座っていたせい、木箱に詰められたまま放置されたダイナマイトからニトログリセリンが染み出すように、僕の潜在意識にその記憶が一滴ずつしたたり続けていたせいかもしれない。

一つ深々と息を吸って、ゆっくりと吐き出した。いいかげんな自己分析に慰められた気がした。そうさ、父さんから受け継いだビョーキが軽く再燃しただけだよ。生まれたときから患っている〝死んだ父さん恋しいシンドローム〟に加えて、自ら進んでサイエンス・フィクションを好き放題に浴びてきたのが災いして、ビョーキがぶり返しただけのことに決まってる。

しかもここ最近はゲームばかり、なかでも《アルマダ》ばかりやっていたのは事実だ。平日は夜、週末は朝から晩まで、ずっと《アルマダ》をプレイしていた。アジア圏のサーバーが主催する、こちらの時間では真っ昼間に始まるエリートミッションに出撃するためだけに学校をサボった日も何回かあった。このところ《アルマダ》にはまりすぎていることは否定できない。ただし、問題の解決は簡単だ。脳味噌がクールダウンするまで、ゲームを禁止すればいい。

埃だらけの屋根裏の真ん中で、僕は無言の誓いを立てた。これから二週間、《アルマダ》は絶対にプレイしない――ただしこの禁止令の発効時期は、言うまでもなく、今日の深夜に予定されているエリートミッション終了後とする。それをすっぽかすなんてことはできない。エリートミッションが行われるのは年に数回だけで、その際にゲームのストーリーラインに新たな要素が加えられることが多かった。

この一週間に重ねた練習と準備は――ふだん以上に長時間《アルマダ》をプレイしたのは、今夜のミッションのためだ。寝ていてもグレーヴ・ファイターの軍勢を見るような一週間だった。目が覚めてもやっぱり同じものが見えたとしても不思議はない。とにかく《アルマダ》から離れることだ。冷却期間をおく。それだけで何もかも元のとおりになるだろう。僕も以前の僕に戻るはずだ。

脳内でマントラみたいにそう繰り返しているところに、携帯電話のアラームが鳴った。おっと、危ない。いつまでも父さんの持ち物をごそごそやっていると、アルバイトに遅れるぞ。

立ち上がり、父さんの日誌を元の段ボールの棺桶に返した。もう充分だ。過去に生きるのをすっぱりやめる潮時だろう。しかも自分のじゃなく、父親の過去ときている。すでに大量の遺品が下の僕の部屋に移住していた。冷静に考えれば、他人に知られたら恥ずかしいくらいの量だった。僕の部屋は、父さんの記憶を祀《まつ》る神殿と化している。いいかげんに卒業して、遺品の全部とまでは言わないが、大部分を屋根裏部屋の元あった場所に戻すべきだろう。そう、本来あるべき場所に返すべきだ。

よし、今夜から始めよう——自分にそう言い聞かせながら、僕は屋根裏部屋を後にした。

3

閑古鳥が鳴きまくっているショッピングモールの駐車場に車を乗り入れた。ここに僕のアルバイト先、通称〝ザ・ベース〟がある。二つ三つ離れたスペースに、僕のボスのレイご自慢の低燃費車、一九六四年型フォード・ギャラクシーが駐まっていた。バンパーに貼った〈恒星間宇宙船の船長は衝動《インパルス》で動く〉のステッカーはすっかり色あせている。

モールの客用駐車場はいつもどおり空っぽだった。例外はモールの反対の端っこで営業しているTHAI《タイ》だ。店名が雄弁に語っているとおり、タイ料理のレストランで、そのすぐ前にだけは何台か車が駐まっている。レイと僕はけっこうなリピーター（ただしテイクアウト専門）だ。僕とレイのあいだでは〝タイ・ファイター〟というニックネームで通っている。看板にある店名のHの横棒が丸みを帯びていて、『スター・ウォーズ』で活躍するツインイオンエンジン搭載の戦闘機、TIEファイターに形がそっくりだからだ。

スターベース・エースの入口上に掲げられた看板は、それより少しだけ手が込んでいる。レイが自分でデザインしたもので、『スター・トレック』風宇宙基地《スターベース》が煉瓦壁のファサードを破ってこようとしているみたいに見える。この看板を作るだけで一財産吹っ飛んだらしいが、その甲斐あって、ものすごくクールだ。

入口のドアを押し開けると、レイが設置した電子チャイムが作動し、『スター・トレック』の最初のテレビドラマ・シリーズの自動ドアが開くサウンドエフェクトが再生されて、まるでエンタープライズ号のブリッジに入ったみたいな気分を味わえる。いまだに出勤して店に入るたびに思わずにやりとしてしまう。今日みたいな日でもやっぱりそうだった。

店の奥に進むと、天井に取り付けられたおもちゃのレーザー砲塔《タレット》二基のちゃちなモーションセンサーが反応し、ぐるりと首《こうべ》を巡らせて僕を追いかけた。そのレーザータレットのすぐ横の壁に、レイはこんな張り紙をしていた――〈万引きしてみろ、我々が誇るターボレーザーによって瞬時に気化される!〉。

レイはカウンターの奥のおきまりのポジションに陣取り、ゲーム仕様にクロックアップしたおんぼろPC〝ビッグ・ブーティ〟にのしかかるようにしていた。右手はマウスをクリックし、左手はキーボードの上を軽やかに動き回っている。

「ザック中尉、戦線復帰なり！」レイはゲームから一瞬たりとも目を離さないまま大きな声で言った。「今日の学校はどうだった？」

「つつがなく」僕は嘘をついた。「店の調子はどうよ？」

「不景気風が吹きまくってる。ま、俺たちにとっちゃ何よりだ」レイは言った。「ときに、ファニオンをお一ついかがかな？」

オニオンリング風スナック菓子のバカでかい袋を差し出され、僕は礼儀として一つもらうことにした。レイは果糖たっぷりのジャンクフードと古いビデオゲームだけで生きているみたいなものだ。そんな大人、嫌いになるほうが難しい。

自動車免許を取れる年齢になる前、放課後になると毎日自転車でスターベース・エースに通い、レイと古いビデオゲームの話をしたりして、病院で働いている母さんのシフトが終わるまで時間をつぶしていた。似たもの同士と認めたからか、鍵っ子にまつわりつかれるのにうんざりしたからか、やがてレイのほうから店でアルバイトをしないかと誘ってきた。天にも昇る心地がした――その申し出の時点ではまだ、アルバイト店員らしい仕事を要求されるのは一〇パーセント程度で、残りの九〇パーセントの時間はゲームをしたり、つまらない冗談を言い合ったり、ジャンクフードをひたすら食べていればいいとは知らなかったにもかかわらず。

スターベース・エースは〝日々の彩り〟にすぎないとレイは言っていた。インターネットバブル期にIT関連株の取引で大儲けしたおかげで、レイの引退後の余生はふつうより早く始まった。その余生を、自分が築いたオタク《ギーク》の城にこもり、日がな一日ゲームをしたり同好の客とゲームの話題で盛り上がったりしながら過ごせればそれで満足なんだそうだ。

商売で利益が上がらなくてもいっこうにかまわないとレイはいつも言う。それはラッキーだ。利益が出ることなんてめったにないからね。客が持ちこむ中古ソフトにレイがつける買い取り額はいつもべらぼうに高い。しかも買い取った金額より低い値段をつけて、そのまま棚に並べる。この店は年がら年中セールを開催しているようなものだ。ゲーム機本体、コントローラー、そのほかのハードウェア。どれも原価割れだ。レイに言わせると、「顧客忠誠心を獲得し、ゲーム業界を発展させるため」だそうだ。

ついでに、レイの接客態度は最低最悪だ。たとえ客がレジに並んでいても、自分がプレイ中のゲームが一段落するまで平気で待たせておく。しかも、客が買おうとしているのがつまらないゲームだったり簡単すぎるゲームだったりすると、レジを打ちながらその選択にケチをつける。隠しコマンド《チートコード》からミステリーサークルまで、この世のあらゆるものについて相手の都合など顧みずに持論をしゃべり倒すものだから、大人も子供もうんざりして店から逃げていく。レイは自分の傍若無人な態度のせいで店が破産してもかまわないと思っているらしい。しかし、僕はこの店がなくなると困る。そんなわけで、レイと僕のあいだでは立場の奇妙な逆転現象が起きていた。客にもっと礼儀正しく接しろと叱るのは僕で、叱られるのはレイだ。

抽斗《ひきだし》を開け、僕の名前が入ったスターベース・エースのネームタグを取って胸にピンで留めた。何年か前、レイは自分で僕につけたニックネームをそのままタグにした。おかげで、僕のネームタグにはこう書いてある――〈いらっしゃいませ！　僕の名前はザック・アタックです〉。〝ザック・アタック〟というのは、〝事件〟のあと、クラスメートの中学生たちが僕につけたあだ名と同じだってことを、レイはいまも知らない。

僕はその場でもたもたして時間稼ぎをしたあげく、ついに観念して、店のもう一台の大特価PC〝スモールベリーズ〟の前に座った。マウスを何度かクリックしてサーチエンジンを呼び出す。レイのほうにちらりと目をやって、見られていないことを確かめたあと、キーワードをタイプした。ビーヴァートン、オレゴン州、UFO、空飛ぶ円盤。

結果にリストされたのは、近所のピザ店、空飛ぶ円盤《フライング・ソーサー》ピザに関するページだけだった。地元のテレビ局や新聞のウェブサイトで新たなUFO目撃談が取り上げられていたりはしないようだ。僕が見た宇宙船を目撃した人がほかにもいるとしても、誰も名乗りを上げていないということだろう。いや、もしかしたら警察やマスコミに通報はしたが、誰もまともに取り合わなかったとか?

溜め息をついてブラウザーのウィンドウを閉じ、またレイの様子を盗み見た。ファイターのことを話せる相手なんて、レイくらいしかいない。レイは世の中で起きることはすべてロズウェル事件やエリア51、18番格納庫(いずれも墜落したUFOや異星人の死体が回収・保管されているとされる事件や施設)と何らかの形でつながっていると信じているような人物だ。地球外生命体はもう何十年も前に人類とのファーストコンタクトを果たしていると思う、いまになっても各国のリーダーがそのことを隠し続けているのは、〝無知蒙昧《もうまい》な地球の住人たち〟はまだ真実を受け入れられる段階にないからだ――レイからはそんな話を飽きるほど聞かされている。

しかし、墜落したUFOを政府が隠しているとか、宇宙人による誘拐事件が起きているとか、そんな話ならまだいい。いま世界的に盛り上がっているゲームのなかにしか存在しないエイリアンの宇宙船が、自分の暮らす街をかすめて飛んでいくのを目撃したなんて話と比べたら、ロズウェル陰謀論はよほど常識的に聞こえる。第一、いままさに件《くだん》のゲームをプレイ中のレイ、件の架空のエイリアンとバトルを繰り広げているさなかのレイに、実は今日ソブルカイ星軍の戦闘機がこの街の上空をかすめて飛んでいくのを見ちゃってさ、なんてどんな顔で言えばいい?

僕はレイの巨大なモニターがよく見える位置に移動した。レイはここ数年、一つのゲームをほぼノンストップでやり続けている。《テラ・ファーマ》——《アルマダ》と同じカオス・テレイン社が販売する、やはり世界的な人気を誇る一人称視点シューティングゲームだ。二つのストーリーラインは共通していて、異星人が来襲した近未来が舞台になっている。地球人と戦っている〝ソブルカイ星人〟は、くじら座タウ星vから来た、イカっぽい顔をしたヒューマノイド型宇宙人で、人類を全滅させてやるという不退転の決意で地球を訪れた。その理由は、すごくありがちで退屈なもの——この最高にイカしたMクラスの惑星をぜひとも手に入れたいから、ほかの種族と地球をシェアするなんて考えは連中のイカ頭のどこにもないからだ。

SF史にこれまで登場した異星から来た邪悪な侵略者の例に漏れず、ソブルカイ星人は星間空間を移動する能力を持つ巨大宇宙船を建造できるレベルの、ものすごく進んだ科学技術を持っているくせに、生物が住めない環境を自分たちのニーズに合わせて地球型に変化させる能力はなぜかないらしく、先住民がいる惑星を手間暇かけて征服する道を選択した。しかし、自分たちの領土によそ者が入ってくることを概して嫌う、核兵器を保有するサルが何十億匹と住む惑星を、なぜ好き好んで選ぶのか。動機はよくわからないが、とにかくソブルカイ星人は地球を我が物にせずにはいられず、占領する前に人類を皆殺しにせずには気がすまない。そして僕らにとっては幸いなことに、異星から来た架空の悪意ある侵略者のあまたの先輩たちの例にならい、ソブルカイ星人はできるだけ時間をかけ、できるだけ非効率的に人類を滅ぼすつもりでいるらしい。隕石やキラーウィルスや由緒正しき長距離核ミサイルを使って一発で人類を片づければ楽なのに、イカ頭どもは、第二次世界大戦スタイルの陸空を舞台とした長期戦を仕掛けてきていた。しかも、自分たちのはるかに進んだ兵器や推進装置やコミュニケーション技術がことごとく原始人クラスの敵の手中に落ちようが、屁とも思わずにいる。

《アルマダ》と《テラ・ファーマ》ではどちらも、プレイヤーは地球防衛同盟軍（EDA）の新兵としてゲームを開始する。ゲームの目的は、さまざまな戦闘ドローンを地上から操作して侵略者を撃退することだ。EDAが保有するドローンはすべて、敵の異星人が使っている似たタイプのドローンと戦闘力がちょうど互角になるよう設計されている。

《テラ・ファーマ》は、敵のドローンが地球に来襲した後のEDAとソブルカイ星軍の地上戦をメインにしている。一方、翌年リリースされた《アルマダ》はスペースフライト・シミュレーションゲームで、プレイヤーはEDAが世界中に保有する防衛ドローンを遠隔操作し、宇宙空間や敵軍に攻めこまれた地球上の都市の上空でソブルカイ星軍の侵略者と闘う。《テラ・ファーマ》と《アルマダ》は、リリースされるやいなや、世界中でもっとも人気を集めるマルチプレイヤー・アクションゲームになった。最初は僕も《テラ・ファーマ》を夢中でプレイしていたが、翌年、カオス・テレイン社から《アルマダ》がリリースされるや、本命ゲームは《アルマダ》に変わった。ただ、いまでも週に何度かはクルーズやディールと《テラ・ファーマ》をプレイする――《アルマダ》のミッションに一緒に参加するという交換条件のもとで。

この店では、レイからなかば脅されて《テラ・ファーマ》をプレイすることが多い。おかげさまで歩兵ドローンの操縦スキルはまだ鈍っていない。これは重要だ。というのも、《テラ・ファーマ》では、操縦できるドローンのサイズとパワーはプレイヤーのスキルレベルで決まるからだ。初心者に操縦が許可されるのは、EDAが保有するなかで一番小型でチープな戦闘ドローンだ。階級とスキルが進むにつれて、サイズが大きくて攻撃能力も高いドローンを与えられるようになる。スパルタン・ホバータンク、ノーティロイド攻撃型潜水艦、センティネル・メカ（火力の高い全高三メートルのスーパー戦闘用人間型装甲歩兵ドローン《ATHID》）、それにEDAが誇る超弩級《どきゅう》の兵器、タイタン・ウォーメカ（古い日本のアニメに出てきそうな、巨大な人間型ロボット）。ちょうどいま、ウォーメカを操縦しているレイは、敵のスパイダー・ファイターの大群の猛攻に遭って、ピンチに陥りかけていた。しばらく踏ん張っていたレイのウォーメカは、レーザー砲の集中砲撃に持ちこたえられずに後ろ向きに倒れ、大きなアパートを一つつぶしてしまった。レイは——僕も——顔をしかめた。《テラ・ファーマ》では、故意にであろうとそうでなかろうと、戦闘中に自機で建造物などを損壊するとペナルティーが科される。

《テラ・ファーマ》のバックストーリーは、エイリアン来襲ものにありがちな要素がてんこ盛りだが、定石を覆す革新的な側面も少なからず含まれている。たとえば、ソブルカイ星人は地球を侵略するのにじきじきに押しかけてくるのではなく、ドローンを送りこんできた。対する人類も、侵略者を撃退するためにドローンを多数配備した。というわけで、宇宙戦闘機、メカ、戦車、潜水艦、地上部隊など、双方が使う戦闘マシンのすべてが遠隔操縦型の無人機になっている。マシンを操る異星人も人間も、戦場とは物理的に遠く離れた別の場所にいるわけだ。

純粋に戦略的な観点から考えて、惑星間戦争を遂行するのに有人（または有異星人）

の宇宙船や車両を使うより、ドローンを活用するほうが得策に決まっている。生身の兵士を戦場に送りこめば、優秀なパイロットを失うリスクがあるからだ。映画の『スター・ウォーズ』シリーズを見るたびに、僕は首をかしげざるをえない。帝国は、何光年も離れた惑星間で長距離ホログラム電話だってかけられるくらい進んだ科学技術を持っている。なのに、遠隔操縦型のＴＩＥファイターやＸウィングを誰も作れないのはいったいどうして？

レイのヘッドアップディスプレイ《HUD》に警告が閃いた。〈あなたのドローンは破壊されました！〉。続いて視野が一瞬だけ暗転したあと、すぐにまたもう一つメッセージが表示されて、新しいドローンが与えられたことを知らせた。しかしレイの部隊の大型のドローンや戦車はすでに全滅しており、操縦できるのは、まだ残っている唯一のタイプ——近距離ＡＴＨＩＤだけだ。

ＡＴＨＩＤは首から下だけ見ると、アーノルド・シュワルツェネッガー演じるターミネーターの、生体細胞が焼けてなくなったあとに現れる超合金の骨格にそっくりだ。ただし頭部は人間のそれではなく、３Ｄカメラとそれを守る強化アクリルガラスのドームが乗っかっているおかげで、なんとなく昆虫みたいだ。左右の前腕にミニガウス銃、肩にミサイルランチャー、アーマーの胸部にはレーザー砲を装備している。

僕はレイの肩越しにモニターに見入った。レイは敵軍に包囲された都市の中心街近くでATHIDの両腕のミニガウス銃を連射し、炎を上げて燃えるアパートの屋上から猛攻撃を浴びせてくるソブルカイ星軍の対人殺傷ロボット、スパイダー・ファイターを撃ち落としていった。《テラ・ファーマ》プレイ用のお気に入りトラック、ラッシュの『ヴァイタル・サインズ』に合わせて首を上下に振っている。レイによれば、この曲の独特のビートはスパイダー・ファイターの群れの奇怪な動きにぴったり合っていて、これをBGMにしていると、敵の動きや攻撃のリズムを予想しやすいという。ソブルカイ星軍にはいろんなドローンがあるが、それぞれラッシュのアルバム『ムービング・ピクチャーズ』に入っているいずれかの曲とリズムが合うらしい。そんなのは、昨日も今日も明日もラッシュの同じアルバムをエンドレスでリピートする言い訳にすぎないと僕は思うけど。

レイのモニター上では、ソブルカイ星軍の輸送船が十数隻、空から降下してくるところだった。連中は地球の軌道に到達すると、ガンメタルグレーに輝く巨大な八面体をした輸送船を出して地上部隊を送りこんでくる。重装備の船体には、レーザー砲を浴びたくらいではびくともしないセンサー式セントリーガンが無数に備わっている。もちろん、これはゲームだから、輸送船にはシールドで守られていない弱点がちゃんと用意されている。《アルマダ》をプレイすると、その弱点を知ることができた。ダイヤモンド形をした輸送船は、着陸するとき、ものすごい速度のまま突っこんでくる。その勢いで船体の下半分が埋もれて、巨大な釘が地面に突き刺さったみたいになる。着陸が完了すると、ピラミッド状の上半分が四枚の金属でできた巨大な花びらみたいに開いて、なかにぎゅう詰めにされていたソブルカイ星軍の歩兵ドローンがあふれ出す。破れた卵嚢《らんのう》から昆虫の子たちがわらわら出てくる図、視界に入ったすべてを食い尽くそうとあたりに散っていく図を想像してもらえばいい。

遠くの空をソブルカイ星軍のグレーヴ・ファイターの軍勢が横切っていく。一斉に機体を傾けて進路を変える様子はまるで、獲物を探すピラニアの群れだ。上から見ると、グレーヴ・ファイターの左右対称の機体は両刃の斧に似ているが、真横から見ると、まさに古いSF映画に出てくる空飛ぶ円盤だ。僕が今日学校で見た幻覚はこのディテールに影響されたものだろう。

《アルマダ》をプレイすること三年、そのあいだに僕は数え切れないほどのグレーヴ・ファイターを撃墜してきたが、怖いとか不吉だとか思ったことは一度もない。しかし今日は、レイのモニターの背景を飛んでいるのを見ただけでも、恐怖が胸からあふれ出しそうになった。テクスチャードポリゴンでPCのモニターに描き出された単なる図形の集まりなのに、僕が大切にしているもののすべてがそいつらに破壊されてしまうんじゃないかという恐怖を感じた。

レイは炎を上げる屋上からATHIDをパワージャンプさせると、ソブルカイ星軍のバシリスク——目の代わりにレーザー砲を搭載した爬虫類《はちゅうるい》型ロボット戦車——の背中に飛び乗った。またパワージャンプして空高く上昇したところで一八〇度向きを変え、金属で守られた巨大バシリスクの体節に分かれた腹部に狙い澄ましてミサイルを一発撃ちこんだ。レイはATHIDのジャンプジェットをもう一度噴射し、爆発してオレンジ色の炎の球に姿を変えたバシリスクから離れた場所に着地した。

「ブラヴォー、軍曹」僕は言った。〝軍曹〟は地球防衛同盟軍でのレイの階級だ。

「お褒めにあずかりまして光栄です、中尉」レイが応じた。「本官なりに全力を尽くしております、サー！」

レイはにやりと笑い、マウスから一瞬だけ手を離して僕に敬礼したあと、戦闘に意識を戻した。

HUDに表示されたデータによると、レイの部隊はすでにホバータンク六両をすべて失っていた。タイタンを二台とも。残っている自機は予備のATHID七体だけで、戦略マップ上で点滅しているアイコンは、その七体は近隣のEDA武器庫で待機していることを示しているが、その武器庫にはすでにスパイダー・ファイターが群がっている。この街はもういつ陥落してもおかしくない。敗北は決まったようなものなのに、それでもレイはいつもどおり、あきらめずに闘いを続けている。レイのそういうところが僕は好きだ。

実際に《テラ・ファーマ》をプレイしているところを僕が見たことがあるなかでは、レイが最高の腕前の持ち主だ。何カ月か前、レイはついに〝サーティ・ダズン〟、《テラ・ファーマ》プレイヤーのトップ三百六十人が集められたエリート集団《クラン》に迎え入れられた。それから毎日、世界中の《テラ・ファーマ》サーバーにログインして、ハイレベルなミッションを次々こなしている。学校や宿題に煩わされずにすむレイは、起きている時間は全部《テラ・ファーマ》に充てられるから、僕とクルーズとディールの三人分を足し合わせた以上のコンバットタイムを稼いでいた。

「えい、くそ！」レイは吠えるように言ってモニターの側面を殴りつけた。見ると、レイの部隊の数少ない生き残りドローンたちは、ソブルカイ星軍に一斉に襲いかかられ、いままさに全滅の瀬戸際にあった。まもなくレイの予備のATHIDの最後の一体がスパイダー・ファイターの万力みたいな大顎にはさまれてぐしゃりとつぶれ、〈ミッション失敗〉の文字がディスプレイに表示されたあと、ソブルカイ星軍がニューアーク中心部を壊滅させるムービーが流れ始めた。

「やれやれ」レイは煙に呑みこまれた街をながめながら、ファニオンをまたひとつかみ袋から取って口に押しこんだ。「ま、ニューアークでまだよかったと思うべきだろうな。大局的にはさほどの痛手じゃない」

そう言って肩で笑い、指についたオニオンリング風スナックの粉をジーンズの脚になすりつけた。それからぱっと目を輝かせて僕を見た。

「そうだ、今日、こんなものが入荷してきたぞ」そう言いながらカウンターの下にあった大きな箱を持ち上げて僕の前に置いた。

僕がアニメのキャラクターだったら、目玉がびゅっと飛び出しているところだ。《アルマダ》用のインターセプター・フライトコントロール・システム――ゲーム史上最高の性能を持つ（そしてもっとも高価な）コントローラーだった。

「うっそ！」僕はささやくような声で言い、つやつやした黒い箱に印刷された写真やスペックを凝視した。「だって、発売は来月の予定だったろ？」

「カオス・テレインは出荷を前倒しにしたらしいな」レイは興奮した様子で両手をこすり合わせた。「さて、開封してみるか？」

僕は勢い込んでうなずいた。レイはカッターでテープを切ると、箱を押さえておいてくれと僕に言って、コントローラーと付属品一式が入った発泡スチロールの立方体を引っ張り出した。ものの数秒後には本体から何から何までガラスのカウンターの上に並んでいた。

《アルマダ》インターセプター・フライトコントロール・システム（IFCS）は、インターセプター・パイロット用ヘルメット（VRゴーグルとノイズキャンセリング機能付きヘッドフォン、伸縮マイク内蔵）と、左右一組のハンズオンスロットル＆スティック（HOTAS）で構成されている。HOTASは触覚フィードバックを搭載した完全メタルのフライトスティックと、それとは独立した武器コントロールパネルを内蔵したデュアルスロットル・コントローラーから成る。フライトスティック、スロットルレバー、武器《ウエポン》パネルには無数のボタンやトリガー、インジケーター、モードセレクター、ロータリーダイヤル、八方向スティックスイッチがびっしり並んでいて、操縦する《アルマダ》インターセプターの飛行システム、ナビゲーションシステム、ウェポンシステムを自在にカスタマイズできるようになっている。

「どうだ気に入ったか、ザック？」よだれを垂らさんばかりにして顔を近づけて見ている僕をしばしながめたあと、レイが聞いた。

「こいつと結婚したいくらいだよ、レイ」

「裏に一ダース以上届いてる」レイは言った。「ピラミッド形に積み上げて展示するかな」

僕はヘルメットを試しに持ち上げてみた。けっこうずっしり来る。細部までよく作りこまれていた。見た目も持った感じも、本物の戦闘機パイロット用ヘルメットみたいだ。オキュラス・リフトHUDのコンポーネントも最新のものを使っている（レイからプレゼントされたそれなりのVRヘッドセットを家に持っているが、数年前のモデルだし、ヘッドアップ・ディスプレイの解像度はこの数年で格段に向上した）。

「この新型ヘルメットなら、相手の思考も読み取れるぞ」レイが冗談を言った。「ただし、ロシア語の思考にかぎるがな」

僕は笑い、試しに装着してみたい衝動に抗《あらが》って、ヘルメットをカウンターに戻した。次に左手をスロットル・コントローラーに、右手をフライトスティックに置いた。金属の冷たい感触が右の手のひらに伝わってきた。握り心地はどちらも完璧だった。まるで僕の手に合わせて金型から起こしたみたいだ。《アルマダ》をプレイするようになってもう何年もたつが、その間《かん》ずっとプラスチックでできた安物のフライトスティックを使っていて、とくに不満を抱いたことはなかった。しかしIFCSという新しいコントローラーが発売されるという情報を《アルマダ》のプレイヤーフォーラムで見かけたとたん、それがほしくてたまらなかった。ただ、価格は五百ドルを超えている。一〇パーセントの従業員割引を考えに入れても、さすがに手が出ない。

さみしい気持ちでコントローラーから手を離し、そのままポケットに押しこんだ。

「今日から貯金を始めたら、夏の終わりごろには買えるかな」口のなかでそうつぶやいた。「おんぼろオムニがまた壊れたりせずにいてくれれば」

レイはバイオリンで切なげな曲を弾く真似をした。それから口の端を上げながら、カウンターの上のコントローラー一式を僕のほうに押しやった。

「こいつはおまえにやる」レイは言った。「ちょっと早いが、卒業祝いだよ」からかうように肘で僕をつついて続ける。「ちゃんと卒業できそうなんだろう、え？」

「ほんと？」僕は信じがたい気持ちでコントローラーを見つめた。それから顔を上げてレイを見た。「いやその──もちろん、高校はちゃんと卒業する予定だけど──でも、本気なの？　これ、もらっていいの？　マジ？」

レイはまじめくさった顔でうなずいた。「マジだ」

ハグせずにはいられなかった──レイの厚みのある胴体に両腕を回して抱き締めた。

レイは困ったように笑いながら、僕がようやく手を離すまで僕の背中を手のひらでぽんぽんと叩いた。

「これも人類が戦争に勝つ確率を少しでも上げるためさ!」レイはフランネル地のシャツの裾を引っ張って整え、仕返しに僕の髪をくしゃくしゃにしながら言った。「専用のフライトコントロール・システムがあれば、いまよりさらに有能なインターセプター・パイロットになれるかもしれないからな。ま、いまでも十分すぎるくらい有能なパイロットだが」

「レイ、それにしたって気前よすぎだよ」僕は言った。「でも、ありがとう」

「どういたしまして、ザック」

行きすぎた利他主義のせいでレイはいつか破産するんじゃないか、僕はどこかよそで、いい仕事らしい仕事を探さなくちゃならなくなるんじゃないかと、いつも心配だった。それでも、今回の豪勢なプレゼントを遠慮しようとまでは思わなかった。

「ウォールームでちょっと試してみるか?」レイは相互接続されたPCやゲーム機が何十台も並んだバックヤードのほうを振り返った。LANパーティやクランのイベント向けに時間貸ししている部屋だ。「今夜、大規模なエリートミッションがあるんだろう。その前に新しいコントローラーの癖に馴染《なじ》んでおいたほうが……」

「いや、いいんだ」僕は言った。「寸前にちょっと試せば間に合うよ。うちにある自分の環境でさ」というのは建前で、今度グレーヴ・ファイターが飛んでくるのを見たら、口から泡を吹いてぶっ倒れるかもしれないからだ。卒倒するなら、自分の部屋で、誰にも見られていないときのほうがいい。

レイはいぶかしげに眉を上げた。「おまえらしくないな。どうした、具合でも悪いか」

僕は目をそらした。「平気だよ。どうして？」

「アルバイト先のボスが、勤務時間中に大好きなゲームをやっててもかまわないって言ってるんだぞ。なのに、おまえがそれを断る？」レイは僕のおでこに手を当てた。「知恵熱でも出たか」

僕は強《こわ》ばった声で笑いながら首を振った。「いや、ただ――アルバイト中にサボってばかりいないで、レイからどんなに誘われてもまじめに仕事しようって自分に誓ったばかりなんだよ」

「なんだってまたそんな誓いを？」

「それも人生計画に含まれてるから」僕は言った。「責任感があって信頼に足る人間だってことをレイに納得させる計画。高校を卒業したら、正社員として雇ってもらえるように」

レイは、僕がその話題を持ち出すたびに、いまみたいな困惑顔をする。

「ザック、この店が続くかぎり、好きなだけいてくれてかまわない」レイは言った。

「しかし、おまえはもっとどでかいことをやる運命にあるんだよ。わかるな?」

「ありがとう、レイ」僕はあきれ顔で白目をひんむきそうになったがこらえた。今日のあの一件が僕に何かを伝えるために起きたなら、僕の運命は拘束服に押しこまれることにあるってことだ。パッド付きのヘルメットも覚悟しておいたほうがいいかもしれない。

「〝運命から逃れることはできん〟」レイはオビ゠ワン・ケノービの声を真似て言った。

それから、さっきまで座っていたスツールに戻って腰を下ろすと、マウスを一つクリックして、《テラ・ファーマ》の新しいミッションを立ち上げた。カオス・テレイン社はいろんな形状の《テラ・ファーマ》用コントローラーを製造している。なかでも人気なのは、うちの店でも取り扱いのあるデュアルフライトスティック・コントローラー、タイタン・コントロールシステムだ。ところがレイは、かならずキーボードとマウスだけを使ってプレイする。ついでに言えば、いまだに3DのVRゴーグルより2Dのモニターを好む。VRゴーグルはめまいがするから嫌いなんだそうだ。あの年代のゲーマーにはそういう人が多いが、レイも自分の流儀を意地でも変えない。

たったいま、勤務時間中にゲームはやらないと宣言したばかりなのに、僕はスモールベリーズの前に戻ってデスクトップの《テラ・ファーマ》アイコンをクリックした。オープニングのムービーが再生された。習慣から反射的に〝スキップしてゲームを始める〟をクリックしかけたが、今日は映像を止めず、何年かぶりに冒頭部分を見た。

プロローグの動画はゲームの前提となるストーリーラインをざっと説明する重々しいナレーションから始まる（声優はモーガン・フリーマン。例によって最高に決まっている）。時代設定は「二十一世紀の半ばごろ」、ソブルカイ星軍が地球に初めてやってきたときから十年が経過している。ソブルカイ星人は、地球に近いことを最大の理由にSFの黎明期から異星人の故郷としてお馴染みの、「くじら座タウ星系」に住む水生種族だ。ざっくり言って地球の巨大イカに似た外見をしているが、頭部にトゲ状の突起物のある触手が生えていたり、サメのそれを縦にしたような口の周囲に、死んだような真っ黒の目が六つ並んでいたりする。

冒頭のナレーションが終わると、侵略者ソブルカイ星人が到着当日に人類に向けて発信した動画が流れ始める。ソブルカイの皇帝の威嚇のメッセージも流れるが、WETAのデザイナーはちょっとH・R・ギーガー風に走りすぎ、皇帝の姿をおどろおどろしくしすぎた――というのは一凡人の意見にすぎないが。灰色がかった半透明の皮膚をしたクリーチャーは暗い水底《すいてい》のねぐらに浮かび、背後に広がった触手を水にゆらゆら揺らしながら、カメラに向かって話す。やつらの言葉は、きしむみたいな音が多くて耳障りだ。

クジラの歌だ。デスメタル好きのクジラの歌に似ていなくもない。ただし、ありがたいことに、地球人としてはいくらか聞き飽きた、悪辣《あくらつ》な異星人が漏れなく言いそうな脅しのフレーズを披露する寸前に、見えない誰かが英語の字幕をオンにする。

「我々はソブルカイ星人だ」皇帝は言う。「卑しむべきおまえたちの種族は、生き延びるに値しない。よっておまえたちは絶滅する――」

皇帝のメッセージにはまだ先があるが、僕はスペースバーを押して続きをスキップした。肝心な部分はもう暗記している。悪意に満ちた冷酷なイカ頭どもは、星間空間を十二光年旅してはるばる地球までやってきた。目的は人類を滅ぼすこと。人類がいなくなったら、地上のピザハットを残らず破壊したあと、青い宝石のようなこの惑星を我が物とする。Aクラスのゲームスキルを発揮して連中を撃退するのが僕に与えられたミッションだ。了解！　さあ、コントローラーの〈FIRE〉ボタンを押して、ゲームを始めよう。

人類とソブルカイ星人とのあいだで進行中の戦争について詳細なバックストーリーは、インターネットを探せば見つかる。ただ、地球防衛同盟軍（EDA）の複雑怪奇なウェブサイトに散らばっている断片的な情報を拾い集めて組み立て直さなくてはならない。

EDAのサイトは代替現実ゲームの一部であり、これがあるおかげでプレイヤーはゲームのストーリーに没入しやすくなっている。EDAのサイトから発掘された情報によれば、EDAはソブルカイ星軍の宇宙船を無傷で捕獲することに成功し、その一隻を解析調査《リバースエンジニアリング》して、兵器やコミュニケーション、生命維持、推進といった分野の信じがたいほど進んだテクノロジーを模倣した戦闘ドローンを——ほとんど一夜にして——世界中に配備し、ソブルカイ星軍と互角の戦力を手に入れた。

EDAがはるかに進んだ技術を持つソブルカイ星軍の絶え間ない攻撃を受け流しながら、その陰で驚くほど短期間のうちにドローンの再現と量産に成功できたのはなぜか、そのあたりの説明は、言うまでもなくごっそり省かれている。ただ、僕が思うに、疑問をいったん保留にして、くじら座タウ星系からやってきたヒューマノイド型の地球外生命体がロボット大艦隊《アルマダ》をリモート操作し、十年にわたって人類と戦争を続けているという説明をあえて鵜呑みにしてしまえば、ストーリーの穴や科学的な誤りをちくちくつつくのはバカらしくなる。第一、その穴や誤りがあるからこそ異星人の皇帝は存在するし、僕らは宇宙に戦闘機を飛ばしてドッグファイトを繰り広げられるわけだからね。

僕は《テラ・ファーマ》のクライアントを終了し、代わりにウェブブラウザーを立ち上げて、カオス・テレイン社のウェブサイトにアクセスした。〈会社概要〉のページを開いてざっとながめる。年季の入ったカオス・テレイン・ファンだから、会社の歴史にはまずまず詳しい。創業者はサンフランシスコ・ベイエリア在住のフィン・アーボガストという人物で、以前はエレクトリック・アーツ社で《バトルフィールド》シリーズを手がけていたが、その実入りのよさそうな仕事を辞め、〝次世代のマルチプレイヤーVRゲームを〟という熱い理想を掲げて、二〇一〇年、自分の会社を設立した。

〝業界の輝けるスターのコラボレーションから革新的なMMO（ゲーム専用サーバーが複数設置され、オンライン接続する数千人から数万人規模のプレイヤーが各サーバー内の世界を共有してプレイするタイプのゲーム）を生み出す〟という旗を揚げたアーボガストのもとに、超一流のゲームクリエーターやプログラマーが他社や他プロジェクトを辞めてまで集まってドリームチームを結成した。クリス・ロバーツ、リチャード・ギャリオット、ヒデタカ・ミヤザキ、ゲイブ・ニューウェル、シゲル・ミヤモトといったゲーム業界の生ける伝説たちが《テラ・ファーマ》と《アルマダ》の両方にコンサルタントとして参加しているのは、そんな経緯があってのことだ。ほかに、ハリウッドの名だたるクリエーターも開発に加わっている。EDAの宇宙船やメカの本物と見まごうデザインにはジェームズ・キャメロンのアイデアが取り入れられているし、ゲーム内のリアルタイムな演出映像はみんな映画監督のピーター・ジャクソンとVFX制作会社WETAワークショップによるものだ。

カオス・テレイン社は《テラ・ファーマ》と《アルマダ》向けのゲームエンジンをゼ

ロから開発した。プログラミングしたのは、《バトルフィールド》、《コール オブ デューティ》、《モダン・ウォーフェア》などのコンバットシミュレーションゲームや、《スターシティズン》、《エリートデンジャラス》、《イヴオンライン》などのスペースコンバットシミュレーションゲームの開発に関わっていたのと同じプログラマーたちだ。

このフランケンシュタインじみたパクリすれすれの開発戦略は、結果的に大成功を収めた。《テラ・ファーマ》と《アルマダ》は世界でもっとも売れているマルチプレイヤーゲームになった。売れるだけの理由もちゃんとある。贅肉をそぎ落としたシンプルなアーケードスタイルのゲームプレイは取っつきやすく、筋金入りのゲーマーでなくても楽しめる。しかし同時に拡張性《スケーラビリティ》があって日々進化を続けているから、僕みたいに毎日プレイするゲーマーにもやり甲斐がある。どちらのゲームもプロダクションバリューが高いし、スマートフォンやタブレットも含めたあらゆるプラットフォームで動く。何より、ほかのＭＭＯみたいに月額料金が高くないのがいい。《テラ・ファーマ》も《アルマダ》も課金制にはなっているが、カオス・テレイン社が設定した料金はかなり良心的だ。しかもどちらかのゲームで階級を与えられるまでやりこめば、それ以降はずっと無料でプレイできる。アイテム課金制も導入していないから、月額料金以外にも小遣いを搾り取られるということはない。

僕はウィンドウを閉じ、デスクトップに並んだアイコンをぼんやりながめながら、頭のなかの交通整理を試みた。今日の一件が起きるまで、カオス・テレイン社の二つのゲームにある異星人による侵略というプロットと、父さんのノートにあった陰謀説を結びつけて考えたことは一度もなかった。異星人による侵略をテーマにした映画やテレビドラマ、小説、ゲームなんて、毎年何百と出てくる。《アルマダ》だってそのうちの一つにすぎない。それに、《アルマダ》がリリースされたのはほんの数年前だ。父さんが二十年近く前にノートに書いたことと結びつけろというほうが無理というものだ。

とはいうものの、ごくふつうの市民を訓練して戦闘でドローンを操れるスキルを身につけさせようと政府が本気で考えたとしたら、まさに《アルマダ》や《テラ・ファーマ》みたいなマルチプレイヤーコンバットゲームを開発するだろうな……

数分後、『スター・トレック』のドアチャイムが鳴って、たまにこの店に来る近くの中学生のグループが入ってきた。思春期前の腕白坊主どもに発見されて物欲しげな視線を向けられる前に、僕は急いで新しいヘルメットとスロットルとフライトスティックを箱に戻し、その箱をカウンターの下に隠した。

「ゲームオーバーと無縁のスターベース・エースへようこそ」僕は〝いらっしゃいませ〟の代わりに用意された挨拶の文句にありったけの熱意をこめて言った。「若き紳士たち、今宵は何をお探しで？」

4

家に帰ると、私道に母さんの車が止まっていた。うれしい驚きだった。ここ一年くらい連日残業続きで、母さんが病院から帰ってくるのはたいがい、僕がもう寝たあとだった。

ただ、母さんが帰っていると思うと、少し落ち着かない気持ちになった。何か悩んでいると、母さんにはかならず見抜かれる。子供のころ僕は、母さんは突然変異で、テレパシーの能力が備わっているんだと思っていた。それを使って僕の心を読む。僕の心が荒れ模様のとき、その能力はとりわけ研《と》ぎ澄まされる。

母さんはリビングルームのソファに寝そべって、大好きなイギリスのテレビドラマ『ドクター・フー』の最新エピソードを見ていた。ビーグル犬のマフィットは母さんの足の側で体を丸めている。どっちも僕が帰ってきたことに気づいていない。そこで僕は《アルマダ》のコントローラーの箱を階段に下ろし、上がり口に立って、テレビを見ている母さんをしばし観察した。

パメラ・ライトマン（旧姓クランダル）ほどタフで格好いい女性に、僕はまだ会ったことがない。『ターミネーター』のサラ・コナーや『エイリアン』のエレン・リプリーにちょっと似ている。たしかに、母さんには困ったところもいろいろあるが、子供を守るためなら、どでかい機関銃でも何でも担いで殺人サイボーグを端から吹き飛ばすような、たくましいシングルマザーの一人だ。

しかも、うちの母さんは見たこともないような美人でもある。わかってる、自分の母親をそういう風に美化して話す男は多いよな。でも僕の場合、厳然たる事実なんだ。とんでもなくホットで、ずっとシングルを貫いている母親を見ながら育つっていうエディプス的拷問を身をもって知っている若い男はそういない。母さんの名前も知らないうちから美貌だけで舞い上がっちまう大人の男を日常的に目撃し続けていると、同性に対して小さな嫌悪を抱かずにいられない。そうでなくたって僕の心の荷物棚には重たすぎる荷物がぎっしり詰めこまれているのに。

母さんはものすごい苦労をして僕を一人で育てた。他人の目には見えない苦労がたくさんあった。たとえば、実家はまったく頼れなかった。おじいちゃんは母さんがまだ小学生だったときに癌で死んでいたし、ウルトラ級に信心深いおばあちゃんには勘当されていたからだ。おばあちゃんは、高校卒業前に大事な娘を汚して妊娠させるようなろくでなしのニンテンドー・オタクなんかと結婚した母さんを許せなかった。

母さんから聞いた話だと、おばあちゃんから仲直りを持ちかけてきたのは一度だけ、父さんが死んで何ヵ月か過ぎたころだった。話し合いは決裂した。おばあちゃんの大失言のせいだ。父さんの死を「不幸に見えて実は幸運なもの」と呼び、これで「まともな夫――多少なりとも将来性のある夫」を探し直せると言ったらしい。

それを聞くなり、今度は母さんがおばあちゃんと縁を切ると宣言した。

僕の顔を毎日見させられる、それだけのことが、母さんにとっては何よりつらいことなんじゃないかと僕は内心で恐れていた。僕は父さんにそっくりだ。しかも、年齢を重ねるごとにますます似てきている。しかももうじき父さんが死んだのと同じ年齢になる。毎日、死んだ夫のドッペルゲンガーが朝食のテーブルの向かい側から微笑みかけてくるのを見るたびに、母さんは胸がえぐられるような思いをしているんじゃないか。そんな風には極力考えないようにしてきたが、ここ数年、母さんがひたすら仕事漬けになっているのは、それが理由なんじゃないかと思うことさえある。

母さんが〝孤独な寡婦《かふ》〟を演じたことは一度もない。友達としじゅう踊りに行っているし、たまにデートにも出かけていく。でも、いつも真剣な交際に発展する前に関係を終わらせているようだ。どうしてと聞くまでもない。聞かなくたってわかる。母さんはいまも父さんを愛しているからだ。少なくとも、記憶にある父さんを愛している。母さんが父さんを忘れられずにいると知って、子供心にひねくれた満足感を覚えたものだ。僕の両親は本当に愛し合っていたという証拠だからね。でも、あれから少し大人になったいまは、母さんはこのまま独身を貫く気でいるんじゃないかと心配になりかけている。僕が高校を卒業して独立したあと、母さんはこの家に一人きりになるかもしれないと思うと、いても立ってもいられなくなる。

「ただいま」僕は母さんを驚かせたくなくて、静かな声で言った。

「あら、帰ってたの」母さんはテレビの音声を消してゆっくりと起き上がった。「全然気づかなかったわ」そう言いながら自分の右の頬を指さす。僕はおとなしく母さんのそばに行き、右の頬にキスをした。「いい子ね！」母さんは僕の髪をくしゅくしゅとなでた。それからソファの隣をぽんと叩いた。僕はそこに腰を下ろし、マフィットを膝に抱き上げた。「今日はどうだった、ザック？」

「まあふつう」嘘に説得力を持たせようと、軽く肩をすくめてみせた。「そっちはどう？」

「そうね、楽しかったわ」母さんは僕と同じような口調で答えた。肩もすくめた。

「ならよかった」母さんの返事も嘘だろうと思いつつも、僕はそう言った。癌患者、それも末期の患者ばかりが相手の仕事だ。楽しいわけがない。

「今日は残業じゃなかったんだ」僕は言った。「クリスマスの奇跡だね」

母さんは笑った。それは身内のジョークだ。ちょっといいことがあると、うちでは、四季を問わず、全部〝クリスマスの奇跡〟ってことになる。

「たまには早く帰ろうと思って」母さんはソファから足を下ろして僕と向かい合った。「おなか空いてない？　私はシナモンフレンチトーストがどうしても食べたい気分なんだけど」そう言いながら立ち上がる。「一緒に食べる？　ママと一緒に朝食風ディナーを食べたくない？」

危険を察知したときのスパイダーマンみたいに、僕のうなじにざわざわした感覚が走った。母さんが〝朝食風ディナー〟を一緒に食べないかと言い出すのは、何か〝大事な話〟があるときだけだ。

「遠慮しとく。ザ・ベースでピザを食べたし」僕は退散することにした。「これ以上は腹に入らない」

母さんは僕と階段のあいだにすばやく移動して逃げ道をふさいだ。

「〝ここは断じて通さぬ！〟」『ロード・オブ・ザ・リング』のガンダルフばりに重々し

く宣言し、芝居がかった足つきでカーペット敷きの床をどんと踏み鳴らす。「さっき副校長先生から電話があったの。数学の授業を途中で抜け出したそうね——ダグ・ナッチャーに喧嘩を吹っかけようとした直後に教室を飛び出した」

僕は母さんの顔を見つめ、押し寄せてきた怒りの波にのみこまれないよう踏ん張った。怒るより、母さんが心配していること、狼狽《ろうばい》していることを意識しようとした。母さんがそれを必死に隠そうとしていることも。

「喧嘩を売ろうとしたわけじゃないよ、母さん」僕は言った。「ナッチャーは僕のすぐそばの席の別の生徒に嫌がらせをしてたんだ。もう何週間もずっと、しつこくいじめてた。教室から飛び出したのは、あのままいたら、ナッチャーの首をもぎ取っちまいそうだったからだ。そう考えたら、褒めてもらいたいくらいだな」

母さんは一瞬、僕の顔をじっと見た。それからため息をつくと、僕の頬にキスをした。

「わかったわ」そう言って僕を抱き締める。「動物園に押しこめられてるみたいなものよね。気持ちは理解できる。でも、あとたった二カ月いい子にしてれば、解放されるのよ。運命を決めるのは自分」

「わかってるよ、母さん」僕は言った。「あと二カ月。ちゃんと卒業するから。心配しないで」

「もう未成年じゃないのよ……」「忘れないで」母さんは唇をぐっと噛んだ。「もう未成年じゃないのよ……」

「わかってるって」僕は答えた。「心配しないで。あんなことは二度と起きないから」

母さんはうなずいた。〝事件〟のことを考えているとわかる。たったいま僕が二度と起こさないと約束した〝事件〟。同じ約束を数え切れないほど繰り返してきた。

で、どんな事件が二度と起きないかというと――

中学校に通い始めて数週間が過ぎたある朝、廊下を歩いていると、仲間とたむろしていたナッチャーが僕に気づいてにやりと笑った。「おい、ライトマン！　なあ、本当なのか？　おまえの親父はクソ工場の爆発に巻きこまれて死んだマヌケだって話は」

これは脚色じゃない。ナッチャーはいま引用したとおりのことを言った。その場にいて聞いていた証人が何人もいる。

僕の記憶はその瞬間から飛んで、次に覚えているのはナッチャーの胸にまたがって、やつのぴくりとも動かない血まみれの顔を見下ろしていたこと、周囲でクラスメートたちの悲鳴が渦を巻いていたことだ。まもなく力強い腕が僕の首や胴体にからみついて、僕はナッチャーから引きはがされた。拳が痛いのはなぜだろう、足もとのワックスがかかった大理石模様の床でナッチャーが血だらけで体を丸めているのはなぜだろうと不思議だった。

あとになって聞いたところによると、僕は〝野生の動物のように〟ナッチャーに襲いかかり、めちゃくちゃにパンチを浴びせて気絶させたらしい。やつがぐったりして動かなくなってもかまわず殴り続けていたという。

男子生徒二人と先生一人の三人がかりでようやく僕を引き離した。

ナッチャーは軽い脳震盪《のうしんとう》と顎の骨折で一週間入院した。それを考えると、僕の処罰は軽かった——二週間の停学と、その学年が終わるまで、怒りのコントロールを学ぶアンガーマネージメント・カウンセリングを継続して受けること。おまけとして、〝ザック・アタック〟の異名と、〝学年一のサイコ野郎〟の称号がついてきた。

だが、僕にとって何より恐ろしかったのは、〝事件〟発生直後の十秒間の記憶が欠落していることだった。そしてもう一つ、あれ以来一日一度は自問せずにはいられない疑問だ——〝もしあのとき止めてくれる人が居合わせなかったら、僕は何をしでかしていただろう？〟

ナッチャーはおそらく、僕の父さんの死亡記事をスキャンした画像をネット上で見つけたんだろう。父さんの名前で検索して出てくる結果はそれ一件だ。父さんがなぜ死んだか僕が知っているのも、ネットで検索したからだ。母さんやおじいちゃんおばあちゃんは、父さんの死の詳細を子供の僕から隠し通した。それはありがたいことだったと思う。死亡記事を初めて読んだ瞬間から、その内容は僕の心につきまとってきたからだ。いまでも一言一句、しっかりと記憶に刻みつけられている。

汚水処理施設で事故――ビーヴァートン在住の男性が死亡
ビーヴァートン・ヴァレー・タイムズ（2000年10月6日）

金曜午前九時ごろ、サウスリヴァー・ロードの市営汚水処理施設で事故があり、ビーヴァートン在住の男性が死亡した。亡くなったのは、ブルーボンネット・アヴェニュー六〇三番地のビーヴァートン市職員、ゼイヴィア・ユリシーズ・ライトマンさん（一九歳）。ワシントン郡検死局が事故発生現場でライトマンさんの死亡を確認した。汚水タンクそばで作業をしていたライトマンさんは、漏れたメタンガスを吸って意識を失った。当局は、絶縁されていない電気回路の火花がガスに引火して爆発が発生、ライトマンさんはそれに巻きこまれて直後に死亡したとの見方を示している。ビーヴァートンで生まれ育ったライトマンさんの遺族は、妻のパメラさんと息子のザッカリーくん。葬儀の詳細は――

「ザック、聞いてる？」

「聞いてるよ、母さん」僕は嘘をついた。「何だっけ？」

「進路指導のラッセル先生からも留守番電話にメッセージが入ってたって話をしてたの」母さんは腕組みをした。「面談をすっぽかしたそうね。それも二度続けて」

「あっと――うっかり忘れちゃったみたいだ」僕は言った。「次はちゃんと行くよ。約束する」

母さんの横をすり抜けようともう一度試みたが、母さんは行く手に立ちふさがり、またしても足をどんと踏み鳴らした。母さんはガンダルフで、僕はそこを突破しようとしているバルログってことらしい。

「どうするか決めたの？」母さんは僕の目をじっと見据えて聞いた。

「それは、残りの人生をどうやって過ごすか決めたかって質問？」

母さんがうなずく。僕は溜め息をつき、最初に頭に浮かんだ答えを言った。

「ずいぶん悩んだけど、〝慎重に考えた結果、ものを買ったり、売ったり、商品にしたりする仕事はしたくない〟」

母さんは眉をひそめ、たしなめるように首を振ったが、僕はかまわず映画『セイ・エニシング』の台詞《せりふ》の引用を続けた。

「〝そういうことは仕事にしたくない。売られたものや商品にされたものを買ったり、買ったものや商品にされたものを売ったり――〟」

「〝売られたり買われたり商品にされたものを商品にするのもいや〟」母さんは途中でさえぎって言った。「それでごまかせると思うの？　〝ロイド、ロイド、無駄な抵抗はよせよ〟」

「ばれたか」僕は罪を認めるように両手を挙げた。「同じ映画ばかり七億回も見せるからいけないんだよ」

母さんはまた腕組みをした。

「あのね、ザック。大学進学資金はしっかり貯めてあるの。どこの大学に行っても四年分の学費は余裕で出せるのよ。どこでも好きな大学に行ける――何だって好きな分野の勉強ができる。それがどれだけ恵まれたことか、わからないわけじゃないわよね」

わかっている。僕はたしかに恵まれている。母さんは、父さんの事故の和解金でこの家を買い、その残りを使って、僕がまだ生まれたての赤ん坊だったころから学費の積立てを始めた。母さんの看護学校の学費もそこから出した。

僕らは恵まれている。そうだろう？

ほかにどんなけがの功名があったか、知りたいかい？　父さんの遺体は爆発でひどく焼け焦げていたから、身元の確認には歯科治療記録と照合するしかなかった。おかげで母さんは、死体安置所に行って自分の目でその焼け焦げた死体を確認せずにすんだ。

これ以上の幸運を望んだら罰《ばち》が当たる。そうだろう？

「この前話したこと、考えてくれた？」母さんは聞いた。「大学に進んでゲームを作る勉強をするっていう選択肢も検討するって約束したわよね。クルーズはそういうつもりでいるんでしょう？」

「僕が得意なのはゲームをプレイすることだよ、母さん」僕は答えた。「作るのは得意じゃない。プログラミングやデジタルアートの才能がなくちゃゲームは作れない。僕はそのどっちも苦手だ」僕はふうと息をついて、足もとに目を落とした。

「心の底からゲームが好きかどうか、大事なのはそれでしょう」母さんは言った。「その気持ちさえあれば道は開けるわ。きっと楽しいわよ」微笑みながら僕の頰にそっと指先を触れた。「母さんの言うとおりだってわかってるくせに。母方からも父方からもゲームおたくのDNAを受け継いでるんだから」

それは事実だ。見た目からは想像しにくいが、母さんも若いころはハードコアなゲーマーだった。《ワールドオブウォークラフト》にどっぷりはまっていた時期があるらしい。いまは気分転換にプレイする程度だが、ときおり僕と一緒に《テラ・ファーマ》のミッションに参加したりもする。

「新しいゲームをひたすらプレイして試す仕事もあるんでしょ？」

「あるよ。ゲームテスターっていうんだ」僕は言った。「楽しそうに聞こえるけど、実際は過酷な労働だよ。ろくな金にならないし、プログラムのバグを見つけるのに、同じゲームの同じレベルを何千回もプレイしなくちゃならない。頭がおかしくなるだろうな」

母さんは溜め息をついてうなずいた。「そうね、私もきっとどうかなっちゃいそう」秘密を打ち明けるみたいに声をひそめてそう言ったあと、笑顔になった。「だけどね、ザック、いまはまだ何を勉強したらいいかわからなくても、とりあえず進学するっていうのもありだと思うの。手当たり次第にいろんな授業を受けてみて、興味のある分野を探すのよ。どんな道に進みたいか、そのうちわかるでしょうから」

僕は微笑み、それもそうだねとうなずいた。しかし、母さんはまだ僕と階段の間から撤退しようとしなかった。

「いますぐ決めなさいなんて言う気はないのよ、ザック。とりあえずのプランを立ててもらいたいだけ」

「とりあえずのプランは」僕はゆっくりと言った。「いまのままスターベース・エースで働くことかな。いまはパートタイムだけど、たとえばフルタイムに――」

「それはあくまでもアルバイトでしょう、ザック。長期のキャリアプランとは違うわ。五年後を想像してごらんなさい。同級生はみんな大学を卒業するころよ。キャリアの大海に漕ぎ出していこうとしてる。でもあなたは――」

「卒業した高校からたった五ブロック先の店で、惰性で生きてる。十六歳のときと同じ店で底辺を這い回ってるって？」僕は先回りして言った。

「そういうこと」

僕は傷ついた顔を装った。「そっか、そこまで信用がないのか」

「そろそろ目を覚まして将来のことを真剣に考えないと、そのドタマをかち割ってやるからね、おにいさん」

「〝おにいさん〟呼ばわりってことは、マジ怒ってるらしいな」

「大学に行かなくちゃ許さないとは言ってないの。修道院に入るんだってかまわないのよ！　平和部隊でボランティアに取り組むのでもいいし、X-MENのヒーローになるのでもいいの。何でもいいから何かしてちょうだい。それだけ。わかった？」

僕はほっとしたふりをして、深く長く息を吐き出した。

「何でもいいって言ってくれるなら、うちを出て移動カーニバルの団員にでもなるかな」僕は言った。「最初は体重当てから始めて、いつか乗り物の操作係になるんだ」

「そんな仕事に就くにはちょっとお利口さんすぎるんじゃない？」母さんはふざけた様子で僕をぐいと押した。「いいこと、困らせるつもりはないの。あなたのためを思ってるだけ。あなたは頭がいいし、才能にあふれてる。もっと大きなことができるはずよ」そう言って僕の目をのぞきこむようにする。「自分でもわかってる。そうよね？」

「わかってるって、母さん」僕は言った。「だからそう心配しないでよ」

母さんは苦い顔をし、そう簡単に道は譲れないと宣言するように腕を組んだ。ところがそのとき、天からの恵みのように僕の携帯電話が着信音を鳴らして、新しいメッセージが届いたことを知らせた。あわててポケットから携帯を取り出し、ディスプレイを確かめた。〈最終リマインダー――地球防衛同盟軍司令本部より――ライトマン中尉、ただちにログインし、太平洋標準時午後8時開始のミッション・ブリーフィングに出頭せよ〉。

見ると、クルーズとディールから何通もメッセージが届いていた。数学の時間のあの一件はいったい何だったのか、今夜の《アルマダ》のミッションには参加するのか。

「ごめん、母さん。急がないと！」僕は通行許可証を提示するみたいに携帯電話を持ち上げた。「《アルマダ》のミッションに遅れちまう――もうじき始まる」

「わかったわかった」母さんはあきれ顔をした。「わかりました。ゲームに遅刻するなんて、命に関わる一大事だものね」そう言って脇によける。「行きなさい。行って、地球を救うのよ！」

「ありがとう！」僕が頬に軽くキスをすると、母さんの眉間《みけん》の皺《しわ》が一瞬だけ消えた。僕は《アルマダ》のコントローラーが入った箱を抱えて階段を駆け上がり、そのまま廊下を突っ走った。自分の部屋という安全地帯と、別の現実へのポータルに一刻も早く飛びこみたい。

しかし母さんの声のスピードのほうが速かった。中立地帯を駆け抜ける前に、母さんが大きな声で発した最後の警告に追いつかれた。子供のころから何度も聞かされた、ふだんなら白目をむいてみせたくなるような戒めの言葉。なのに今日、その同じ言葉を聞いた瞬間、本物の恐怖が全身に広がった。

「未来のことを考えると、怖くなることがあるわね。だけど、逃げたくても未来からは逃げられないのよ」

5

部屋に入って鍵をかけ、ドアに背中からもたれた。未来からは逃げられないという母さんの言葉がまだ耳の奥でこだましていた。室内を見回す。自分の部屋を見て恥ずかしい気持ちになったのは初めてだ。壁のポスター、棚を埋める本やコミックやフィギュア。どれもこれも死んだ父さんの遺品ばかりだ。それでも、故人の思い出を祀った祠《ほこら》とは言いがたい。僕は父さんを覚えてさえいないからだ。それよりは博物館の展示室みたいなものか。知りもしない人物、これからも絶対に会うことのかなわない人物に捧げられた、悲しくてむなしい展覧会。

母さんが僕の部屋をのぞこうとしないのは当然だ。このインテリアデコレーションを見たら、二重三重の意味で泣きたくなるだろう。

天井から宇宙船のプラモデル艦隊が釣り糸でぶら下がっている。部屋の奥へと歩きながら一つずつ軽く指で揺らした。『スター・トレック』のエンタープライズ号、『エイリアン2』のスラコ号、『スター・ウォーズ』のXウィングとYウィング、ミレニアム・ファルコン号、『ロボテック』のベリテック・ファイター、そして最後に――丁寧にペイントされた『スター・ファイター』のガンスター。

窓のブラインドを下ろし、部屋を真っ暗にした。唯一の明かりは、ブラインドの隙間から細く射しこんで、部屋の隅にあるくたびれた革のゲーム専用チェアを青白く浮かび上がらせている一条の月光だけだ。『スター・ウォーズ エピソード1』の『運命の闘い』の出だしの何小節かを歌って気分を盛り上げながら――ダンダン・ダダダー！――その椅子に腰を下ろした。

埃っぽいゲーム機本体を持ち上げて、昨日まで使っていたプラスチックのフライトスティックとスロットルの二つのコントローラーのケーブルを抜いた。黒い絶縁テープでぐるぐる巻いて、崩壊しかけているのをどうにかごまかしていた第一世代のいかついVRヘッドセットのケーブルも抜く。古いコントローラーセットを片づけ、新品のインターセプター・フライトコントロール・システムのいろんなパーツを本体に接続して、椅子の周囲に設置した。重量感のあるオールメタルのフライトスティックは、椅子のすぐ前、膝のあいだに置いた古い木箱の上にセットし、それと独立したスロットルコントローラーは、左手が届きやすいアームレストの平らな部分に置いた。

このレイアウトは、ゲームに出てくるインターセプターのコクピットを模している。言うなれば自家製スペースコンバットシミュレーターだ。こうして座っていると、子供のころ、テレビの前にソファのクッションを並べて宇宙船のコクピットを作ったことを思い出す。ニンテンドー64の《スターフォックス》をさらにリアルに遊びたかったからだ。ヒントになったのは、父さんのビデオテープにあったアタリ社の《コズミックアーク》の古いコマーシャルで、子供が似たようなことをしている場面を見たことだった。

コントローラーの設置を終え、新しい《アルマダ》VRフライトヘルメットに内蔵されたブルートゥースヘッドフォンに携帯電話を接続して、携帯に入っている〈レイド・ジ・アーケード〉プレイリストを呼び出した。父さんの持ち物のなかにあったアナログのミックステープをデジタル音源で再現したリストだ。カセットテープのラベルには、父さんの几帳面な筆跡で〈レイド・ジ・アーケード〉――〝アーケードで暴れまくれ〟――という勇ましいタイトルが書いてあった。それを見て、きっとゲームをするときのお気に入りの楽曲を集めたテープなんだろうと思い、僕もそれを聴きながらゲームをするようになった。おかげさまで、父さんの戦闘ソングのデジタル版を再生するのが《アルマダ》のプレイ前に欠かせない儀式になっている。〈レイド・ジ・アーケード〉のBGMがないと、どうもリズムに乗れなくて射撃の命中精度も落ちる。だからいまは、ミッションに出発する前にかならずプレイリストを用意しておく。

インチキ・インターセプター・パイロットヘルメットをかぶり、アラウンドイヤー型の内蔵ノイズキャンセリングヘッドフォンの位置を直した。VRゴーグルの位置も調整したあと、小さなボタンを押して、ヘルメットの伸縮マイクを伸ばした。別に伸縮機能なんか必要ないが、かっこいいから許す。伸縮するときの音が聞きたくて、そのあとも何度か出したり引っこめたりしてみた。

ゲームのロードが完了するのを待って、新しいスロットルやフライトスティックのボタン設定をカスタマイズし、いざ、《アルマダ》のマルチプレイヤーサーバーにログインした。

まずはEDAパイロットランキングを確認した。前回ログアウトして以降に自分の順位が落ちていたらと心配だった。しかし、僕の〝安直すぎてかえってクール〟なコールサインは、六位から動いていなかった。この二カ月ずっと六位を維持しているが、確かめるたび、いまでもその順位に心のどこかで愕然としてしまう。だって、世界のトップ10に食いこんでいるんだからね。《アルマダ》界隈では誰もが知っている名――悪名ともいう――と並んで、僕の名前もそこにあるんだ。すっかり見慣れたコールサインばかり、順位もほぼ不動のランキング表をながめた。

01 RedJive
02 MaxJenius
03 Withnailed
04 Viper
05 Rostam
06 IronBeagle
07 Whoadie
08 CrazyJi
09 AtomicMom
10 Kushmaster5000

何年も前からこの十個のコールサインを毎晩のように見てきたが、実際に会ったことは一度もないし、それぞれがどこに住んでいるのかも知らない。学校やスターベース・エースの顔見知りを除けば、リアルの世界で本人を知っている《アルマダ》のパイロットは、クルーズとディールしかいない。

《アルマダ》のアクティブなプレイヤーは世界数十カ国に計九百万人以上いる。トップ10まで這い上がるのはイバラの道だった。僕はよくゲームの才能があると言われるが、それでもトップ１００に入るだけで毎日必死に練習して三年かかった。その山を越えたところでようやく本調子が出たのか、そのあとは猛ダッシュでランキングを駆け上がり、何カ月もしないうちにトップ10に名を連ねた。同時に、EDAでの階級も上がり、戦地昇進を重ねてついには中尉になった。

《アルマダ》はゲームにすぎない。それはちゃんとわかっている。でも、何かで〝エリート中のエリート〟になったのは初めてだったから、我が偉業が誇らしく思えた。

ゲームに時間を費やした分、学校の成績は大ざっぱに言って一段階下がったし、エレンに振られた原因もそれかもしれない。でも、心を入れ替えようって決めたじゃないか。今夜のミッションが終了したら、最低でも二週間、《アルマダ》はやらない。休んだせいでトップ10から陥落することになったってかまわない。かえって気が楽になるかもしれないぞと自分を慰めた。順位が上がれば上がるほど、ほかのプレイヤーから悪口雑言《あっこうぞうごん》を浴びせられたり、わざと誤爆されたり、根拠なくズル《チート》を疑われたりすることが多くなる。

その証拠に、《アルマダ》の歴史はまだ浅いが、現時点でトップ5にランクインしている五人は、その短い歴史のなかで誰より憎悪されているプレイヤーだ。憎まれる理由の一つは、その他大勢のプレイヤーは個性もへったくれもないステンレスむき出しのドローンしか操縦できないが、トップ5のパイロットには自機のドローンを好みの色柄にペイントする特権が与えられるからだ。それもあって、トップ5には〝空飛ぶ《フライング》サーカス〟というニックネームが奉られている。

カオス・テレイン社のフォーラムの投稿を見ると、トップ5パイロットはあまりにもうますぎる、きっと生身のプレイヤーではなく、コンピューターが操作するノン《N》プレイヤー《P》キャラクター《C》か、カオス・テレイン社の社員だろうという意見が少なくない。超精鋭ゲーマー五名が集まってクランを結成し、チームプレイをしているのだろうと言うやつもいる。メッセージを送ってもいっさい返信せず、ゲーム内チャットのリクエストにも応じないというのがその説の根拠だ。でも、無視を決めこむのは、《アルマダ》を始めたばかりの初心者《ニュービー》から、チートしていると言いがかりをつけられるのにうんざりしているからかもしれない。ニュービーたちは、〝サーカス〟はクライアントプログラムの一部を書き換えて自動照準《オートエイム》にしたり、自機のシールドを無限にしたりしていると言い立てる。しかしどれも負け惜しみだ。この一年くらい、デスマッチ・サーバーにログインして、Redjive（別名〝レッド・バロン〟）をはじめとするフライング・サーカスの顔ぶれとフリーフォーオール・モードの直接対決を何度もやっているが、チートしていると感じたことは一度もない。単にほかの誰よりゲームがうまいというだけのことだ。もっと言えば、僕がトップ10に入ったのは、トッププレイヤーの動きを研究して技を盗んだおかげだった。ただ、彼らに共通するあの傲慢《ごうまん》な態度はいただけない。なかでも

RedJiveはむかつく。プレイヤー対プレイヤーの練習モードで誰かを撃墜するたびに、小馬鹿にしたようなメッセージを相手に送りつける――〈礼には及ばないよ!〉そのメッセージが閃くと同時に、〈ブー!〉という音が鳴り響いて、こっちの神経をますます逆なでする。RedJiveはおそらく、メッセージと効果音をミサイルみたいに発射できるマクロを組んでいて、相手の機を粉々に吹っ飛ばすと同時にボタン一つで送れるようにしてあるんだろう――文字どおり〝追い打ちをかける〟わけだ。彼(彼女、かもしれない)がそんなことをする理由はわかる。それも戦術のうちなんだな。あれをやられると、撃ち落とされたほうは頭に血が上ったうえに動揺したまま、新しい機で復活《リスポーン》することになる。効果的な戦術だよ。相手が誰であっても有効だ。僕を含めて。近い将来、RedJiveの機をついに照準にとらえることに成功した暁には、今度は僕があの頭にくるメッセージを送りつけてやる――〈いやいやいや、RedJive、礼には及ばないからね!〉

言うまでもなく、最近は僕もしじゅうチートしていると難癖をつけられるようになった。僕の酸いも甘いも嚙み分けたボス、レイ・ウィズボウスキーに言わせれば――「そのゲームを極めたって証拠だよ――お子ちゃまどもが泣きべそかいて〝ズルしたろ!〟とからんでくるのは、負けを素直に認められないから、それだけのことさ」

僕は友達リストを呼び出した。クルーズとディールは先にログインしていた。二人のコールサインの横にプレイヤーランキングの順位が表示されている。クルーズ（コールサインはKvothe）は現在六七九一位、ディール（Dealio）は七四四五位だった。《テラ・ファーマ》ではそれよりずっと上の順位にいるが、レイのように〝サーティ・ダズン〟に名を連ねるにはまだ遠い道のりだ。

ヘルメット内蔵マイクのスイッチを入れ、KvotheとDealioのプライベート・ボイスチャットに参加した。

「自分が間違ってたって認める気はまだないってか」最初に聞こえたのは、クルーズのわめき声だった。

「言ったろ、おまえのワンダーウーマン説は何の証明にもなってないんだよ！」ディールが言い返す。「プリンセス・ダイアナ・オブ・テミスキラ（ワンダーウーマンの別名）はたしかに〝ムジョルニア〟を持ち上げたことがある。誰も知りやしないクロスオーバー作品のなかでな！　誰も知りやしないって事実が、まさに俺の正しさを証明してるだろうが！　ワンダーウーマンだって、〝スティング〟を振り回してるところなんか誰にも見られたくないだろうよ！」

「まあそうかもな。けど、ワンダーウーマンはスーパーヒーローだ。でもって、スーパーヒーローは誰も剣を使わない」クルーズが言った。自分の主張に大穴が開いていることに気づかないまま言っているのは明々白々だった。

「スーパーヒーローは剣を使わないって？」ディールがうれしそうに言った。「ナイトクローラーを忘れたか？　デッドプールは？　エレクトラ、シャッタースター、グリーンアロー、ホークアイは？　そうだ、ブレイドにカタナだっているぞ！　どっちもそのまんま〝剣〟って意味の名前だろ！　あっと、ウルヴァリンは自分の魂の一部から作ってもらったって触れ込みの〝ムラマサブレード〟を持ってる。そんな話、眉唾もいいところだがな、〝スティング〟に比べたらはるかにクールな魔法つきの武器だ」

「お邪魔しますよ、お、お、お嬢さん方」僕は割りこんだ。「あのさ、見解の相違を認めるっていう大人の態度をいいかげんに覚えろよ」

「アイアンシーガル！」クルーズが大きな声を出す。「いつの間にログインした？」

「おまえ、遅刻だぜ」ディールが言った。「なあ、クルーズがいつまでもうるさいんだよ、ワンダーウーマンがどうのってさ！」

「遅刻じゃない」僕は言い返した。「ブリーフィング開始まで、まだ三十秒ある」

「ヘル・ハ、ハ、ハットカーといったい何があった？」ディールがきついドイツ語風のアクセントを使って聞く。

「ナッチャーのことか？　別に何も」僕は答えた。「何か起きる前に僕が退散したから」

「授業が終わったあと、おまえを殺してやるとか何とか、バカ友相手にわめいてたぜ」ディールが言った。「あれはマジに仕返しする気でいると思うな。万が一に備えておけよ」

僕は咳払いをした。「時間がない。ミッションの話をしようぜ」

「今回もまたディスラプター破壊作戦だったら、俺は降りるか」クルーズが言った。

「ずらかって、代わりに《テラ・ファーマ》でもやる。本気《マジ》だよ」

「具合でも悪いのかよ、Kvothe？」僕は言った。「不可能にチャレンジするのは好きだろ？」

「俺は公平なゲームプレイが好きなんだよ」クルーズが言った。「おまえと違ってマゾじゃないから」

ゲームの弁護をしたいところだったが、反論は難しい。ディスラプターは、《アルマダ》の最新アップデートで新たに登場したソブルカイ星軍の強力な兵器で、量子通信を一時的に不通にし、EDAの防衛ドローンを使用不可能にする。この数カ月、僕を含めた《アルマダ》の熱心なプレイヤーはみな、ディスラプターのシールド突破と破壊に挑んできた。しかしこれまでのところ、ソブルカイ星軍の新型スーパー兵器を破壊する方法は見つかっておらず、《アルマダ》の高難度ミッションは毎回、事実上突破不能になっている。

自分たちが作ったゲームを改悪した、破壊したという批判が洪水のように押し寄せたが、カオス・テレイン社はディスラプターを敵軍の武器から排除したり、もっと簡単に破壊できるよう設定を変更したりするのを頑として拒んでいる。その結果、《アルマダ》のプレイヤーは《テラ・ファーマ》に流れつつあった。《テラ・ファーマ》のミッションにディスラプターは一度も出現していない。地上から攻撃できる高度までディスラプターが接近したときにはもう、着陸を阻止しようにもEDA地上軍にできることは何もないからだろう。

「今日のは新しいミッションだ」僕は言った。「そう悲観するなよ。ディスラプターは出てこないかもしれない」

「その代わり」ディールの声だ。「もっとたちの悪い兵器が出てくるんだったらどうするよ？」

「あれ以上たちの悪いものなんかあるかよ」クルーズが言った。「ボーグ・キューブ（『スター・トレック』に出てくる宇宙艦）二隻の攻撃をよけながら小惑星帯を突破すると同時にデス・スターを破壊しろ、みたいなミッションだぜ」――

「なあ、クルーズ」ディールがすかさず突っこみを入れようとした。「ボーグもデス・スターも――」

幸い、そこでヘッドフォンからアラートが聞こえて、ミッション・ブリーフィングの開始を告げた。開いていたデータディスプレイ・ウィンドウが残らず消え、代わりに込み合ったブリーフィングルームがモニターに映し出された。僕は席の一つについている。クルーズとディールのアバター、軍服を着たKvotheとDealioも左右に座っていた。三人ともアバターをカスタマイズして、リアルの自分にどことなく似た外見にしている――ただしアバターのほうがやや背が高く、ややたくましくて、やや血色がいい。すり鉢状になったブリーフィングルームの座席にはぽつぽつ空いているところがあったが、ぎりぎりに駆けこんできたほかのアバターが次々に現れてそこを埋めていった。

《アルマダ》の近未来に時代設定された架空の現実世界でのクルーズとディールと僕は、月の裏側にある極秘前哨基地、〈月面基地アルファ〉に配属されたドローンのパイロットだ。二人は下級伍長だが、僕の階級は人もうらやむ中尉だ。

バーチャルなブリーフィングルームの照明が暗くなり、目の前の大型スクリーンに地球防衛同盟軍（ＥＤＡ）の紋章が回転しながら現れた。その紋章が色あせるようにして消えると、入れ違いに、EDAのトップであるアーチボルド・ヴァンス元帥の見慣れた顔が大写しになった。カオス・テレイン社が雇った俳優は、元帥役にばっちりはまっている。頬のぎざぎざした傷や眼帯は、別の俳優だったらやりすぎと映るかもしれないが、この俳優だとツボにはまっている。勝ち目がないとわかっていても、最後までやるしかないと覚悟を決めて戦いに挑む百戦錬磨の軍元帥そのものに見えた。

「ようこそ、パイロット諸君」スクリーンの中から元帥が言った。「今夜のミッションは困難を伴うだろう――しかし、この戦いが始まって以来、大勢の諸君が待ち望んでいたであろうミッションでもある。人類は長年、宇宙から来た侵略者から謂《いわ》れのない攻撃を受けてきた。しかしついにこちらから攻撃を仕掛ける時が来た」

元帥の口の端がわずかに持ち上がって、笑みらしき線を描いた――ヴァンス元帥が何らかの感情を顔に出すのを見たのは初めてだ。

「今夜、我々はついに敵の領土を――敵が住む星を攻撃する」

元帥の顔を映しているウィンドウが縮小されてスクリーンの右上に移動し、代わってこれまで見たことのない宇宙船の設計図が大写しになった。『エイリアン2』のスラコ号にちょっと似ている。前後に長く伸びた装甲船体は、宇宙空間を漂う大口径のマシンガンといった風情だ。

「EDA初の星間ドローン空母、SS《スペースシップ》ドゥリトル号だ。光速の七倍の速度で二年以上にわたって航行を続け、ついに目的地に到達した。その目的地とは、今夜のミッションのターゲット——敵の母星ソブルカイだ」

「やっとかよ!」クルーズが叫ぶ声がヘッドフォンから聞こえた。僕も同時に同じことを叫んでいた。

《アルマダ》の過去のミッションは全部、防衛に主眼を置いたものだった。それもあって、ゲームのアクションはこの太陽系内にほぼ限定されていた。火星の軌道の向こう、小惑星帯に近いところや、月の裏側などで角を突き合わせたことも何度かあるが、ソブルカイ星軍の攻撃にさらされた都市や前哨基地の上空など、地球上で戦うことがほとんどだった。敵に先制攻撃を仕掛けるのはこれが初めてだ。しかもやつらの母星を侵攻する。

「ドゥリトル号がソブルカイの軌道に到達しだい」元帥が続けた。「シールドを無効化し、我々の最終兵器であるアイスブレーカーを発射する。諸君の任務は護衛の無人戦闘機の操縦だ」

作戦のシミュレーション映像がスクリーン上に映し出された。宇宙空間をゆっくりと泳ぐようにしてソブルカイ周回軌道に乗る、シールドに守られたドゥリトル号。人工の惑星環みたいにソブルカイの赤道上を回っている、銀色に輝く宇宙船の群れ。その惑星環上に、巨大なクロームの球体が均等な間隔で配置されている。ソブルカイのドレッドノート級戦艦スフィアだ。《アルマダ》のプレイヤーは〝母艦《マザーシップ》〟というあだ名で呼んでいる。複数のマザシップと対戦するのは今回が初めてだ。

ドゥリトル号の右舷、舳先《へさき》に近い位置に埋めこまれた円形のドアがカメラレンズの絞りのような動きで開き、アイスブレーカーが発射された。護衛のドローンを三十数機、従えている。アイスブレーカーの外観は、期待される機能のとおりだった──軌道周回型核兵器プラットフォームに巨大な集束ビームレーザーが取りつけられている。アイスブレーカーが惑星の表面を覆う分厚い氷の層を溶かすための超高出力レーザーの照射を始めるやいなや、ソブルカイ星軍が六隻配備しているドレッドノート級戦艦スフィアから戦闘機群が飛び出した。装甲船体に光の筋のように開いた細隙《さいげき》状の格納庫扉からこぼれ落ちるように発進してくる。その数は、イカ頭どもの母星の氷の屋根に穴を穿《うが》たんとレーザーを照射するアイスブレーカーを護衛しているEDA側の戦闘機をはるかに上回っていた。

「食らえー！」ディールが勝ち誇った声を装って叫ぶ。「どうだどうだ、イカ怪物ども！ もっとやろうか？」

僕はヘルメットの下でにやりとした。ディールと同じ気持ちでいるからだ。何カ月ものあいだ、こっちのホームグラウンドでこてんぱんにやられっぱなしだった。ソブルカイ星軍のホームで反撃できたら、どれほど痛快だろう。

「諸君に与えられるミッションは、アイスブレーカーが機能できる状態をおよそ三分間維持することだ。氷を溶かし、その下に隠れた海に向けて弾頭を発射し、敵の生息地域、海底に作られた洞窟《どうくつ》都市を破壊するのに必要な時間は、およそ三分と見積もられている」

シミュレーション映像のEDA無人戦闘機は、怒ったハチの大群みたいな敵の戦闘機からアイスブレーカーを余裕で守り抜き、アイスブレーカーは氷を溶かして作った巨大な穴から、その下の海に向けて核兵器を発射した。水中に突入した大陸間弾道ミサイルは誘導核魚雷に変わり、まもなくごつごつした岩だらけの海底に沈んだハイテク巣箱といった趣の洞窟都市に命中した。

「なんかかわいそうな気がしてきたよ」ディールが言った。「アクアマンに核をぶちこむみたいだろ。リトルマーメイドとかさ……」

「相手はグンガン人だと思え」クルーズが言う。「俺たちはジャー・ジャー・ビンクスを核でぶっ飛ばそうとしてるんだと思えよ」

二人は笑った。しかし僕はまだシミュレーション映像を注視していた。何発もの魚雷型核爆弾が、イカ探索ミサイルよろしくソブルカイの海底洞窟都市へとまっしぐらに飛んでいく。いくつかは敵の迎撃タレットに撃ち落とされたものの、大部分はターゲットに命中した。

次の瞬間、爆発が起きて、大型スクリーンは昔のゲーム《ミサイルコマンド》のプレイ画面みたいにまばゆく輝いた。〝ソブルカイ・セントラル〟は跡形もなく消え、続く熱核爆発が惑星全体を激しく揺らし、氷に覆われた表面に無数の亀裂が入った。その様子はまるで殻の割れた固ゆで卵だった。キノコ雲は発生しなかった。氷に開いた巨大な穴から真っ赤な湯気の柱がまっすぐに噴き上がって、軌道にまで達した。銃で撃たれた傷口から血が噴き出しているみたいに見えた。

「今度もまた特攻作戦かよ」クルーズが言った。「けど、おもしろそうだよな。俺はやる」

愚かなエイリアンどもがまたしてもとんでもなく大きな戦略上のミスをしたとしか思えない。超光速の推進テクノロジーを手に入れた地球のサルたちが、リバースエンジニアリングするのを黙って見ていただけじゃない。EDAが星間宇宙船を建造し、宇宙空間をはるばる旅して反撃するまでのあいだ、手を出さずに黙って見ていたのだ。

例によって、宇宙から来た侵略者の戦術はあまりにもマヌケだ。とはいうものの、僕も例によって深く考えなかった。とにかくエイリアンをやっつけられればそれでいいし、これは《アルマダ》始まって以来の——それを言ったらおそらくゲーム史上最大の——おいしいカミカゼ・ミッションだ。

ディールがふざけていびきをかいている真似をし、ヘッドフォンから聞こえていた元帥の声がそれにかき消された。「もうわかったよ、おっさん！」ディールが叫ぶ。「〝レス・トーク、モア・ロック〟で頼みたいな！」

「言えてる。ストーリーの説明をスキップできる仕様になってればいいのにな」クルーズも言った。「つまんねえもん」

「そんなこと言ってるから、おまえらは毎回、始まって二分でやられちまうんだよ」僕は言った。「元帥のブリーフィングをろくに聞いてないから」

「いや、俺たちがやられるのはいつもおまえのせいだよ、リロイ・ジェンキンス＊」

「何度も言ったよな、その呼び方はやめてくれって」

「けど、思い当たるところはあるだろ、ザック・アタック！」クルーズが言った。「たまにはチームプレイに徹してみろよ。一度でいいからさ」

「惑星間戦争はチームスポーツじゃない」僕は言い返す。「いまも昔もな」

「いや、よく考えてみろよ、チームスポーツの側面もあるぜ」ディールが割りこむ。「ホームチーム対ビジターチームだ。な？　チーム同士の戦いだ」一瞬の間があって、ディールは付け加えた。「エイリアン・チームとの戦いだよ」

「わかってるって」僕は言った。「そろそろ黙ってくれよ。元帥の話を聞きたい」

「このミッションはかならず成功させなくてはならない」元帥が続けた。「敵は大軍勢を地球に向けて出動させる準備を進めている。これは人類を滅ぼすために地球にやってくる前にソブルカイ星軍を全滅させる唯一の、そして最後のチャンスだ。人類の運命はアイスブレーカーがターゲットに到達できるか否かにかかっている」ここで元帥は両手を背中に回して組んだ。「我々に与えられたチャンスはこの一度きりだ、諸君。悔いのないよう全力を尽くそう」

「おい、冗談だろ？」クルーズが叫んだ――録画の俳優に向かって言っても無意味だが。

---

*有名なMMORPGキャラクター。パーティプレイ中、ボスクラスの敵がうごめく敵陣前で仲間たちが作戦を相談しているあいだPCを離れていたが、戻ってくるなり作戦を完全に無視し、「リローイ・ジェンキンス！」と自分のキャラ名を叫びながら一人で飛びこんでいった。つられて突入したパーティも瞬時に全滅。笑えるプレイ動画としてネットで話題になった。

「ほんとにシングルプレイのミッションなのか？　何度でも楽しめそうなのに？」

「一度だけってことにしたほうが盛り上がるからそう言ってるだけだろ」僕は言った。

「きっと繰り返しやれるんだよ。ディスラプターのシナリオはそうだった」

「だといいがな」ディールが言った。「一度目のトライで成功できるとは思えないだろ。二度目、三度目でも無理そうだ。ドレッドノート・スフィアが六隻も待ちかまえてるんだぜ！　一隻につき百万機以上の殺人ドローンを積んでる。その上ディスラプターまでいるときた！」

「ここでディスラプターを起動するってことはないよ」クルーズが指摘した。「何の効果もないからね。量子通信を不通にできるのは、送信側と受信側が同じ天体領域内にあるときだけだ」ＥＤＡが月の裏側にドローンや人員を配置している理由もそこにある。

「ディスラプターの心配をせずにすむなら、成功の可能性はあるはずだ」僕は言った。

「アイスブレーカーを三分間守り抜くことだけ考えればいい。楽勝だ」

「楽勝だぁ？」クルーズが言う。「本気かよ？　簡単だと思うのか？」

「ああ。だって封鎖線を作ればいいだけのことだろ」

「どうやって？」クルーズが聞く。「ミッションのステータスを見てないのか？　こっちの輸送機に積んであるドローンはたった二百機だよ！　元帥は言うのを忘れてるみたいだけどさ」

「おまえらはいびきかいてて聞き逃しただけかもしれないぞ」僕はちくりと言った。

「何度も言ってるけどさ、いろんな条件をちゃんと検討したのかよって言いたくなるくらい、こっちが圧倒的に不利なゲームプレイばっかりだよな」クルーズが続けた。「カオス・テレインの開発部門が俺らを怒らせようとしてるとしか思えない。だって、皆殺しにされるだけじゃないか――いつもいつも！」

「だよな」ディールが茶化す。「〝こんなクソみたいな任務、俺は降りるって言ったら？〟」

『エイリアン2』の引用だ。僕は笑った。しかし、クルーズが何か言い返す前に、ヴァンス元帥がブリーフィングを締めくくろうとしてることに気づいて、僕らは三人とも黙った。

「パイロット諸君の幸運を祈る。地球で待つ我々全員がきみたちに期待している」

別れの敬礼をする元帥の映像が一つ瞬いてスクリーンから消え、地球防衛同盟軍の紋章がふたたび大写しになった。

まもなく映像は切り替わり、ミッションがロードするのを待つあいだ、すっかりお馴染みのムービーが流れ始めた。ヒーロー然としたEDAのパイロットたち――ピントは微妙にぼけている――がブリーフィングルームから駆け足で出て行き、まぶしいくらい明るい廊下を通って月面基地アルファのドローン操縦管制センターに向かう。センターは広々とした円形の空間だ。床に数メートルおきに楕円形のハッチが並んでいて、それぞれドローンの操縦ポッドの入口になっている。ハッチがしゅっとかすかな音とともに開き、インターセプターのコクピットを模したポッドが見えた。操縦席を中心に、コントロールパネルや計器類が配置され、戦闘機のコクピットのキャノピーのような形をした半球形のスクリーンが備わっている。

ムービーが終わると、映像は僕のアバターの視点からのものに切り替わった。いまはドローンの操縦ポッドの一つに座っている。

一瞬の間があって、頭上でハッチが低い音を立てて閉まり、僕を取り巻くコントロールパネルや半球形のスクリーンが明るくなった。シミュレーションのなかのシミュレーションだ――僕はADI-88エアロスペース・ドローン・インターセプターの操縦席に座り、ドゥリトル号のドローン格納庫のコイル型発射ラックで出動を待っている。

まっすぐ前を向いたまま、さっきセットした新品のコントローラーに手を置いて、ゲーム内のバーチャルなコクピットのレイアウトに重なるよう位置を微調整した。それから一つ大きくゆっくりと深呼吸をして気持ちを落ち着かせようとした。ふだんならこの瞬間が一日のハイライトだ。郊外の街の退屈な日常からほんの数時間だけ抜け出し、最精鋭の戦闘機パイロットになって、宇宙から来た邪悪な侵略者どもと命を懸けて戦う。

しかし今夜は、何かから逃れようとしている感覚はなかった。高揚感にあふれている。血が沸き立っている。正義感に燃えている。どこか血に飢えてさえいるかもしれない。

まさにいざ戦地に赴こうとしている本物の兵士の気分だった。

6

手に入れたばかりの《アルマダ》VRヘルメットには、没入型の三六〇度ビューが備わっていて、ゲーム内で自分が操縦しているドローンから見えるものがそのまま投影される。半球形のキャノピーの外にドゥリトル号のドローン格納庫の様子が見えていた。

僕は左右に視線を振った。出撃に備えて待機する同型のインターセプターが両側にずらりと並び、格納庫のドーム天井のまばゆいフラッドライトを受けてきらめいていた。

コクピットから見える景色に重ねてHUDが映し出され、フライトシステム、ウェポンシステム、通信システムのステータスが表示された。ほかにレーダーやセンサー、ナビゲーションの情報も読み取れる。

僕は一つ咳払いをして自分の機のTAC——タクティカル・アビオニクス・コンピューターを起動した。TACはバーチャルな副操縦士として機能し、ナビゲーションシステム、ウェポンシステム、通信システムを管理して、ステータスに変化があれば音声で伝えてくれる。新米パイロットに向けて操縦テクニックや兵器の使用法などを飛行中にアドバイスする機能もあるが、僕はずいぶん前にその機能をオフにした。

「TAC、全システムの発進前点検を頼む」

「りょーうかーい！」TACが甲高い素っ頓狂な声で応じた。デフォルト設定はどんな場面でもひたすら冷静な女性の合成音声だが、激しい戦闘の真っ最中に妙に落ち着き払っていられると、どうもやりにくい。そこでいくつかカスタム音声プロファイルをインストールした。そのうちの一つが、映画『ナビゲイター』の宇宙船に搭載されているコンピューター〈トライマクシオン〉の声だ。コメディ・キャラのピーウィー・ハーマンがヴォコーダーを介してわめいてるみたいなテンションの高さだが、聞いていると楽しいし、ノリがいい。

EDAのインターセプターの反動推進エンジン《スラスター》や兵器類、シールドにパワーを供給している動力電池《パワーセル》には、核融合炉からつねにエネルギーが補充される仕組みになっている。

しかし補充のレートはかなり低くて、戦闘中はパワーを節約しなくてはならない。浪費してしまうと、操縦不能の無防備な状態で宇宙空間を漂う羽目になる。

戦闘中にちょっと油断すると、すぐにパワー切れになってしまう。移動したりミサイルを発射したりするたびにパワーを少しずつ消費する上に、シールドに直撃を食らってもやはりパワーを削られるからだ。パワーセルの残量が低下すると、まずドローンのシールドが消失し、次に兵器類、最後にスラスターがダウンする。あとは墜落して大破するしかない。宇宙空間で戦闘中だったらまだ幸運だ。なすすべもなく漂流しながら、パワーセルの残量が復活してスラスターがオンラインに戻るのを待ち、それまで敵艦に見つからずにすむよう必死に祈る余裕がある——ただし、ほぼ一〇〇パーセントの確率で敵に見つかって撃墜される。

敵のグレーヴ・ファイターの両翼端に備えられたブラスタータレットは三六〇度回転可能で、射界に事実上、死角がない。しかし僕のインターセプターのプラズマ砲(別名〝サン・ガン〟)やマクロスミサイルは、どちらも前方射撃用だ。つまり、ターゲットが自機より前方にいないと攻撃できない。ただし僕の機にはレーザータレットが一基搭載されていて、これはあらゆる方角を狙える。とはいえ、サン・ガンと違ってレーザータレットはものすごくパワーを食うから、ここぞというときのために温存しておいたほうがいい。

僕らの機は自爆メカニズムも搭載していて、万策尽きたときの攻撃手段にもなっている。自機にほんのわずかでもパワーが残っていれば、炉心を起爆し、その爆発で半径百メートル以内にあるものすべてを気化することが可能だ。タイミングさえ合えば、この戦略で敵機を一ダースくらいまとめて片づけることもできる。しかしあいにく、敵機も同じ自爆メカニズムを持っている。しかも連中は味方の機が巻き添えになっても気にしない。もちろん、プレイヤーの側にも周囲を気にせず自爆するやつはいる。その戦術一本槍ってやつだっている。自爆作戦の大きなデメリットは一つ、戦闘の一部分に参加しそこねることだ。敵がどのくらいのペースで僕らのドローンを撃ち落としているかにもよるが、新しいドローンに乗りこみ、出撃の待ち列に並び、順番が回ってきてようやく戦闘に復帰するまでに、タイミングが悪いと一分以上かかることがある。

クラクションみたいな音が鳴り響き、格納庫のベルト式発射ラックが動き始めた。僕より前に並んでいたインターセプターがマシンガンの弾みたいにドゥリトル号の胴体下部から次々と発射され、出撃していく。

「バンザイ!」ディールが叫ぶのが聞こえた。「ようやく宇宙人をぶち殺せる!」

「この前みたいに」クルーズが言った。「一発も撃たないうちにおまえがやられずにすめばな」

「言ったろ、あのときはネット接続が切れちまったんだ」ディールが怒鳴る。

「へえ、じゃあ、おまえの機が撃墜されたあとに、おまえがぶつくさ言ってるのが僕らに聞こえたのはなんでだろうな」僕は言った。

「そんなの何の証拠にもならないだろ」ディールが楽しげに言った。それから雄叫《おたけ》びを上げた。「突撃！」

残りの二人が黙っていると、ディールはわざとらしく咳払いをした。

「おい、どうして誰も唱和してくんないんだよ？　縁起悪いじゃん？」

「おっと失礼、ディール」僕は言い、できるだけ大きな声で叫んだ。「突撃！」

「雄叫びはおまえらに任せた」クルーズは出撃前のいつものマントラを低い声で唱えた。

「よし、ぶちかまそうぜ！」

僕は指の関節を鳴らし、父さんの〈レイド・ジ・アーケード〉ミックスから最高にアガる曲を選んで再生ボタンを押した。ヘルメット内蔵のヘッドフォンからクイーンの『地獄へ道づれ』のイントロのベースラインが流れ出した瞬間、自分の意識が研ぎ澄まされていくのを感じた。

この歌のマシンガンみたいなビートは、どんなミッションでも敵の戦闘機のタイミングやリズムに完璧に一致している（今日みたいに、撃って撃って撃ちまくるミッションでは、『ウィ・ウィル・ロック・ユー』も効果的だ）。まもなくフレディ・マーキュリーのボーカルが入ったところで、ヘッドフォンの音量をさらに上げた。どうやらその音をマイクが拾ったらしい。

「またかよ」クルーズが言った。「ボケ老人のDJプレイが始まったらしいぞ。ワンパターンもいいところだ」

「やかましくて聞いていられないと思うなら、それは年取った証拠だぜ、Kvothe」僕は言い返した。「僕をミュートして、代わりにお子様グループがカバーしたポップでもかけたらどうだ？」

「そのほうがまだましかもな」クルーズが言う。「世間は過小評価してるがな、キッズ・ポップは音楽の天才だ」

僕のすぐ前に並んでいたクルーズとディールが操縦するドローン二機が発射された。HUDで見ると、機体に重なって二人のコールサインが表示されている。

「はい、注意！ きみのドローンの発進順が回ってきた！」TACがテンションの高い声で伝えてきた。「いざ、敵軍と交戦だ！」

ベルトが前に動いて僕のドローンを発射トンネルに送りこむ。ドローンは勢いよく宇宙空間に射出された。

次の瞬間、『若き勇者たち』ばりの激しい戦闘に放りこまれた。応戦する敵軍の第一波がすでに、すぐそこのドレッドノート・スフィアの船底から飛び出してこちらに向かってこようとしていた。鉄でできた巣からあふれたスズメバチみたいだ。真っ暗闇の奥、十二時の方角だ。

まばたき一つくらいのあいだに、僕のドローンの前方の空間は何百機ものソブルカイ星軍グレーヴ・ファイターで埋め尽くされていた。ドラゴンみたいな形をしたウィヴァーン・ファイターも数十機いて、蛇みたいに船体をくねらせながら、うじゃうじゃいる友軍機のあいだをすり抜けてくる。グレーヴ・ファイターもウィヴァーン・ファイターも、アイスブレーカーを攻撃しようと足並みそろえて脇目も振らずに押し寄せてきた。

僕は息を殺してリーダー格のグレーヴ・ファイターに狙いを定めた。恨みを晴らそうとしているような気分だった——僕のファンタジーの世界から飛び出してリアルな世界に侵入してきたこと、僕は頭がおかしくなったのだろうかと自問させたことに対する恨み。

3Dタクティカルディスプレイが閃光を放ち、自爆しようとしている機が真後ろにいることを知らせた。僕は急加速した。ぎりぎりで爆発に巻きこまれずにすんだ。

この規模の戦闘では、ほんの数分、生き延びるだけでも至難の業だ。敵の攻撃をかわすには、超人的な反射神経と空間認識能力、それにパターン認識能力が必要になる。敵機のあいだをすり抜け、撤退し、攻撃するという三つを同時にやってのけるための最良の飛行ルートを瞬時に見分けるテクニックも身についていなくてはならない。

何時間もプレイしてソブルカイ星軍の動きや攻撃のパターンを観察したあと、表面的にはカオスと思えるもののなかにもパターンを見分けられるようになった。着陸地点に向かうときは、鳥の群れのように、自軍の最後尾を追いかけるように円を描いて飛ぶ。上空を飛びながら、捕食魚の群れみたいに鋭角的に方向転換することもある。しかしどんな局面でも一定のパターンがあった。そのパターンを見分ければ、敵軍の動きや反応を予測できるし、予測できれば狙いを定めるのも比較的簡単になる――ただし、その場面に合った音楽が流れていれば。音楽が鍵だ。その点で、父さんのミックステープに入っている古いロックは理想的だった。一曲を通して不変のハードなビートが、僕の脳内でコンバット専用メトロノームの役割を果たしてくれる。

エンジンを切って減速スラスターを噴射した。僕のドローンは推進力をそのままに一八〇度向きを変えた。アイスブレーカーの後尾に群がっていたグレーヴ・ファイターを狙ってサン・ガンを連射する。

一機に命中した。僕のすぐ目の前でその機は超高温プラズマの炎の球に姿を変えた。

同時にHUDにメッセージが閃いた。僕は今回のミッションで最初に敵機を撃ち落としたらしい。

「一機ダウン。残り数百万機」僕はマイクに向けてつぶやいた。体内にアドレナリンがあふれていた。いつもは、思春期のフラストレーションを発散するためにゲームのなかで異星人をやっつけているようなものだ。しかし今夜は、トリガーを引くたびに、たまりにたまった怒りのガス抜きをしているような気がした。

ソブルカイ星人が架空の存在だろうとかまわない。やつらを最後の一人まで殺してやりたかった。

「グレーヴ・ファイター二機に追尾されてる」ディールの声が聞こえた。「頼む、誰か助けてくれ」

「自分で何とかしろ!」クルーズが応じた。「みんな逃げ回るだけで手一杯だ!」

「一緒にしないでくれ」僕は言った。「僕は〝ゾーン〟に入ってる」

スコープを確かめた。アイスブレーカーが邪魔で、Kvothe とDealio の機は見えない。

側面スラスターを噴射し、螺旋《らせん》を描くバレルロールを繰り返した。敵機が撃ったプラズマボルトが僕の機体をかすめていった。僕はスロットルを微妙に操作して速度と上昇角度を不規則に変化させながら、全方位レーザータレットの照準を新たに現れた敵に合わせた。グレーヴ・ファイターが三機、僕の背後にぴたりとついている。HUDの後方視野ディスプレイにその姿が不気味に映し出されていた。

先頭の機にロックオンした瞬間、レーザータレットのトリガーを親指で弾いた。ビームが発射されていたのはほんの一瞬だったし、裸眼では確認できなかったが、HUDには正確な弾道が表示された。僕の機の真後ろに迫っていたグレーヴ・ファイターの船体をビームが貫き、そのすぐ後ろについていた二機にも届いた。どーん！　どーん！　どーん！　短い間隔で三つ爆発音が聞こえた。

すでにオーバーヒートしかけていたレーザーの出力を落とし、もとどおりプラズマ砲に切り替えた。HUDも自動的に切り替わり、後方で遠のいていく火の球ではなく、自機の前方が映し出された。ここで僕はスロットルを全開にした。しかしアイスブレーカーの下方をぐり抜け、向こう側で上昇しようとしたところで、またしてもグレーヴ・ファイターが二機現れて僕のすぐ後ろにぴたりとついた。猛攻にさらされて僕の機のシールドが半分ダウンし、そうでなくても危険水域まで低下していたパワーセルの残量が一気に削られた。

HUDに表示されている情報を見ると、アイスブレーカーがメルトレーザー照射を開始してからまだ一分と経過していない。なのにEDAのインターセプターは早くも半数近く失われている。後続部隊はいまもドゥリトル号の格納庫から次々と発進しているが、それを操縦しているのは、すでに一度撃墜されたパイロットたちだ。戦線に復帰したとたん、ほとんどがまた撃ち落とされてしまうだろう。

クルーズの言っていたとおりだ。この調子では三分なんてとうてい持ちこたえられそうにない。

「作戦変更だ」僕は言った。「僕がおとりになる」

「おい、どこ行く気だ？」クルーズの声がヘッドフォンから聞こえた。「アイスブレーカーを援護しろよ、このバカ！」

「悪いな、クルーズ！」僕はそう応じると、スロットルをぐいと前に倒した。「たったいま、誰が降臨したと思う？　リーーーーローーーイーー！」

「よせって、ライトマン、変な気を起こすなって」

「――ジェンキーンス！」

僕は隊列を離れ、アイスブレーカーから遠ざかって、一番近くに見えるドレッドノート・スフィアにターゲットを転じた。スロットルをめいっぱい開けると、ドレッドノート・スフィアの前をかすめ飛びながら、球体の赤道上空に規則正しく並んだタレットに近距離から攻撃し、一基、もしかしたら二基を破壊した。

「頼むよ、ザック」クルーズがわめく。「またかよ！　どうして毎回そうなんだよ！」

僕はヘルメットの下でにやりと笑い、スラスターを噴射して垂直下降を始めた。球体の下側に潜りこんでシールドを爆撃してやるつもりだった。この動きでパワーセルに残っていたエネルギーの三分の一が消えた。インターセプターの慣性無効化フィールドを瞬間的に作動させなくては無理な動きだったからだ。しかしその甲斐あって、追尾してきていた敵機の一部を振り切ることができた。僕と同じ動きをしなくてはついてこられなかったからだ。ほとんどの機にはそれだけのパワーが残っておらず、急降下する代わりに大きく旋回して僕に狙いを定め直さなくてはならなかった――が、そのときには僕はもう消えていた。

近くのドレッドノートからまた新たなグレーヴ・ファイターの群れが吐き出された。全機が砲撃しながら一直線にアイスブレーカーに向かって降下していく。僕はサン・ガンのトリガーを長めに引いてその一群を吹き飛ばした。僕の〈キル〉数は一気に9まで跳ね上がった。悪くない。とはいえ、ふだんの僕の基準から言えば冴えない数字だった。今日は攻撃精度がいまひとつだ。

「ちくしょう！」ディールの大きな声が聞こえた。「クソ《gorram》シールドが消失した！　クソ《frackin》パワーがもうゼロだよ！」

「そんなルール、誰が決めた？」ディールが言い返す。「そもそも『ギャラクティカ』と『ファイヤーフライ』の宇宙は実は一緒だってことは絶対にないって言い切れるか？その可能性を一度も考えたことはないのかよ？（gorram はSFドラマ『ファイヤーフライ 宇宙大戦争』、frackin は『宇宙空母ギャラクティカ』『GALACTICA／ギャラクティカ』の造語）」

そのとき、背後で雷鳴のような爆発音が続けて轟《とどろ》いた。振り返ると、星間ドローン空母ドゥリトル号がおびただしい数の敵機からプラズマボルトを浴びせられて、火の球に姿を変えるのが見えた。

「な、言ったろ？」クルーズがぶつぶつと言った。「空母が破壊された。予備のドローンもみんな吹っ飛んだ」

「しかもアイスブレーカーはまだ氷に穴を開け終えてない」ディールも言った。「おしまいだな。ゲームオーバーだ」

「それはどうかな」僕はつぶやいた。

気合いを入れ直して、インターセプターの向きを変え、アイスブレーカー護衛の任務に戻った。アイスブレーカーの減速スラスターに集中砲火を浴びせているグレーヴ・ファイターの群れを攻撃しようとした――が、敵の砲火をかわしながらでは、HUDで点滅しているターゲットのいずれにも狙いを定めきれない。しかもアイスブレーカーの装甲船体をかすめるように飛ぶと、セントリーガンが反応して、味方の僕まで撃たれてしまう。

僕のドローンはさらに二発、まともに攻撃を食らった。シールドは一五パーセントまで一気にダウンした。あと一発でも食らえば完全に消失する。そうなるとウェポンシステムも長くは持たないだろう。ピンチだ。

アイスブレーカーの脈打つようなメルトレーザーが目の前に迫っていた。僕はフライトスティックを前に押しこんで急降下した。TACはパワー不足になると警告していたが、無視してスロットルを全開にし、サン・ガンをぶっ放したままバレルロールに入った。

「くそ!」ディールの声が聞こえた。「やられた! 自機が尽きた」

HUDにちらりと目をやると、ちょうどディールのインターセプターがスコープから消えるところだった。

「俺もだ」一秒後にはクルーズも撃墜された。想像力豊かな悪態の洪水を残して、クルーズはゲームそのものからログアウトしてしまった。

親友二人の仮想世界での死にほんの一瞬だけ気を取られた隙に、また直撃を食らった。

シールドが消失し、ウェポンシステムがダウンした。僕は即座に自機の炉心の自爆シークエンスを作動させた。ただ、爆発まで七秒も持たないだろうとわかっていた。周辺のグレーヴ・ファイターが一斉に針路を変えて僕に攻撃を仕掛けてきた。七秒のカウントダウンを終えて炉心が臨界に達する前に破壊しようとしている。しかし僕の思惑どおり、その間《かん》アイスブレーカーへの攻撃がお留守になった。

僕のドローンの自爆シークエンスの残りは五秒。四、三――

しかしそこで、わかりきっていた結末が訪れた。アイスブレーカーが敵の猛攻についに屈して、僕の真下で爆発した。その爆発半径にいたすべての機が巨大な炎にのみこまれた――僕のドローンも。

ヘッドフォンから不吉な音楽が流れ、〈ミッション失敗〉のメッセージが表示された。その向こうにソブルカイ星軍の艦隊が亡霊のように見えている。生き延びたドローンを呼び戻したドレッドノート・スフィア六隻は、軌道上にもとどおり整然と並んだ。ソブルカイ星をつかのま騒がせたちっぽけな脅威はあっさりと撃退された。

手探りでゲーム機の電源を落とし、真っ暗闇のなか、しばらくぼんやり座っていた。それからVRヘルメットを脱ぎ、溜め息をついてリアルな世界に戻った。

まもなく携帯電話が鳴った。クルーズからだった。再チャレンジ可能なミッションのリストをすでに確認したが、少なくともいまの時点で〈アタック・オン・ソブルカイ〉は載っていないという。それから三者通話に切り替えてディールを呼び出し、いつもどおりミッション後の〝反省会〟という建前のもと不平不満をぶちまけ合った。反省会が終わると、マイク・コンビは《テラ・ファーマ》のミッションに参加しようぜと提案して僕の説得にかかったが、僕は宿題があるからとか何とか適当な口実を並べ、明日また学校でと言って電話を切った。

僕はクローゼットの前に立った。扉を開けるなり、押しこまれていたものが小さな雪崩を起こして足もとに押し寄せた。プラスチックのハンガーにかけたシャツや冬用のコートの鬱蒼《うっそう》とした森をかき分けていく。目当てのものは奥の奥から出てきた。父さんの古いジャンパーだ。袖がレザーの黒いスタジアムジャンパーで、前も後ろも袖も刺繍ワッペンで埋め尽くされている。どれもSFやゲームに関連するものだ。アクティヴィジョン社の〝ハイスコア・ワッペン〟もいくつか含まれている。《スターマスター》、《ドレッドノートデストロイヤー》、《レーザーブラスト》、《ドッカーン!》。ほかにロゴや軍の記章も並んでいた。『スター・ウォーズ』の反乱同盟軍、『スター・トレック』の惑星連邦、『宇宙空母ギャラクティカ』のコロニアル連合、『ロボテック』のロボテック防衛軍などだ。

ワッペンを一つひとつながめ、指先で刺繍をなぞった。何年か前にこのジャンパーを着てみたときは、僕の体格には大きすぎた。しかしいま試してみると、まるであつらえたみたいにぴったりだった。

急に明日学校に着ていきたくてしかたがなくなった――過去に生きるのはもうやめよう、顔も見たことがない父親に執着するのはやめようと自分に誓ったばかりなのに。部屋を埋め尽くしたポスターやおもちゃ、フィギュアを見回す。父さんが大事にしていた持ち物を屋根裏部屋に戻すことを思うと、胸がずきんと痛んだ。自分のためと考えて決めたことだったが、どうやらまだ父さんを忘れる心の準備はできていないらしい。いまはまだ。

椅子の背にもたれた。あくびを嚙み殺そうとしても嚙み殺されてくれない。僕はシステム全体のステータスチェックをかけた。結果を見ると、やはりパフォーマンスレベルはぎりぎりまで低下していた。プルトニウムチェンバーの残量ゲージはゼロを指している。即座に睡眠が必要だ。

ベッドに向けて三歩歩き、年代物の『スター・ウォーズ』ベッドシーツに顔から先に倒れこんだ。次の瞬間には爆睡していた。

その夜見た夢の主役は、巨大なソブルカイ皇帝だった。いままさに一呑みにしてやろうとしているみたいに、無防備な惑星地球に太い触手をからみつかせていた。

7

次の朝、私道に出て車のドアロックを解除しようとしてふと見ると、正弦波みたいな曲線が長く伸びて運転席側の前後のバンパーを結んでいた。

鍵で傷をつけられたんだ。僕は向きを変えて近所の家に視線を巡らせた。ひょっとしたらナッチャーがまだその辺にいるんじゃないかと思って。だが、どこにもいない。そこで初めて思い当たった。きっと昨夜やられたんだろう。オムニをスターベース・エースの前に駐めていたあいだに。店から帰るときは暗くて気づかなかった。それに、この車の塗装はもともと傷だらけだ。

車に向き直って損害を検証した。今回は全体の状態と照らし合わせてどうかという観点から見る。ナッチャーが新たに加えた長い傷に気づくのは、おそらく持ち主の僕だけだろう。錆だらけのおんぼろワゴンを乗り回すメリットはいくつかあるが、そのうちの一つは、いま以上にボロい外観にするのはなかなか難しいということだ。

そう考えた瞬間、頭のなかの雑音が静まって、そこに埋もれかけていたマスター・ヨーダの忠告が浮かび上がって聞こえた――「怒りを捨てよ」。

いまみたいにストレスを感じると、僕はよくヨーダの声で気持ちを落ち着かせようと試みる（言っておくけど、フォジー・ベアの声とは似ても似つかないからね〔『スター・ウォーズ』のヨーダと『マペット・ショー』のフォジー・ベアは同じ声優が演じている〕）。オビ＝ワン・ケノービやクワイ＝ガン・ジン、メイス・ウィンドゥにも、心を落ち着かせてくれる名言がいくつかある。

といっても、それは悪くない日に限定しての話だ。呪われた日には、暗黒卿たち――ダース・ベイダーやパルパティーン――による、ヨーダたちに負けない説得力を持つアドバイスにすがることもある。

しかし、オムニのトランクからタイヤレバーを取り出してバックパックに押しこんだのは、ダークサイドのささやきにそそのかされてのことではなかった。昨夜聞いた親友のディールの声、ナッチャーは「マジに仕返しする気でいる」という言葉が耳の奥に蘇ったからだ。

生徒用の駐車場に車を駐め、昇降口に向けてとぼとぼ歩きながら、出所まであと何日残っているのか数えてみた――たった四十五日。それで卒業だ。

しかし、駐車場と校舎にはさまれて横たわる広い芝生エリアで、ナッチャーが待ちかまえていた。知的アドバイザー兼仲間を二人従えている。腕組みをしてにやにや笑っている三人はいかにもいじめっ子然としていて、そのまま戦隊ヒーローものドラマ『パワーレンジャー』に出演できそうだ。

僕は昇降口との距離を目で測った。ダッシュすれば、三人に捕まる前に校舎に飛びこめるだろう。ただし、ここで逃げるのはいやだという気がした。

ナッチャーはほかの二人より前に出て立っていた。そうじゃないかとは思っていたが、僕の車に鍵で傷をつけただけでは足りないようだ。このままでは男の沽券《こけん》に関わると考え、僕を追い詰めて殴り倒すしかないと思っている。ただし、もちろん、手下の助けを借りて。

ナッチャーの手下二人は縦も横も大柄だ。学校ではまとめて〝レニーズ〟と呼ばれている。といっても、レニーという名前だからではない。二年生の英語の授業でスタインベックの『二十日鼠と人間』を取り上げたのがきっかけで、そのニックネームがついた。

僕はあの二人にその呼び名が合っているとは思わない。ガタイはいいがおつむは弱いという点では『二十日鼠と人間』のレニーに通じるが、スタインベックが描いたレニーは根の優しい人物だ。しかしいま、僕の目の前にいるレニーたち（僕は〝スキンヘッドのレニー〟と〝首にタトゥーのレニー〟と区別している）は、体がでかいばかりじゃなく、意地の悪さのスケールもでかい。とはいえ、愚かさのスケールの前では、体も意地の悪さもこびとサイズまで縮む。

「いいじゃん、そのおニューのジャンパー！」ナッチャーが言った。それからわざとらしくゆっくりと僕の周囲を歩きながら、ジャンパーに縫いつけられたワッペンを一つずつ念入りに見た。「いや、ほんとかっこいいな！　どこかにレインボーのワッペンもあったりするのか？」

数秒の処理時間が経過してようやく、レニーがそろって含み笑いをした。やつらの爬虫類並みの脳は、ナッチャーの〝レインボー＝ゲイ〟という何ともエレガントな等式を解くのにそれだけの時間を要したということだ。

僕が答えずにいると、ナッチャーはもう一度、僕の神経を逆なでしようとした。

「スポーツ系の代表チームの一人みたいに見えなくもないよな。彼女もできないゲーム・オタクをスポーツ選手に勘定できるなら」ナッチャーはそう言って笑った。「もし勘定できるなら、おまえはうちの学校が誇るスター選手ってことになりそうだ――なあ、ライトマン？」

僕の内側で怒りが沸き立って噴出しかけていた。父さんのジャンパーを学校に着ていこうなんて、どうして思いついたんだ？　みんなの前でその話を持ち出されたら自分はかならず爆発するとわかってるくせに、その話をしてくれとこっちから誘ったようなものじゃないか。ナッチャーがその餌に食いつかないわけがないだろう。いや、ひょっとしたら、僕はそれが目的でジャンパーを着てきたのかもしれない。昨日、ナッチャーと対決しようとしたのと同じ理由で。僕の脳味噌のどこかに怒れる野獣が潜んでいて、そいつは喧嘩をしたくてうずうずしている。だから僕はわざわざ餌を用意してナッチャーの目の前でニンジンみたいにぶらぶらさせた。そうだよ、こうなったのは自分のせいだ。

ナッチャーとレニーズが僕のほうに一歩近づいた。僕は一歩も退かなかった。

「今日は少し賢くなって、助っ人を連れてきたんだな」僕はバックパックを肩から下ろし、左右のストラップをまとめて右手に握った。なかのタイヤレバーの重みが心強い。

ナッチャーのにやにや笑いが揺らいだが、すぐに立ち直って、今度は嫌らしい笑みが浮かんだ。

「この二人のことなら、おまえが反則しないように見張る役だ」ナッチャーが言った。

「前回は反則だったもんな」

それからナッチャーは、たったいま自分が言ったことを真っ向から裏切って、レニーズにうなずいた。三人はばらけ、僕を中心とした半円の陣形を取った。

頭のなかで、皇帝パルパティーンのイカレているくせに不思議な威厳のある声が聞こえたような気がした。〝その敵対心を利用することだ、若者よ。憎悪がその体の隅々までみなぎるのに任せるのだ〟。

「ほら、おまえは首までクソに埋まったぜ、ライトマン」ナッチャーの唇が歪んだ笑みを作る。「さすが、クソまみれで死んだ親父の息子だな」

ナッチャーが僕の怒りの起爆ボタンを押そうとしていることはとっくにわかっていた。ところがよりによって、やつは一番大きな赤いやつをいきなり押した。大陸間弾道ミサイルは発射された。もう取り消しは効かない。

バックパックのジッパーを開けたことは覚えていない。タイヤレバーを取り出した記憶もない。だが、気づくと僕の手は冷たい鋼鉄の棒を握り締めていて、僕はそいつを高々と振り上げていた。

三人組がその場に凍りついた。目を真ん丸にしている。レニーズはさっと両手を挙げると、後ずさりを始めた。ナッチャーの視線が二人のほうに飛び、ゴリラじみた用心棒二人が喧嘩から手を引いたのを見て取った。ナッチャーも後退を始めた。

ナッチャーの背後一メートルほどのところに縁石があることに気づいたとき、僕の頭にものすごく底意地の悪い考えが浮かんだ。僕はタイヤレバーをフェンシングの剣のように使い、突きを入れながらナッチャーを追い立てた。やつはよろめきながら後ずさりを続けて――僕のもくろみどおり――縁石につまずいて仰向《あおむ》けにひっくり返った。

僕は地面にひっくり返ったナッチャーのすぐそばに立ち、両手で握り締めたタイヤレバーを見下ろした。

そのとき、左手のどこかから悲鳴が聞こえた。僕はとっさにそっちに顔を向けた。知らないうちに野次馬が集まっていた。一時間目の教室に向かう途中らしい生徒が五、六人。そのなかに女の子が一人いた。幼い顔立ちと、車のヘッドライトに照らされた仔鹿みたいな表情から言って、一年生だろう。僕と目が合うと同時に、その子はぎくりとして片手で口を覆い、後ずさりを始めた。まるで僕が――〝学年一のサイコ野郎〟が、自分を次のターゲットに選ぶのではと思って震え上がっているみたいに。

僕はレニーズに視線を戻した。二人は喧嘩の見物に集まった生徒たちのなかにいた。野次馬の全員がまったく同じ表情、恐怖と期待が半々に入り交じった表情をしていた。自分はいまから生まれて初めて殺人を目撃しようとしているのだと思っているみたいな表情だ。

恥ずかしさが冷たい波のように押し寄せてきた。あれほど燃え盛っていた怒りはしゅんしゅんとしぼんだ。僕は両手で握り締めていたタイヤレバーに目を落とし、地面に放り出した。からんとむなしい音が響いた。背後からぎこちない笑い声が聞こえた。安堵の溜め息も。

僕はナッチャーから離れて後ろに下がった。ナッチャーがゆっくり立ち上がる。僕らの視線が一瞬ぶつかって、向こうが何か言いたげな顔をした。と、やつの視線が空に向けて飛んだ。僕の背後のどこかを凝視している。

振り返ると、奇妙な外観の飛行物体がありえない速度で東の空から近づいてくるのが見えた。接近するにつれて、見慣れた輪郭が姿を現した。それでも僕の脳味噌は、自分の目が見ているものをまだ拒絶しようとしていた。しかしほんの数秒後、物体が急ブレーキをかけるようにして減速し、僕らの頭上で静止したとき、装甲機体の側面に地球防衛同盟軍の紋章が描かれているのがはっきりと見えた。

「うそだろ」誰かのかすれた声が聞こえた。いや、誰かの、じゃない。僕の声だ。

ATS‐31航空宇宙軍用シャトル――《アルマダ》と《テラ・ファーマ》に共通する地球防衛同盟軍の宇宙船の一種だ。そのシャトルがいま、僕が通う高校の昇降口前に着陸しようとしている。

今回にかぎっては幻覚じゃない。だって、何十人もの生徒が僕と一緒に呆然とシャトルを見上げているんだから。それに、シャトルの核融合エンジンの低いうなりも伝わってきているし、排出された熱気が頬をなぶっている。本物がすぐそこに浮かんでいるということだ。

シャトルが降下を始めた。集まっていた生徒たちがゴキブリみたいに散って、安全な校舎へと駆けていく。

僕は銅像みたいにその場に突っ立っていた。目をそらすことができない。《アルマダ》のなかで操縦したことのある軍用シャトルとまったく同じだった。EDAの紋章も、機体の底面に刻まれた識別用のバーコードも。

いいか、ザック、地球防衛同盟軍が現実に存在するわけがないよな。ということは、いまおまえが見てるつもりのシャトルも現実には存在しないことになる。また幻覚を見てるんだよ。しかも前回より始末の悪い幻覚だ。今回は完全な精神崩壊ってやつだよ。

そう自分に言い聞かせたものの、納得はできない。幻覚ではないことを裏づける証拠がありすぎる。

たしかにそうだな。じゃあ、ものすごく鮮明な夢のなかに入っちまって、出られずにいるんだろう。『バニラ・スカイ』のトム・クルーズと同じだ。それか、たとえば、おまえの現実はそもそも、超リアルなコンピューターシミュレーションなんだな。『マトリックス』だよ。あとは、自動車事故で死んだばかりで、これはおまえの死にかけた脳のなかで再生されてるものすごく手の込んだファンタジーだとか——ほら、昔の『トワイライト・ゾーン』にそんなエピソードがあったろう?

僕は着陸するEDAのシャトルを目で追いながら自分に言い聞かせた。よけいなことは考えずにあるがまま受け入れるしかない。目が覚めるか、『マトリックス』のエージェント・スミスに遭遇するか、『トワイライト』みたいにロッド・サーリングのエンディングのナレーションが聞こえてくるかするまで。

シャトルは着陸装置を下ろし、学校のメインの昇降口に続く広い歩道上に音もなく降りた。僕は校舎のほうを振り返った。どの教室の窓にも大勢の生徒の顔が張りついていたし、出口という出口から何百人もの生徒が外に飛び出してこようとしていた。みんな見慣れない飛行物体が下りてきたことに気づいて、いったい何が起きているのか知りたくてうずうずしている。

EDAのシャトルだと気づいている生徒は、顔を見ればわかった。僕と同じように、ここにいるほかの誰より驚いた表情をしているからだ。何も知らない生徒の目には、軍用の新型飛行機——『アバター』や『オール・ユー・ニード・イズ・キル』のドロップシップみたいな、ヘリコプターとハリアー戦闘機のいいとこ取りをした近未来的な乗り物としか映っていないだろう。

シャトルのドアが自動ですっと開き、ダークスーツ姿の男が三人飛び降りた。シークレット・サービスの捜査官みたいな雰囲気だ。うちの校長のウッド先生は、校舎から出てきたところでしばらく固まっていたが、まもなく手を差し出しながら三人に駆け寄った。それぞれ握手を交わしたあと、三人のうち一番背の低い一人がサングラスを外した。

僕は思わずひっと息をのんだ。レイだった——スターベース・エースのオーナーのレイ・ウィズボウスキーだ。

レイがここでいったい何してるわけ？　あの『メン・イン・ブラック』の捜査官みたいなファッションはいったい何だ？　それに、そうだよ、ちゃんと空を飛ぶＥＤＡの軍用シャトルなんか、いったいどこで手に入れた？

僕はレイを見つめた。頭のなかは真っ白だ。レイは身分証らしきものをウッド先生に差し出している。それから二言三言、言葉を交わし、レイと先生はまた握手した。それからレイは小型拡声器を持ち上げると、どんどん数がふくらむ一方の野次馬に向けて話し始めた。

「みなさん、朝早くからお騒がせして申し訳ない」ふだんのレイとは別人みたいな威厳のある声が学校の敷地に反響した。「急を要する事情でザック・ライトマンを捜しています。ザックがいまどこにいるか誰か知りませんか？　ザック・ライトマンです。もし近くにいたら、ザックを指さしてください。国の安全保障に関わる緊急事態が発生して、ザックの協力が必要です。ザック！　ザック・ライトマン！」

レイが呼ばわっているのは僕の名前だと気づいたときには、僕の視界にいる全員が僕に注目して指さしていた。『ナッチャーやレニーズもだ。『ボディ・スナッチャー』のシーンみたいだった。しばし間があってから、ようやくこれまでの学校教育の成果が出て、僕は手を挙げると大きな声で返事をした。「はい！」

僕を見つけた瞬間、レイはうれしそうに笑い、猛然とダッシュして芝生を横切ってきた。あんなに機敏に動けるなんて知らなかった。

「よう、ザック！」そう言いながら僕の前で立ち止まった。ほんの少しだけ息が上がっていた。それから僕の肩に手を置くと、背後で輝いているシャトルのほうに顎をしゃくった。「どうだ、ちょっとそこまでドライブに出ないか？」

ついに来たぞ、ザック。おまえがずっとずっと待ってた冒険の誘いだ。それがいま、目の前に立ってるんだ。

なのに、なのに、死ぬほど怖かった。

それでもどうにかうなずいて小さな声で答えた。「いいよ」

レイはにっこり笑うと——誇らしげに、と言っていいと思う——僕の肩に置いた手にぐっと力を込めた。

「おまえなら来ると思った！」レイは言った。「さ、行くぞ、ザック。もたもたしてる時間はない」

僕は学校の全員の視線を浴びながらレイにくっついて芝生を横切り、地球防衛同盟軍のシャトルに向かった。集まった生徒が二つに分かれて僕らに道を開けた。元カノのエレンもいた。たくさんの顔の海のなかから信じられないという目で僕を追っている。そのすぐあとにクルーズとディールも見つけた。ほかの生徒をかき分けて最前列に立っている。シャトルを守るみたいにすぐ前に陣取ったシークレット・サービス風コンビのすぐそばだ。クルーカットの頭とレイバンのサングラスが威力を発揮して、半径数メートル以内には誰も近づけずにいる。

「ザック！」目が合うなり、クルーズが叫んだ。「どういうことだよ？　どう考えたっておかしいだろこれ！」

ディールはクルーズを押しのけて僕に飛びつこうとした。溺れかけているみたいに両腕を振り回している。「自分だけずるいぞ！　俺らも一緒に乗せろって言ってくれよ！」

だが、次の瞬間には僕はもうシャトルのなかにいて、レイやダークスーツの二人組と向かい合わせになった折り畳み式補助席《ジャンプシート》に座っていた。ハッチが静かに閉じ、外の騒がしい声を締め出した。レイにならって僕もシートベルトを締めて位置を調節した。

僕がシートベルトをきちんと締めたのを確認すると、レイはパイロットに向けて親指を立てるゴーサインを出した。コクピットに一人で座っていたパイロットが着ているのは、地球防衛同盟軍の戦闘服の完全なコピーだ。いまはそんな場合じゃないのに、そのコスプレ衣装の再現度の高さにいたく感心して、僕は思わず見とれてしまった。まもなくパイロットがシャトルの点火前シークエンスを完了し、エンジンが火を噴いた。

シャトルが上昇を始めた。僕の頭のなかの独り言はまだ続いていた——いいか、ザック、このパイロットは〈ソブルコンⅣ〉のコスプレイヤーじゃないぞ。僕の目には、EDAの本物の軍服を着た、EDAの本物のパイロットが、EDAの本物のシャトルを操縦してるように見えるし、おまえはそのシャトルに乗ってるみたいだぜ。どれどれ——2をかけて10の位を繰り上げる、と——驚いたな、僕の計算が正しければ、**地球防衛同盟軍は現実に存在するんだ！**

すぐ傍らの湾曲した窓ガラスに額を押し当てて、はるか下に見えている校舎の前にまだ集まったままの生徒や先生たちに目をこらした。シャトルは周囲の景色がにじむくらいの非現実的な速度で上昇していて、生徒も先生ももうアリほどの大きさにしか見えない。

でも、目を閉じてみれば、やっぱり静止しているようにしか感じない。G力でシートに押しつけられている感覚はまるでなかった。エンジンの振動も空気抵抗による揺れもまったくないまま、シャトルは大気圏を脱する勢いで空高く昇っていく。

そこで思い出した——《アルマダ》のバックストーリーによれば、地球防衛同盟軍の宇宙船や飛行機は全部、異星のテクノロジーをリバースエンジニアリングした技術を使って作られている。「ジャイロ磁気粒子の同期回転を利用して時空の湾曲率を変化させる」だか何だかして宇宙船の周囲に慣性無効化フィールドを発生させる、トレーハイツロジクカイト・フィールド発生装置もそういった技術の一つだ。そんなの、迫力満点の宇宙ドッグファイトに少しでも真実味を与えようとしてカオス・テレイン社のライターがひねり出した、インチキ科学ベースのもっともらしいファンタジーだと思っていた。ハン・ソロやカーク船長が光速／ワープ速度にジャンプするたびにぐしゃっとつぶれてヒーロー・ゼリーになったりせずにすむよう、『スター・トレック』や『スター・ウォーズ』が〝慣性ダンパー〟やら〝慣性補正機〟やらを使うのと同じだと思っていたんだ。

僕はまたきつく目を閉じた。やっぱり赤信号で停まってアイドリングしている車のなかにいるようにしか思えない。どうやらアイザック・ニュートン卿も完全に過去の人だな。

シャトルが厚い雲に呑みこまれて外の絶景が見えなくなってしまったところで、僕はようやく窓から目を引きはがし、レイのほうを向いた。レイはまだにこにこしていた。ストイックな二人の連れは相変わらず無表情で石みたいに黙りこくっている。

「そのジャンパー、かっこいいな」レイが言った。ただしナッチャーのときと違って、レイの口調に皮肉めいたところはなかった。こっちに身を乗り出して、袖に並んだワッペンを感心したように一つずつつながめた。「アクティヴィジョンのワッペンだろう。俺も昔いくつか持ってたよ。簡単にはもらえない」

僕は信じがたい思いでレイを見つめ返した。レイは世間話をしている。スターベース・エースのカウンターの奥で暇を持てあましているときと変わらず。たったいま、僕の現実認識を根こそぎひっくり返したばかりだというのに。

ふいに怒りが湧いた。柔和な物腰の中年男レイ・ウィズボウスキー――僕のアルバイト先のボス、僕の親友、僕の父親代わり――は、数え切れないくらいたくさんの大嘘をついていたらしい。この嘘八百オヤジ、何もかも知っていたんだ。しかもずいぶん前からずっと。

「いったい何がどうなってるんだよ、レイ？」僕は聞いた。さも不安げな声が出て、自分でもぎくりとした。

「〝何者かが我々を爆弾にしかけたようだ〟ザック」レイは日本のゲーム《ゼロウィング》のムービーのおかしな英語訳を引用した。「〝すべて発進をＺＩＧユニットする時が来た〟」

肩を震わせて笑っているレイの顔面をめちゃくちゃに殴りつけてやりたくなった。が、それはこらえ、代わりに大声でまくし立てた。

「地球防衛同盟軍のシャトルなんかいったいどこで調達した？　いや、それ以前に、こんなもの現実に存在するわけないよな？　だいたい、どこに連れて行こうっていうんだよ？」

質問に答える暇を与えず、僕はレイの隣に座っている二人に指を突きつけた。「このピエロたちはどこのどいつなの？　それを言ったら、そうだよ、あんたはどこの誰なんだよ？　この嘘つきオヤジ、早く答えろって！」

「わかった、わかったって！」レイは降参するみたいに両手を挙げて言った。「ちゃんと説明する――だが、まずは深呼吸でもして少し落ち着いてくれ。いいな？」

「落ち着けだって？　クソ食らえだよ！」僕は身を乗り出した。シートベルトが肩に食いこんだ。「あんたもクソ食らえだ、レイ。嘘ばっかりついて！　何がどうなってるのかさっさと説明しろよ！　今度ごまかしたら暴れてやるからな！」

「わかった」レイはなだめるように言った。「その前に、ちゃんと息をしようか、ザック」

僕の顔をのぞきこむレイの心配そうな表情を見て初めて気づいた。僕は息をするのも忘れていたようだ。大きな音を立てて一つ大きく息を吸いこみ、ゆっくりと吐き出した。それだけで少し気持ちが落ち着いた。呼吸もふだんのリズムを取り戻した。レイが満足げにうなずく。

「よし。ありがとう。さてと、話を先に進めようか。さっきの質問を頭から頼む。今度は一度に一つずつ。答えられる範囲でちゃんと答えるから」

「このシャトルはどこから来たの？　誰が造ったの？」

「答えるまでもないだろう？　造ったのは地球防衛同盟軍だよ」レイは連れの二人に顎をしゃくった。「ついでにさっきの質問にも答えると、この二人はEDAのエージェントだ。護衛官として、移動中のおまえの身辺警護を担当する」

「ちょっと待った」僕は言った。「EDAが実在するわけないだろ？」

「いやいや、実在するんだよ」レイは答えた。「地球防衛同盟軍は、地球規模の極秘軍事提携組織でね、四十数年前に創設された」

「何の目的で？」

レイがうなずく。〝地球を防衛〟するため？」「だから地球防衛同盟軍という名前がついている」

「だけど、何から地球を守るの？」レイの口から聞きたい。遠回しにじゃなく、はっきりと。

「エイリアンの侵略からだ」

いまのは皮肉めいたジョークであることを示す証拠を探して、僕はレイの表情をまじまじと観察した。しかしレイの顔は真剣そのものだった。ほかの二人の反応を盗み見たが、僕らの会話が聞こえてもいないみたいな様子をしていた。いつのまにかスマートフォンを取り出してディスプレイに見入っている。

僕はレイに視線を戻した。「異星人の侵略？　異星人って誰？　ソブルカイ星人？　くじら座タウ星系から来た、ヒューマノイド型イカ頭星人のこと？　やつらも実在するんだとか言うつもりじゃないだろうね」

「そうは言わない」レイは答えた。「ソブルカイ星人は架空の存在だ。カオス・テレインがゲーム内の悪役に配した架空の宇宙人だよ。しかし、おまえにもうすうすわかりかけてるだろうが、《アルマダ》と《テラ・ファーマ》はただのゲームじゃない。特定の意図を持って設計されたシミュレーターなんだ——地球を守るために、世界中の市民にドローン操縦の訓練を行っている」

「守るって、誰から？　だって、いまレイが言ったただろ、ソブルカイ星人は架空の——」

「そのとおり、架空の存在だよ。ただし、実在する、、、、敵性異星人の代役だ。世界規模のパニックを避けるために、侵略者の存在はこれまで秘密にされていた」レイはそう言って奇妙な笑みを作った。「ソブルカイという名前だが、実は〝ソブリケイ〟のもじりでね。〝ソブリケイ〟は〝ニックネーム〟の気取った言い方だよ。こざかしいネーミングだろう、え？」

恐ろしい考えが頭に浮かんだ。「昨日の朝、グレーヴ・ファイターを見たと思うんだけど……」

「あれは本物だ」レイはうなずいた。「おまえが目撃したのは敵の本物の偵察機だよ。EDA情報部によれば、過去二十四時間以内に全世界で何機も目撃されている。おそらくEDAの有線イントラネットのアクセスポイントを偵察していたんだろうってのが——」

「でも、ソブルカイ星軍のグレーヴ・ファイターそっくりだったよ！」

「そりゃそうだろう」レイは言った。「いいか、俺の言いたいことはそれだ。カオス・テレインはソブルカイ星軍を本物の敵のそれに似せてデザインした。シミュレーター内の――ゲーム内の宇宙船やドローンは可能なかぎり本物をそのまま再現している。可能なかぎりリアルに作ろうとしたわけだな」

「じゃあ、その異星人はほんとにグレーヴ・ファイターを持ってるってこと？　ウィヴァーン・ファイターも――」

「ドレッドノート・スフィア、スパイダー・ファイター、バシリスク――どれも本当に存在する。名前はカオス・テレインのフィクションだが、《アルマダ》に出てくる敵のドローンはどれも現実を正確に再現している。外観、武器、操縦性、戦術、戦略――本物の敵の部隊やテクノロジーをじかに観察して、戦争初期に造られた」

「戦争初期？」僕は聞き返した。「いつから戦争してるの？　やつらはどこから来たの？　本物はどんな外見をしてる？　ファーストコンタクトはいつだったわけ？　もし――」

レイは片手を挙げて遮った。僕がまた過度の興奮状態に陥りかけていることを察したんだろう。

「いまの質問には答えられない。敵に関して集まっている情報はいまもまだ機密扱いされてるからね」レイは腕時計を確かめた。「といっても、もうじき公表される。ネブラスカに着いたらさっそくブリーフィングだ」

「ネブラスカ？」僕は言った。「ネブラスカに何があるわけ？」

「地球防衛同盟軍の極秘基地だ」

僕は何か返そうと口を開いたものの、言葉が出てこないまま、すぐにまた閉じた。それを何度か繰り返して、ようやく口がきけるようになった。

「地球防衛同盟軍は四十年以上前に組織されたってさっき言ってたね。とすると、異星人が侵略に来ることは四十年以上前からわかってたってこと？」

レイはうなずいた。「一九七〇年代半ばにはわかっていた。迫り来る侵略の日に備えさせるために、EDAはそのころからポップカルチャーの特定のジャンルを利用して大衆の潜在意識に対する働きかけを始めた。当時、急成長の兆しを見せていたゲーム業界に何十億ドルもの資金をひそかに提供したのもそのためだ。ゲームを軍事教習に応用できそうだと気づいたからだよ」レイはにやりとした。「『スター・ウォーズ』の製作に協力したのも同じような理由からさ」

「え？　何だって？」

真実を誓うボーイスカウトみたいに指を三本立てて、レイは続けた。「俺も初めは信じられなかったよ。だが、事実だ。『スター・ウォーズ』は、EDAが資金援助した初期の映画プロジェクトの一つだ。〝戦争教育〟向きのテーマだとEDAのシンクタンクが判断したからだ。監督のジョージ・ルーカスにはそのことは知らされなかった。リスクを承知で製作にゴーサインを出したアラン・ラッド・ジュニアの功績だとルーカスは信じていたが、実際には、映画やテレビ番組向けに設立した、実体のない資金調達会社を通じて、EDAが製作資金の大半を出して――」

「ちょっと待って。『スター・ウォーズ』は地球防衛同盟軍が作ったようなものだってこと？〝アンチ・エイリアン〟のプロパガンダの一環として？」

レイはうなずいた。「話を単純化しすぎだが、まあ――そういうことだ」

脳裏に、古い日誌にあった父さんの〈年代順配列〉が蘇った。

「過去四十年の間に製作されたほかのSF映画やドラマは？」僕は聞いた。「全部〝アンチ・エイリアン〟意識を浸透させるためのものってこと？」

「そんなことはないさ。全部じゃない。『スター・ウォーズ』みたいな、記念碑的作品だけだよ。七〇年代後半のSF映画やテレビドラマ、ゲームの軍事化を大きく後押しした作品だけだ。『スター・ウォーズ』公開の翌年、ゲームの《スペースインベーダー》がリリースされた。それ以来、人類はゲームの中で異星人と戦い続けている。いまならそれがどうしてかわかるだろう？　ＥＤＡがそう方向づけたからだ」

「嘘だ」

「いや、ほんとさ」レイは言った。「最近になって『スター・トレック』のリブート作品や『スター・ウォーズ』の続編が立て続けに作られたね。あれはＥＤＡの人類に対するサブリミナル訓練の最終仕上げの一環だ。製作に関わったバイアコムやディズニー、Ｊ・Ｊ・エイブラムスは、そんな背景があることを知らないだろうし、裏で糸を引いているのが誰かなんて考えたこともないと思うがね」

僕はいま聞いた話が脳味噌に浸透しきるのを待った。

「どうしてずっと黙ってたの？」長い沈黙のあと、ようやくそう聞いた。

レイは悲しげに微笑んだ。「それについては謝るよ、ザック。しかし、俺の一存で話すわけにはいかなかった」

その一言で、重大な事実がぐさりと心に突き刺さった。レイとのつきあいはもう六年にも及ぶ。その六年の間ずっと、レイは嘘をついていた。おそらくすべてについて。自分の正体に関しても。

「あんたは誰？　レイ・ウィズボウスキーっていうのも偽名？」

「ああ、残念ながら」レイは答えた。「本当の名前はレイモンド・ハバショーだ。ウィズボウスキーって名前は、『エイリアン2』に出てくる海兵隊員から拝借した」

「前にそう指摘したよね。そしたらただの偶然だって言ったろ！」

レイはばつの悪そうな表情で肩をすくめた。飛びかかって絞め殺してやりたくなった。

「EDAから新しい身分を押しつけられたんだよ。ビーヴァートンに配属されたときに――おまえの目付役としてビーヴァートンに送られたときに」

「僕の目付役？　どういうこと？」

「説明されなきゃわからないか、ザック？　おまえは類い希で有用な才能の持ち主だ。おまえが初めてオンラインゲームをプレイした日から、EDAはおまえの動向を追跡して情報を集めてきた。そのために俺を派遣して、おまえが訓練をサボらないよう見張らせたというわけだよ」レイはにやりと笑った。「言ってみれば、タトゥイーンでルークの成長を見守ったオビ＝ワンだな」

「面の皮の厚い大嘘つきってとこまでオビ＝ワンそっくりだ」僕は言い返した。「それは確かだな！」

レイの顔から笑みが消えた。苦々しげに目を細めて僕を見る。

「そう言うおまえはめそめそした根性なし野郎じゃないか。ルークとそっくりだ！」

EDAの護衛官コンビが忍び笑いを漏らした。やっぱり聞いていたらしい。僕がじろりとにらみつけると、二人はわざとらしくスマートフォンを注視した。この高度で電波が入るのか不思議に思って、僕は二人が持っているデバイスをさりげなく観察した。ふつうの携帯電話よりやや大きくて、厚みもある。携帯ゲーム機みたいに折り畳み式になっていた。一人はゲームをやっているようだが、僕の位置からでは画面がよく見えなくて、何をプレイしているのかはわからない。僕はレイに向き直った。

「なあ、悪かったよ」レイは言った。「いまのは本気じゃなかった。少しくらいは感謝してくれても罰は当たらないんじゃないかと思っただけだ。だって、俺がビーヴァートン暮らしを楽しんだと思うか？」

ようやく事態が呑みこめてきた。レイは、〝兵士なら〝肥だめ任務〟と言い捨てるような仕事を六年も我慢してきたんだ。辺鄙《へんぴ》な田舎町のしょぼいモールに店を構える中古ゲーム店のカウンターの奥に押しこめられて、やることと言えば、僕が《アルマダ》をプレイするのをながめたり、思春期のガキの愚にもつかないおしゃべりに耳を澄ましたり、そのガキを相手に宇宙人による誘拐事件だの政府の隠蔽《いんぺい》だのって話を聞かせたり——

そうか。『X-ファイル』の受け売りみたいな宇宙人陰謀説を延々と聞かせてきたのは、真実が明かされる日に備えたレイなりのトレーニングだったのかもしれない。僕が知っておくべきとEDAが判断した真実がついに伝えられる日に備えた訓練。どうやらその日が来たということだ――いざ異星人が到来するぞというぎりぎりのタイミングで。

ただし僕は、何年も前、父さんの日誌を初めて読んだとき、その真実の少なくとも一部を明かされていたわけだ。だが僕は、それを信じることができなかった。

そこまで考えて初めて、このシャトルに乗りこんだときから心のなかでくすぶっていたのに、勇気がなくて聞けずにいた疑問が口をついて出た。

「EDAは父さんをスカウトしたの？」

するとレイはふっと息を吐き出した。そう聞かれるのをずっと待っていた――でもそう聞かれるのが怖かったとでもいうみたいに。

「俺は本当に知らないんだよ」レイは言い、嘘つき呼ばわりする暇を僕に与えずに続けた。「これは嘘じゃない。だからとりあえず最後まで聞け！」一つ深呼吸をする。「おまえの父さんは関係ないんだよ、ザック。いまは状況をそのまま受け入れる努力をしてくれないか――どんな危険が迫っているか。人類の未来がこれにかかって――」

「ちゃんと答えてよ！　父さんの日誌を読んだんだ。EDAのことを知ってた。EDAの素性に気づいてた。EDAの狙いに気づいてたんだよ。勤務先で起きた不自然な事故で死ぬ直前にね。本当は何があったの？　EDAは口封じのために父さんを殺したの？」

永遠とも思える長いあいだ、レイは黙っていた。実際には、一秒にも足りないような時間だったのかもしれない。

「いま言ったとおりだ。おまえの父さんに何があったのか、俺は知らない」レイは答えた。「俺はＥＤＡの一《いち》エージェントにすぎない。機密情報へのアクセスは限定されてるんだ」またも口をはさみかけた僕を、レイは指を一本立てて黙らせた。「俺が知っていることはこうだ。ＥＤＡのデータベースにおまえの父さんのファイルがあるのは事実だ。しかし機密に分類されていて、俺の権限では閲覧できない。だから、父さんがＥＤＡとどうつながっているのか、そもそも何かつながりがあったのか、俺は知らない。ただ、ＥＤＡは人を殺すために創設された組織じゃない。人の命を救うために生まれたものだ」

僕はパニックを起こしかけていた。

「教えてくれよ、レイ」考えるより先にそう言っていた。「僕にとってはすごく大事な話なんだ……」

「わかってる」レイは言った。「だからこそ落ち着いて目の前のことに集中しろ。さもないと、ＥＤＡが持ってる情報を手に入れるチャンスを逃しかねない」

「それ、どういう意味？　チャンスを逃しかねないって？」

「いまおまえが向かっているのは、入隊に関する説明会だ。そのあと地球防衛同盟軍に入隊するかどうかはおまえが決めることだ」

「でも――」

「もし入隊すれば、空軍の中尉になる」レイは僕をさえぎって続けた。「俺の階級より上だ」そう言いながら、僕の目をまっすぐに見た。「機密情報にアクセスする権限も上だ。父さんのファイルを閲覧できるかもしれない」

レイはまだ何か言おうとしているように見えたが、ちょうどそのとき、どんと低い音がシャトル全体に轟き渡った。僕はパニックを起こしそうになった。攻撃されたのかと思ったからだ。しかしすぐにわかった。いまのは音速の壁を突破した音だ。

「しっかり座っておけ」レイは僕に向かって言い、自分もまっすぐ座り直した。「準軌《サブオー》道飛行《ビタル》に移る」

僕の頭の中をまだ数十の質問が跳ね回っていたが、いったんみんな追い出した。質問は後回しだ。シートに深く座り直して、いまはなかば強引に連れ出されたちょっと現実離れしたドライブを楽しむことにした。

それは賢明な判断だった。何と言っても、僕は生まれて初めて宇宙へ飛び出そうとしていたんだから。

PHASE TWO

兵《いくさ》とは詭《き》道《どう》なり。
——孫武

8

僕はジャンプシートのアームレストを握り締め、丸窓の向こうに広がる空の色がほんの数秒のあいだにドラマチックに変化していく様子をわくわくしながら見つめた。コバルトブルーから濃い藍《あい》色へ、そして漆黒へ。

僕らは宇宙の入口に来ている。いつか越えてみたいとずっと憧れていた境界線上に浮かんでいる。生きているうちに実現すると本気で期待したことはなかった。それがまさか今日、本当なら教室で一時間目の公民の授業を受けているはずのいま、現実になった。シートベルトが許すかぎり前に乗り出し、丸みを帯びた窓のほうに思い切り首を伸ばした。その向こうで青く輝いている地球の優美な曲線を少しでもよく見ておきたい。それは息を呑むほど美しかった。僕のなかの小さな子供が小声で「すごい!」とつぶやいた。

ばつの悪いことに、小さな子供はつい声を漏らしてしまっていたらしい。レイが愉快そうな笑みを浮かべて僕をじっと見ていた。《テラ・ファーマ》のデスマッチで僕に勝ったときにいつも浮かべる笑みと同じだ。反射的に中指を立ててやりたくなった。僕の脳味噌ののろまな一部はまだ、レイはアルバイト先のボス／友達であるという考えを捨てられずにいるらしい。

シャトルが地球低軌道に浮かんでいたのはほんの一分間ほどだった。僕はそのあいだずっと無重力になる瞬間を待っていたが、まもなくシャトルは軌道の頂点に達した。無重力は経験できないらしい。シャトルが動いていることを裏づける兆候はあいかわらず何一つ感じられなかった。地球に向けて降下を始めてもまだ、何も感じない。ほどなく窓の向こう側を埋めていた漆黒が深いブルーに変わり、どんどん明るく淡くなっていって、やがてまばゆい太陽の光がシャトル内に満ちあふれた。

分厚い雲の層をまた一つ突っ切った。次の瞬間、怖くなるような速度で地面が迫ってきた。しかしシャトルは数秒でなめらかに減速して空中に静止した。瞬間的に吐き気に襲われたが、それは目と体から送られた信号が食い違っていて、まだ動いているのかもう止まったのか、脳が混乱したからというだけのことだ。

吐き気はすぐにおさまって、僕はまた窓の外に視線を向けた。納屋や離れに囲まれた平屋の農家みたいな白い大きな住宅が真下に見えている。塔形の穀物サイロの長い列も見える。てっぺんの鋼鉄のドームが朝日を浴びてきらめく様子は、まるで発射を待つロケット群だ。家の周囲には畑地や緑の丘や平原がどこまでも広がっていて、一本だけの砂利道が曲がりくねりながら地平線まで延びていた。地球防衛同盟軍のシャトルがほかにも三機、空に浮かんでいて、僕らのシャトルと似たコースをたどって降りてこようとしていた。

シャトルが高度を落とすにつれて、家に隣接する耕地の一画が独りでに地表から一段下がった。きれいな長方形をした排水口みたいだ。次に二つに分かれると、地面に設けられた巨大なエレベーター扉といった風情で左右に開いた。その下に大きな縦穴が口を開けていた。地中深く続いているようだ。空っぽのミサイル地下発射台にも見えるが、直径が大きすぎる。シャトルを真っ暗な地中へと誘導するためだろう、円柱形のコンクリート壁に沿って滑走路照明のように点滅する青いランプが線状に埋めこまれていた。

「世界中にこういったEDAの秘密基地がある」レイが言った。「ここみたいに、人里離れた場所に設けられている基地も多いが、それとは別に、大都市にはかならずドローン格納庫と地下司令本部が設置されている」

「《アルマダ》そのままだね」僕は言った。「《テラ・ファーマ》も同じか」

レイはうなずいた。「何気ない風景のなかにいろんなものが隠されている」レイは下を指さした。「あの離れは、実は歩兵ドローンの地下格納庫の入口だし、あっちに見える穀物サイロはインターセプターの発射トンネルのカムフラージュだ。びっくりだろう？　ＥＤＡは驚くべき規模でさまざまなものを造った。何十年もかけて、秘密裏に」

僕は黙ってうなずいた。いろんな感情がいまにも好き勝手な方角に走り出してしまいそうで、その手綱を引くだけで精一杯だった。世界情勢についてこれまで聞かされてきたこと、教えられてきたことはどれも嘘だった。向上心は旺盛でも、人類はいまも二足歩行のサルにすぎず、なんだかんだ言っては小さな集団に分かれて、荒れ果てた惑星の残り少なくなった天然資源を武力で奪い合っているのだと教えられて育った。人類の未来に待っているものは、『スター・トレック』よりも『マッドマックス』に近い荒廃した世界なんだろうと決めてかかっていた。気候がすでに変動の兆しを見せていたにもかかわらず、人類は化石燃料を無節操に消費していると聞かされていたが、いま、その見方を完全に改めざるをえない現実を目の当たりにしている。僕らは愚かしい大量消費主義ゆえに石油を使い果たし、自分たちの住む惑星を破壊してきたんじゃない。大方の人々の知るよしもなかった暗黒の日に備えてのことだったんだ。

人口の爆発的増加についても、恐ろしいことながら筋が通る気がした。人口問題よりはるかに大きな危険がすぐそこまで迫っているんだ。この惑星で七十億人が暮らしていけるかどうかなんて考えている場合じゃない。そして、圧倒的に不利だとわかっていてもなお、人類は生き延びるために必要な準備を整えた。そう思うと、人類に対してこれまでなかった種類の誇らしい気持ちが僕の胸に芽生えた。僕らは自滅の瀬戸際にいる原始的なサルの集団じゃなかった。いま直面している危機は、僕ら人類が危なっかしく立っている崖っぷちとはまったく別の種類のものだ。

シャトルはトンネルのなかを猛スピードで地中へ下っている。壁に埋めこまれたランプがにじんで、規則正しく瞬くネオンの帯のように見えた。

まもなくシャトルはトンネルを下りきって、広々とした地下格納庫に出た。円形の大きな滑走路が下に見えている。シャトルはその北端に着陸して、まばゆい光に照らされた周縁にずらりと並んだ同型のEDA軍用シャトルの列に加わった。

シャトルのドアが開くなり、レイはシートベルトをはずして滑走路に飛び降り、ついてこいと僕に合図した。僕もシートベルトをはずそうとしたが、指が言うことを聞かない。しばし格闘して、ようやくバックルがはずれた。そろそろと立ち上がって脚にちゃんと力が入ることを確かめてから、レイの隣に降りた。パイロットと護衛官コンビは降りてこない。さぞかし間の抜けた姿だろうと思いながらも、僕はぎこちなく三人に手を振った。シャトルのドアがぷしゅっと小さな音を立ててもとどおり閉まった。

携帯電話で時刻を確かめた。ビーヴァートンからここまで、二十分もかかっていなかった。ついでに、ここには携帯の電波が来ていないらしいと気づいた。つまり、無事だよと伝えたくても、母さんに電話をかけることはできないわけだ。そう思うと、急に母さんの声が聞きたくてたまらなくなった。学校から連絡は行っているだろうか。どう伝わっているんだろう。母さんはいまごろ心配で頭がどうかなりかけているに違いない。

今朝、僕が寝ぼけ眼で階段を下りていくと、驚いたことに、母さんはキッチンテーブルに〝夕食風朝ご飯〟を用意して待っていた。〝怪物ミートローフ〟とマッシュポテト――僕の大好物だ。がつがつと頰張る僕を、母さんはうれしそうににこにこしながら見守り、ときおり自分が食べる手を止めて、もっとゆっくり嚙んで食べなさいと言った。朝食がすむと、僕は母さんの頰にすばやくキスをして玄関から飛び出した。いつまた進学問題という地獄のトピックを持ち出されるかと不安だったからだ。「愛してるわ」という母さんの声が追いかけてきて、僕は急ぎ足で車に向かいながらもごもごと「僕も愛してるよ」と応えた。母さんに聞こえていただろうか。きちんと伝わるように言わなかった自分を蹴飛ばしてやりたくなった。

「ようこそ、クリスタル・パレスへ」レイが言った。「というのがこの基地のEDA内でのコードネームだ」

「どうして？」僕は聞き返した。

レイは首を振った。「さあな。地球防衛同盟軍第十四戦略司令本部なんていちいち言っていられないからだろう。クリスタル・パレスのほうがかっこいいしな」

シャトルを離れてレイと一緒に歩き出しながら、僕は初めて目にする場所をじっくりとながめた。数百の人たちが滑走路周辺をあわただしく行き来している様子は、高度に系統だったカオスとでも言うべき光景だった。ほとんどがシャトルのパイロットと同じEDAの戦闘服を着ているのを見て、このあと僕も制服を支給されるのかなとぼんやり思った。

頭上から風が吹きつける音が聞こえて見上げると、シャトルがさらに四機、トンネルを抜けて降下してこようとしていた。順番に滑走路に着陸したシャトルから乗員が吐き出されて、僕と同じ民間人が降りてきた。それぞれにダークスーツを着たEDA工作員が一人、ときには数人付き添っている。大半は落ち着いた様子をしていた。処理場に引き立てられていく仔羊みたいに怯えた顔もちらほら見えるが、それ以外はまたとない経験を心底楽しんでいるようだ。僕は自分の精神状態をさっと点検した。怯えてはいないが、おもしろがってもいない。

しゃーっという音が背後から聞こえた。僕が乗ってきたシャトルが離陸しようとしていた。レイと僕は振り返って、ゆっくりと上昇していくシャトルを目で追った。シャトルはまもなく、地上に続く円筒形のトンネルに猛スピードで吸いこまれて見えなくなった。

「こっちだ、ザック」レイはそう言って、滑走路の反対側の石壁に設けられた両開きの大きな防爆扉のほうに早足で歩き出した。すでに開き始めたドアの奥に、さらに地中深くへと下る幅の広い廊下が見えていた。

僕は立ち止まってレイを呼んだ。レイは振り向いて僕のほうに戻ってきた。他のEDA工作員や新兵候補が続々と僕らを追い越し、巨大な防爆扉からなかに入っていく。

「入隊は断るって言ったら？」僕は聞いた。「いまから始まるっていうブリーフィングをひととおり聞いたあとで、やっぱりうちに帰りたいって言ったら？　そうしたらどうなるの？」

そう聞かれるのを待っていたとでもいうみたいに、レイはにやりとした。

「その場合はだな、ザッカリー・ユリシーズ・ライトマン。おまえは十八歳のアメリカ合衆国市民だから、合法的な徴兵が可能であると改めて俺から説明することになる」

そうか。その可能性は考えていなかった。「待ってよ。そうすると――これは事実上の徴兵ってこと？」

「いやいや、そうじゃないよ」レイは答えた。「戦えと強制されることはない。ブリーフィングのあと、やっぱりうちに帰りたいと思ったら、そう言えばいい。そうしたらEDAは、別のシャトルにおまえを乗せてまっすぐビーヴァートンに送り届ける――臆病者エクスプレスのファーストクラスに乗せてな」

僕は黙っていた。傷ついたプライドの手当てに忙しかった。

「おまえのことはわかってるつもりだ、ザック」レイが続けた。「この日をずっと待っていたんだろうに。何か価値あること、意義のあることが起きるのを。〝勇気を出してヒーローになれ〟的な何かが起きるのを待っていた。そうだろう？」そう言って僕の両肩に手を置いた。「ついにその日が来たんだぞ、ザック！　その才能を使って世界を救うチャンスが与えられたんだ。なあ、俺が信じると思うか？　おまえがそのチャンスをみすみす逃して逃げ帰る？　家で膝を抱えて、世界が終わる瞬間をテレビでながめる？」

レイは僕の肩を放すとまた歩き出した。高い天井の空間を囲む石の壁に反響する足音を残して、開いたドアを抜け、その先のスロープを下っていく。その後ろ姿はやがて見えなくなった。

頭上はるか高いところに開いたトンネルの奥にまだ見えている小さな円形に切り取られた空を最後にもう一度だけちらりと見上げてから、僕はレイのあとを追って走り出した。

入ってすぐのスロープを下りきったところにセキュリティチェックポイントがあって、EDAの制服を着たフォイルという名の伍長が僕の掌紋《しょうもん》と網膜をスキャンして本人確認をしたあと、僕をブルースクリーンの前に立たせて顔写真をデジタル撮影した。数秒後、伍長の後ろのプリンターからEDAの紋章のホログラムがついた写真付きIDバッジが吐き出された。伍長がそれを僕に差し出す。顔写真の下に僕のフルネームと社会保障番号、それに〈エリート候補生〉という文字がプリントされていた。

僕がIDバッジをシャツにピンで留めると、伍長は別のバッジをレイに渡した。レイの古い顔写真と〈レイモンド・ハバショー軍曹――工作員〉という文字が見えた。コールサインが印刷されていないのがちょっと不思議な気がしたが、すぐにその理由に思い当たった。新兵候補がぶら下げて歩いている公的な身分証に、〈Moar Dakka〉とか〈PercyJackoff69〉とか、ゲームスラングや卑語が盛りだくさんのハンドルネームやコールサインが印刷されているのは、たしかにあまり好ましくないだろうな。

フォイル伍長はカウンターの下から小型の携帯型デバイスを取り出した。やたらに厚みのあるスマートフォンといった感じのもの、レイや護衛官コンビがシャトルで使っていたのと同じものだ。デバイスは保護ケースに入っていて、ケースの裏にベルクロのリストストラップがついていた。伍長は僕の右手首にストラップを巻いてデバイスを固定した。特大の腕時計みたいだ。

「これはきみ専用のＱコム――量子通信機《Quantum Communicator》だ」伍長がそう説明した。「どこにいてもかならず電波が取れるスマートフォンだと思えばいい。地球上のどこでも使える。宇宙にいてもね」そう言って微笑む。「超高速インターネット接続とブルートゥースも内蔵されている。きみのｉＰｈｏｎｅに入っていた連絡先や写真、音楽はみんな転送してあるから、すぐに使えるよ」

僕はジーンズの前ポケットに入れてあったｉＰｈｏｎｅを取り出した。やはり電波は届いていない。電池はいまにもなくなりそうだった。「転送したって、いったいどうやって？」

「心配はご無用」伍長は僕の質問を無視して言った。「Ｑコムのほうがずっとセキュリティが高いからね。用途も広い」僕のＱコムのディスプレイを軽くタップした。「ｉＰ honeと、『スター・トレック』のトライコーダーと、小型レーザー銃を合わせて一つにしたようなデバイスだ」

「え、ほんとに？」僕は手首からストラップをはずしてQコムをながめ回した。

「本当だよ」フォイル伍長は誇らしげな笑みを浮かべた。「私は007映画のQみたいなものかな。まあ、Qと違って、私が配布するガジェットはこの一種類だがね」

僕はQコムを裏返してみた。異星の科学技術をリバースエンジニアリングして作られたデバイスを手にしているという実感はなかなか湧かない。タッチスクリーンをタップすると、バックライトが点灯して、数え切れないほどのアイコンが表示された。Eメール、インターネット、GPS、ごくふつうの電話アプリらしきもの。初めて見るアプリも並んでいる。

「これで家に電話できますか」僕は聞いた。

「いや、まだできない」伍長は答えた。「Qコムの外線電話とインターネット接続の機能は、このあとビッグニュースが一般に公開されるまではオフにされているんだ。ただEDAの量子通信ネットワークにはもう接続されているから、相手のコンタクトコードさえわかれば、稼働中のほかのQコムとは通話が可能だよ。きみのコードはケースの裏にプリントしてある」

裏側を見ると、ケースに十桁の番号が印字されていた。レイが自分のQコムを取り出し、端っこを僕のQコムに軽く触れた。小さな電子音が鳴って、レイの名前とコードが僕のQコムの連絡先に読みこまれた。

「これでいつでも、どこからでも俺と連絡が取れる」レイは言った。「たとえ銀河の向こう側からでもな」そう言って、ちょっと不安にさせるような笑い声を漏らした。「ま、そんなことはまずないとは思うが」

僕はQコムを見つめた。折り畳み式の携帯電話のように片側に蝶番《ちょうつがい》が仕込まれていて、携帯型ゲーム機みたいに開くようになっている。蓋の裏側にもディスプレイが内蔵されていて、その下にゲーム用のコントローラーがついていた。サムパッドが二つと、文字入りボタンが六つ。

「何これ。まさか《ソニック・ザ・ヘッジホッグ》もプレイできたりする？」

「そのまさかでね。できるよ」フォイル伍長が言った。「Qコムは携帯型ドローン操縦機も兼ねている。緊急時には、インターセプターやATHIDはもちろん、EDAのドローンならどれでも操縦できるんだ」伍長は秘密を打ち明けるみたいに声を落として続けた。「ただし、使いやすいかと言ったら、クソだな。相当の練習が必要だよ」

内緒話をするようにこちらに身を乗り出したまま、伍長はささやくような声で言った。

「実は声を破壊エネルギーに変換する機能も実装している」自分のQコムを前に向けて狙いを定めるようにしながら左右の手首を交差させた。「声と動きを利用して、相手の神経を麻痺させたり、骨を砕いたり、火を放ったり、喉を絞めたり、内臓を破裂させたりできるんだ」

僕は声を上げて笑った。

「『デューン』の音声銃のジョークは初めて聞きました。ブラヴォー！」

「原作の小説にはあんな武器、どこにも出てこないんだよな」レイは首を振りながらぶつぶつ言った。「映画を監督したデヴィッド・リンチの勝手な創作だよ」

「だから何だよ、レイ？」僕は言った。また店に戻ったみたいな気分だった。「あんなにクールな武器はそうないよ。あれ一つで、心臓弁を引っこ抜くシーンの気色悪さを許してもいい気がしてくる――」

フォイルがまた事務的な口調に戻って言った。「事前の説明は以上。Qコムのレーザー銃機能はいまのところまだ使えないように設定されているが、正式入隊後に部隊指揮官がオンに切り替える」

「もし入隊すれば、ですよね」僕は言った。「侵略してきたのが誰なのか、何なのかさえまだ教えてもらってないし」

「まあ、そうだな」伍長はレイに驚いたような視線を投げて言った。「レーザー銃を三度か四度使うとバッテリーが空になる。仮に必要な局面が訪れても、可能なかぎり節約して使うことをお勧めするよ」

「わかりました」僕は伍長に答えた。「以上ですか？」

「イエス・サー」伍長は軽やかに応じた。「以上です」

さよならと手を振る代わりに、僕らは敬礼を交わした。伍長は僕らが見えなくなるまで直立不動でいた。僕はレイのあとについて自動ドアを抜け、下り坂になった廊下をさらに奥へと進んだ。

「こんなすごいテクノロジーをいくつも持ってるのに、どうしてEDAは一般に公開しなかったの？」僕は手首に装着したQコムをながめながら聞いた。「超高速移動、量子通信――世界経済が一気に発展しただろうし、そうすれば軍備拡充だってもっと楽に……」

「異星の最新技術を解析するだけで何十年もかかった。ようやく実用化に漕ぎつけたのはほんの数年前の話なんだよ」レイは言った。「もしもっと時間の余裕があったら、EDAは新技術を少しずつ公開していたんじゃないかと思うね」

さらに二カ所のセキュリティチェックポイントを通過し、チューブ状の長い廊下を下った。メインの廊下から細い廊下が枝状にいくつも延びていて、その廊下には一、二メートルおきに番号のついたドアが並んでいた。あの奥には何があるのかとレイに聞いてみようとしたちょうどそのとき、ドアの一つがしゅっと音を立てて開いて、女性のEDA将校が出てきた。ドアがまた閉まる前に、物置サイズの空間がちらりと見えた。床に固定された回転椅子が真ん中にあり、それを中心に人間工学《エルゴノミクス》を考慮したコントロールパネルやゲームコントローラーが配置され、曲面ディスプレイには、EDAの巨大ウォーメカ内のコクピットが一人称視点で表示されていた。「ドローン操縦ステーションだ」僕の視線に気づいたレイが言った。「この基地には同じものが何千と設置されていて、インターセプターやATHIDをはじめ、EDAが保有するすべてのドローンを遠隔操縦できる。タイムラグはゼロ、通信範囲も無制限だ」

「それって……本物のドローンのこと？」

「そうだ、本物のドローンのことだよ」レイは僕の背後を指さした。「ほら、ちょうど来たぞ」僕が振り返ると、ATHIDが十体、列を作って廊下をこちらに向かってくるところだった。重たい足音や関節がきしむ音、サーボモーターのかすかな作動音とともに通り過ぎていくロボットの行列を、僕は呆然と見送った。行列が角を曲がって見えなくなるころには、レイはもう歩き出していて、僕はあわててそのあとを追った。頭はまだ現実に対処できずにいた。

「ライトマン中尉？」男の大きな声が聞こえた。

レイと僕は立ち止まり、声のしたほうを振り返った。まだ子供みたいな男だった。僕よりもさらに若い。褐色の肌、濃い茶色の目と髪。軍服の左胸に大尉の階級を示す線章があり、イラン国旗も刺繍されてあった。Qコムを持ち上げて僕の顔をスキャンしているようだ。ディスプレイに表示された僕の名前を確認して、顔からはみ出しそうに大きな笑みを浮かべた。それから唐突に直立不動の姿勢を取ると、僕に向かって敬礼をした。

「ようやくお目にかかれてたいへん光栄です！　アージャン・ダグ大尉です。どうぞよろしく。あなたのお仕事ぶりは僕の憧れです、中尉！」

「僕の仕事ぶり？」僕は助けを求めてレイを見やった。「中尉？」

「お言葉ですが、大尉」レイはダグに敬礼を返しながら言った。「ミスター・ライトマンはまだ正式に入隊していませんので」

「おっしゃるとおりです！　そのことは承知しています！」ダグは申し訳なさそうに微笑みながら続けた。「Qコムを使ってストーキングめいたことをしてしまってすみません、い、いや、ミスター・ライトマン。でも、ぜひお会いしたいって前から思っていたものですから」手を差し出しながら迫ってきた。「各種のミッションで何度もご一緒してるんです。

僕のコールサインにはきっと聞き覚えがあると思いますよ」自分の手を押しつけるように伸ばす。僕はその手をめいっぱい力強く握った。「Rostamです」

そのコールサインを聞いたとたん、僕の笑顔は引き攣《つ》った。同時に握手の手を放した。その名前なら、たしかに知っている。

「へえ、驚いたな」僕は作り笑いでごまかそうとしながら言った。「こちらこそ、会えて光栄だよ。トップ10パイロットの最年少は僕だとばかり思ってた」

「その栄誉はどうやら僕のもののようです」ダグは腹立たしいほど謙遜《けんそん》した笑みを僕に向けた。それからレイのほうを見て言った。「僕はいま五位で、こちらのIronBeagleは六位です」また笑顔を僕に向けた。「でも、逆転したのはつい最近です。それまではずっとあなたを追いかけていました」

「きみの実力なら、トップ5に入るのは当然だよ」ダグのおべっかにげんなりしながら僕は言った。「前にプレイヤー対プレイヤーで一騎打ちしたとき、こてんぱんにやられたものな。すごい腕前だよ。エリートパイロットだ」

「身に余るお言葉です」ダグは言った。「あなたにそう言っていただけると、今後の励みになります」

レイが焦《じ》れったそうに咳払いをし、腕時計を指さすようなしぐさをした。ダグ大尉はむっとしたような目でレイをじろりとにらみ、親指を立てて自分の大尉の線章を指した。

「落ち着いてよ、軍曹」ダグは言った。「大人の話をしてるんだからさ」

ダグがまた僕に向き直ると、レイは両手を伸ばしてダグの首を折る真似をした。でも、口ではこう言った。「イエス・サー。失礼しました、大尉殿」

ダグはまた僕に微笑みかけた。それから腋《わき》にはさんでいたクリアケースから六つ切りサイズの光沢プリント写真を取り出した。僕の写真——ついさっきIDバッジを作るのに撮影した写真を引き伸ばしたものだった。ダグは照れくさそうに写真を差し出し、もう一方の手で黒いフェルトペンも差し出した。

「厚かましいですけど、サインをもらえませんか。トップ10の自分以外のパイロット全員のサインを集めたいんです。このチャンスを逃すと、あなたのはもらいそこねちゃうかなと思って」

最後の一言に隠された不吉な予測については深く考えないことにして、フェルトペンを受け取ると、自分の写真に初めてサインをし、写真をダグに返した。こいつは今日、いままでに、いったい何人の《アルマダ》パイロットのサインを集めたんだろう。

「どうもありがとう、ミスター・ライトマン」ダグは言った。「くどいかもしれませんけど、お会いできてほんとによかった」

また敬礼しかけたが、途中で気づいて、代わりに手を差し出した。僕らは握手を交わした。

「こちらこそ会えて光栄だよ」僕は言った。「またいつかどこかで」

ダグは自分のQコムと僕のを軽く触れ合わせた。どっちも低い電子音を鳴らした。

「僕のQコムコードをあなたの連絡先に加えました」ダグは言った。「何か僕で役に立てそうなことがあったら、いつでも連絡してください」

「わかった、連絡するよ」僕は応じた。「ありがとう」

ダグは向きを変えると、僕らとは反対の方角に急ぎ足で立ち去った。後ろ姿が見えなくなると、レイと僕はまた歩き出した。補強された自動ドアをまた一つ通り抜けた。

「いまのやつ、何歳なの？」

「誰だ？　ああ、ダグ大尉か？」レイは聞き返した。「十七歳だ。だが、EDAがスカウトしたころはまだ十五歳だった。早熟だが、天才だよ」レイはふと足を止めると、気遣うような視線を僕に向けた。「もちろん、おまえは天才じゃなかったとか、天才じゃないなどと言うつもりはない」

キックボールの世界大会に向けて、最後の最後にようやく選手に選んでもらった子供みたいな気分だった。

「僕だってトップ10に入ってたのに」僕は言った。「十五歳のとき僕は呼ばれなかったのはどうして？」

レイは眉をひそめ、いぶかしげな目で僕を見つめた。

「心理プロファイルを検討して、おまえは早期リクルートに適さないと判断された」

「どうして？　何がいけなかったの？」

「とぼけるなよ、〝ザック・アタック〟。自分でもわかってるだろうに」

言い返す暇を僕に与えず、レイはさっさと背を向けて歩き出した。

僕はプライドをのみこんで、レイが見えなくなる前に急ぎ足で追いかけた。

やがてエレベーターが何基も並んだ円形のロビーに出た。ほかにも〝エリート候補生〟が何人かいて、次のエレベーターが来るのを待っていた。僕もそこに加わろうとしたとき、レイが僕の肩を軽く叩いた。

「俺が付き添うのはここまでだ」そう言って僕の頭のてっぺんから爪先まで眺め回した。まるで入学式の朝に子供を送り出す父親みたいだった。それから、ほとんど荷物の入っていない僕のバックパックに手を伸ばして受け取った。次に父さんのジャンパーを脱がせて畳み始めた。

さした。

「待ってよ、それは僕のだ！」僕は言った。怒った子供みたいな声に、我ながら嫌気がさした。

「わかってるよ」レイは言った。「とびきりクールなジャンパーだしな。ただ、今日のブリーフィングにこいつを着て出るのは、第一印象としてどうかと思う」

ジャンパーをバックパックに押しこみ、無理矢理ジッパーを閉じると、バックパックをまた僕の肩にかけた。

「そこのエレベーターでブリーフィング用のホールに行け」レイは僕の背後を指さした。「ほかの候補生についていけばいい」

僕は振り返ってロビーの奥のほうを見た。エレベーター前にほかの候補生が列を作っている。それからまたレイに向き直った。「次はいつ会える？」

「俺にもわからないよ、ザック」レイは僕の目をまっすぐに見て言った。「予想外の急展開だからな。俺はすぐにまた別のシャトルに乗って出発する」

「どうして？」僕は聞いた。「今度はどこに行くの？」

「敵の攻撃からニューヨークを守る任務だ。忘れたか、これでも〝サーティ・ダズン〟の一員だぞ」レイはにやりとして背筋を伸ばし、芝居がかったしぐさでジャケットの襟を正した。「ＥＤＡ第一装甲歩兵大隊に配属された。東海岸一帯の守りに就くことになっている。つまり、おまえが上空で戦うとき、地上で戦っていることになるな」

しばしの沈黙があった。まもなくレイが手を差し出した。僕は一瞬ためらったあと、その手を握った。いろいろ言いたいことはあっても、レイと離ればなれになるのはやっぱりいやだった。この基地で唯一知っている相手がレイだ。嘘を許していることを悟られずにさよならを告げるにはどう言えばいいのか考えあぐねていると、驚いたことに、レイがいきなり僕を引き寄せてきつく抱き締めた。次の瞬間、気づくと僕も負けないくらいきつくレイを抱き締めていた。

「おまえには才能がある」レイは一歩下がって言った。「この戦いにおまえがいるといないでは大きな違いがあるはずだ。そのことを忘れるなよ。これから数時間のあいだに、逃げ出したくなるようなことが次々起きるかもしれないが、それでも……」

僕はうなずいたものの、黙っていた。いまレイが言ったことに——いま起きていることのすべてに、どう対応したらいいのか、見当もつかない。僕は兵士じゃない。平和な住宅街に暮らし、暇さえあればゲームをプレイしているだけのふつうの高校生だ。別の惑星から来た宇宙人と戦う覚悟なんてできているわけがない。いまは何も考えたくない——レイにさよならを言う、たったそれだけのことだってしたくない。

「ここで泣いたりするな」レイは言った。「体に気をつけろよ。それから——」声が詰まった。レイは咳払いを一つしてから言い直した。「それから、このごたごたが片づいたら、スターベース・エースでまた会おう。タイ・ファイターのテイクアウトを食べながら武勇伝を披露し合おう。約束だ。いいな?」

「わかった」胸がいっぱいで、そう答えるだけで精一杯だった。

レイが敬礼する。兵隊ごっこをしている子供みたいだと思いながら、僕も返礼した。

「フォースがおまえの味方だ」レイは最後にもう一度、僕の肩に手を乗せて力をこめた。

「どんなときもかならず」

それだけ言うと、レイは向きを変え、いま来たほうへ行ってしまった。僕はしばしその後ろ姿を見送った。それから、不安そうな面持ちでエレベーターを待つ〝エリート候補生〟の仲間たちに加わった。

9

十五人の候補生と一緒にエレベーターに乗った。年齢、性別、民族はみごとなまでにばらばらだった。ただ、呆然としているみたいな表情は全員に共通していた。僕もきっと同じ表情をしていたはずだ。

エレベーターが降下するあいだ、誰もが押し黙ったまま、天井や自分の靴、ぴたりと閉ざされた扉を凝視して、互いに目を合わせずにすませようとしていた。今日の朝、突然現れた地球防衛同盟軍のシャトルによってそれまで抱いていた現実認識を粉々に打ち砕かれ、日常から摘み取られるみたいにしてこの基地に連れてこられたとき、それぞれどこで何をしていたんだろう。

もう一つ、僕はここにいる誰かと《テラ・ファーマ》や《アルマダ》を一緒にプレイしたことがあるのかなと考えた。あったとしてもおかしくない。いや、おそらくあるだろう。もしかしたら、いま僕のすぐそばに立っている誰かがランキング一位のRedJive本人だったりするかもしれない。

エレベーターには階数表示もコントロールパネルも備わっていなかった。一秒に二度、小さな電子音とともに点灯する下向きの矢印が一つあるだけだ。エレベーターは地中深く潜っていった。電子音を二十以上数えたところで、ようやく扉が開いた。

降りた先は大きな円形のロビーで、やはり当惑顔をした大勢の新兵候補でいっぱいだった。大部分は僕と同じように普段着のままだ。冬服の人も夏服の人もいる。またビジネススーツの人もいたし、ファストフード店の制服や手術着の人も見えた。いかにも放心状態といった顔の中年女性なんか、ウェディングドレスに花嫁のブーケという格好だった。

ロビーのあちこちにEDAの兵士がいて、ずらりと並んだドアのほうに新兵候補を誘導していた。ドアの向こうにはロビーより一段低くなったホールが見えている。僕はほかの候補と一緒にホールに入ると、顔をあちこちに向けてレイアウトを確かめた。ボウル形の広々としたホールには巨大な曲面プロジェクタースクリーンがあり、それに向かってスタジアム風の座席が設置されている。秘密の地下ブリーフィングルームというよりIMAXシアターみたいだ。ただ、天井は別だ。ワッフルみたいなコンクリートスラブが格子状に並んでいて、一枚一枚の真ん中に衝撃吸収用のスプリングが仕込まれていた。基地のほかの部分と同じように、真上の地表で核爆弾が炸裂しても耐えられる設計になっているようだ。

全体に視線を巡らせ、どこに席を取ろうかと考えた。巨大なスクリーンのすぐ前には、真ん中に演台のある横に長いステージが設《しつら》えてある。ステージに近い三十列ほどは緊張した面持ちの新兵候補でいっぱいで、その後ろの席もどんどん埋まっていこうとしている。学校の集会と同じだ。でも、もう少し反抗心が旺盛な（または非社交的な）何十人かは、一人きりで、あるいは数人ずつ固まって後ろのほうに座っていた。

ホールの後ろ三分の一くらいが一番人が少ない。僕は一番近い階段を上り始めた。鼻血が出そうな高度まで来たところで、なるべくほかの候補生から離れた席を探そうと顔を上げた――とたん、僕はその場に凍りついた。

右手側のすぐそこに、彼女はいた。最後列に近い席に一人ぽつんと座り、R2-D2に似せてペイントした銀色のヒップフラスクから堂々と酒をあおっていた。座っている姿を見ただけでも、僕より十センチ近く背が高そうだとわかる。黒いコンバットブーツ、ブラックデニムのショートパンツ、黒いタンクトップ（その下の黒いブラを完全には隠しきれていない）という黒ずくめの服が、雪花石膏《アラバスター》みたいになめらかな肌の透き通るような白さを際立たせていた。髪も真っ黒で、片側は刈り上げてあるが、反対側は顎まで届く長さだ。でも何より格好いいのは、左右の腕に入れたタトゥーだった。左腕には、コミックのヒロイン、タンクガールが世紀末ロック風ランジェリーだけのセミヌードでM16ライフルにキスをしている図柄。右の上腕には、『エイリアン2』のマッチョな女兵士バスケスのアーマーの胸に書いてあったのと同じ言葉、同じデザインの大文字で、〝EL RIESGO SIEMPRE VIVE〟――スペイン語の〝リスクはつねにある〟から転じて〝リスクを恐れたら生き延びられない〟という意味――が刻まれていた。

彼女を見た瞬間、僕は昨日の午後グレーヴ・ファイターを目撃したあのときに匹敵する衝撃に打たれた。エレンのことは数カ月かけて好きになった。でも今回は――今回は、マイティ・ソーのムジョルニアから発せられた稲妻をまともに脳天に食らったみたいだった。

彼女のそばの席に座る勇気は果たして僕にあるだろうか――と考えた。が、そのときにはもう足が勝手にその方角に歩き始めていた。しかも、脇目も振らず。階段を上っていきながら、この緊迫した状況下ではたぶん感情なんか信用できないぞと思ったが、その考えは脳内にあふれたホルモンの洪水に見る間に押し流され、僕は列の真ん中あたりに座っている彼女にまっすぐ近づいていった。話し相手を待ってるみたいに見えるしさ――そんな風に自分を納得させようとしてみたが、彼女の態度の何もかもが〝一人で放っておいて！〟というメッセージを発信していた。

僕がすぐ横に立っても、彼女はいっさいの反応を示さなかった。僕は自分の存在を認識してもらえるのを待ってぼんやり突っ立っていた。彼女は下を向いて自分の膝をじっと見つめている。僕もつられて同じところを見た。自分のQコムを分解したらしく、なかの電子部品がむき出しで並んでいた。Qコムの解剖中とでもいうみたいな光景だった。まあ、事実上の検死解剖だろうな。もとのとおりに組み立て直せるとは思えない。

ところが、意外なことに、彼女はものの数秒でもとどおりに組み立て直してしまった。

愛用の銃を分解掃除する海兵隊員みたいなスピードと器用さだった。組み立てが終わると、電源を入れてＯＳが起動するのを待った。

それからようやく顔を上げて僕を見た。僕は隣の席を指さした。

「ここ、かまわないかな」

信じがたい話だけど、ちょっとキザなフレーズがとっさに口をついて出た。

彼女は僕の全身をさっとながめてから答えた。

「悪いけど、このドロイドと二人きりで話をしてるところなの。そうよね、Ｒ２？」彼女はフラスクにまた口をつけた。それから下のステージに向けて広がっている空席の海のほうに手を振った。「ナンパしたいなら、ほかにも女はいくらでもいるでしょ？」

「うぬぼれるなって、バスケス」僕は彼女のフラスクのほうに顎をしゃくって言った。

「僕の目当てはその酒だよ」

彼女は笑った。僕の胸の奥に、痛みに似た鋭い感覚が走った。彼女は自分の〝EL RIESGO SIEMPRE VIVE〟のタトゥーにちらりと目をやった。僕がその元ネタを知っていたことに感心したらしい。

「いいよ」彼女は楽しげな溜め息をついて言った。「どうぞおかけになって、ベビーフェイス君」

「ありがとう、おばあちゃん」僕は隣の席に腰を下ろし、彼女の真似をして両足を前列の背に持ち上げた。

「いまあたしのこと〝おばあちゃん〟って呼んだ？」

「呼んだよ。人を〝ベビーフェイス〟なんて呼ぶからだ。男のプライドを傷つけられた」

彼女はまた笑った。さっきより大きな笑い声だった。僕の胸の奥の痛みに似た感覚が強くなった。

近くで見たほうがずっときれいだった。それにあの目。茶色かと思ったが、こうして見ると琥珀《こはく》色に近い。金色の虹彩《こうさい》に銅色の筋が散っている。

「ごめん」彼女は言った。「いかにも若々しい顔だから。いくつなの？」

「先月十八歳になった」

彼女は軽く眉を上げて笑みを作った。「あら残念。未成年が好みなんだよね」

「いいね」僕は言った。「酒のみの小児性愛者《ペドファイル》か」

今度もまた彼女は笑った。鼻を鳴らしながら、十代の少女みたいにくすくす笑っている。僕の心臓はまたもや悶絶しかけた。彼女はフラスクにちらりと目をやって、内緒話をするみたいな調子でそれに話しかけた。

「ねえ、R2。この夢、どんどんおかしな方向に進んでいってるんだけど。今度はかわいい顔しておもしろいことばかり言う男の子まで出てきた。どう思う？」

その男の子というのは僕のことかとあやうく聞きそうになった。ぎりぎりで惨事を免れた。

「あのさ、一つ残念なお知らせがあるんだよね」僕は言った。「これは夢じゃない」

「え、違うの？　どうしてそう言い切れる？」

「夢を見てるのは僕のほうだから」僕は答えた。「きみが見てる夢のはずがないよ。ここにいるほかの全員と同じように、きみも僕の空想の産物にすぎないんだから」

「あたしからも残念なお知らせがある」彼女はフラスクを持ったほうの手で僕を軽く突《つつ》いた。なかの酒がはねて僕の脚にしずくが飛んだ。「あたしは誰かの空想の産物じゃないの」

よかった――僕は心のなかでつぶやいた。でも、口に出してはこう言った。「あいにく、僕も他人の空想の産物じゃない」そして彼女に微笑みかけた。「ということは、これはみんな現実のできごとってことになる。僕にとっても、きみにとっても」

彼女はうなずいてまた一口酒をあおった。「だよね。そうじゃないかなって予感がしてた」そう言ってフラスクを差し出した。ようやく僕に飲み物を勧める気になったらしい。だが、僕は首を振った。

「やっぱりよしておく。これからブリーフィングだってことを考えると、頭をしゃっきりさせておいたほうがよさそうだ」それだけでもクサいせりふなのに、僕はさらに付け加えた。「まだ酒がのめる年齢じゃないし」

彼女はあきれたみたいに目をむいてみせた。「この世はもうじき終わりますって話を聞かされるんだよ。わかってる？　そんな話、しらふで聞いてらんないでしょ」

「たしかに」僕はフラスクを受け取った。

しかしフラスクに口をつけるなり、彼女は低い声ではやすように繰り返した。「あーいけないんだ、いけないんだ」

僕は懇願するような目をして彼女を見た。「頼むよ。鼻から噴いちまう」

すると彼女はかしこまった顔でうなずき、指を三本立てた。「ガールスカウト、嘘つかない」

今度は僕があきれたように目をむいてみせた。「きみがガールスカウトに入ってたなんて、ちょっと信じられない」

彼女はかちんときたように目を細くして僕をにらんだあと、ストライプ柄のニーソックスを下ろした。左のふくらはぎにガールスカウトのアメリカ連盟のロゴをかたどったタトゥーがあった。

「これは失礼いたしました」僕は言った。「ほかにもクールなタトゥーを隠してる?」

彼女は僕の肩を拳固で軽くパンチした。けっこう痛かった。それからまだ僕が持ったままのフラスクを指さした。「時間稼ぎはそれくらいにして、ベビーフェイス君。さあ、のんだのんだ!」

僕はフラスクを傾けた。ほんの少しのつもりだったが、いざのみこむと喉がびりびりして、つい顔をしかめて咳きこんだ。酒なんてほとんどのんだことがないから、フラスクに入っているのが何なのか見当もつかなかったが、当ててみろと言われたら、ロケット燃料にシンナーをちょっぴり混ぜたものと答えただろう。まだ彼女の視線を感じたから、勇気を出してもう一口、今度はさっきより少し多めにのんだ。それから何てことないそぶりでフラスクを彼女に返そうとした。実をいえば目には涙がにじみかけていたし、喉は溶岩でものみこんだみたいだった。

「ごちそうさま」僕はかすれた声で言った。

「あたし、アレクシス・ラーキン」彼女が手を差し出す。「友達はみんなレックスって呼ぶ」

「よろしく、レックス」差し出された手を握った瞬間、静電気がはじけたみたいな小さな衝撃を感じた。「僕はザック――ザック・ライトマンだ」自分の名前を言うのにつっかえてしまった。

レックスはにっと笑ってフラスクのほうに手を伸ばした。僕は喜んで返した。「出身はどこなの、ザック＝ザック・ライトマン？」

「ザックは一つだけ」僕は笑いながら言った。「オレゴン州ポートランドから来た。きみは？」

「テキサス州」小さな声だった。「オースティンに住んでる」暗い表情をしてまた一口酒をのんだ。今回は顔をしかめた。「ついさっき、一時間くらい前まではオースティンにいた。会社の自分の席でサブルーチンのデバッグ作業をしてたの。そうしたら地球防衛同盟軍のシャトルがどこからともなく降りてきて、会社のビルのすぐ前に着陸するのが見えたんだよ！　自分の頭がどうかしたんだと思った。いまはただ混乱してる」

レックスは身震いをしてむき出しの肩をさすった。

「ここ、むちゃくちゃ寒いよね！　セーターは置いてきちゃった。時差まであるような遠い場所に」

僕は心のなかで『コナン・ザ・グレート』のクロムの神に感謝の祈りを捧げてから、バックパックを開けて父さんのジャンパーをレックスに渡した。

「何これ、かっこいい！　ありがとう」レックスはしばし感激したようにワッペンを見ていた。それからショールをかけるみたいにジャンパーを肩に羽織った。

「どんな仕事してるの？」

「ソフトウェア開発会社。携帯デバイス向けのアプリやOSを作ってる。会社の前にシャトルが降りてきて、すごい騒ぎになった。同僚もたいがいゲーマーだから。シャトルに見覚えがあったわけ。機体にEDAの紋章があるのに気づく前からね。自分の目が信じられなかった」

「で、どうなった？」

「一人残らず走って駐車場に出たよ。スーツ姿の二人組──男と女だった──がシャトルから降りてきて、あたしのフルネームを呼んで探し始めた。何だか恥ずかしかった。校則違反か何かして校長室に呼ばれたみたいな感じで。二人組は、国の安全保障に関わる緊急事態が発生して、あたしの力を借りたいって言った。断るわけにはいかないじゃない？　だって、その二人はゲームに出てくる宇宙船に乗ってきたんだよ。死ぬまで後悔するなんていやでしょ？　あの宇宙船のなかはどんなだったんだろう、あれに乗ってたらどこに連れていかれたんだろうって。だから、一緒に行くことにした」レックスは周囲に視線を向けて軽くうなずいた。「というわけで、こうしてアイオワ州のど田舎にある政府の秘密基地に来て、いったい何がどうなってるのか教えてもらえるのを待ってる。不安で不安で頭がどうかしちゃいそう」

レックスはしごく冷静でしごく穏やかな声でそう説明した。

僕はうなずいた。「ただ、ここはネブラスカ州のど田舎だと思うよ」

「そうなの？　どうして知ってるの？」

「レイが――僕をここに連れてきたEDAのエージェントが、ネブラスカだって言ってたから」

「あたしを連れてきた二人組は何にも教えてくれなかった」

このときまで、僕は特別扱いを受けたのかもしれないとは一度も考えなかった。でも、ホールに集まった候補生の人数を見るに、この六年間、それぞれに身分を隠したEDAエージェントが一人ついて、近所からずっと見守っていたとするのは無理がある。

レックスは自分のQコムを確かめた。再起動が完了しているのを見て、ディスプレイに表示されたアイコンを親指で操作した。

「あとでアプリのロックを解除するって約束、ちゃんと守ってくれるといいけど」レックスは言った。「おばあちゃんが本格的に心配しちゃう前に連絡したいから。一日でもあたしから電話がかかってこないと心配して――」レックスはQコムの電話アプリに番号を入力して発信ボタンをタップしたが、ディスプレイに赤いバツ印が現れ、その下に〈民間ネットワークへのアクセスはロックされています〉というメッセージが表示された。

「またあとで試してみるか」レックスはQコムにむかってしかめ面をしてからポケットにしまった。

「おばあちゃんと仲がいいの？」僕は意味もなくそう聞いた。単にレックスの声をもっと聞いていたいだけだった。

レックスはうなずいた。「両親はあたしがまだちっちゃかったころに車の事故で死んだの。そのとき、おじいちゃんももう死んじゃってたから、おばあちゃんが一人であたしを育ててくれた」そう言って僕の視線を受け止めた。「そっちは、ザック？　心配な家族はいる？　あなたを心配してくれる家族は？」

僕はうなずいた。「母さんが心配してると思う」顔を思い浮かべながら答えた。「看護師をしてる。母子家庭なんだ」

レックスは、それだけの説明で全部わかったというみたいにうなずいた。しばらく沈黙が続いた。僕はふと思った。クルーズやディールも一緒だったらどんなによかっただろう。このあまりにふつうじゃない経験も、親友二人と一緒なら、ずっと気楽にやり過ごせそうな気がした。

マイク・コンビの《テラ・ファーマ》と《アルマダ》の腕前はかなりのものなのに、それでも二人の順位はどちらのゲームでも、このブリーフィングに呼ばれるほど高くなかったようだ。

「レックス？」

「何、ザック？」

「《テラ・ファーマ》と《アルマダ》、両方ともプレイするの？」

「ううん、《テラ・ファーマ》だけ」

「ランキングは？　〝サーティ・ダズン〟に入ってる？」

レックスはうなずいた。「最新のランキングでは十七位」わざとらしいくらい無頓着な口調だった。「一時は十五位まで食いこんだんだけど、毎日のように順位が変わる激戦区なの」

僕は感心して小さく口笛を鳴らした。「十七位か、すごいな。コールサインは何？」

「Lexecutioner。名前と〝死刑執行人《executioner》〟を合わせたハンドル。そっちは？」「由来は——」

「IronBeagle」自分の耳にも野暮ったく聞こえて、つい顔をしかめた。

「かっこいい！」レックスは言った。「あの映画、大好き。いかにもB級って感じがいいよね。それに、毎年クリスマスになると、うちのおばあちゃん、かならず『スヌーピーvs.ザ・レッド・バロン』をかけるの」

僕は思わずレックスを二度見した。僕の説明なしに、IronBeagleが『アイアン・イーグル』と『スヌーピー《ビーグル》』を合体させたコールサインだと察した相手は初めてだ。クルーズとディールでさえ、説明するまでわからなかった。手を伸ばしてレックスの肩に触り、本物だってことを確かめたい強烈な衝動に駆られた。

「〝サーティ・ダズン〟には入ってないんだよね。入ってれば、コールサインを覚えてるはずだもの」レックスは言った。「《アルマダ》専門ってこと?」

僕はがっかりした気持ちを押し隠してうなずいた。「《アルマダ》は全然やらないの?」

レックスがうなずく。「フライトシミュレーターはめまいがしちゃってだめ。地面にいる敵を踏みつぶすほうが好き」そう言って親指を立てて自分を指した。「巨大バトルメカの操縦席に座らせてくれたら、〝敵を叩きつぶし、その顔を恐怖に歪ませる〟よ」

僕はにやりとした。「コナンのせりふにはまだ続きがあるよね。〝敵の女の嘆きの声を聞く〟はどうしたの?」

「ああ、それね」レックスはくすくす笑いながら言った。「女はかならず嘆きの声を上げるから、わざわざ言うまでもないかと思って」

僕らは一緒に大きな声で笑い、近くの席の候補生から迷惑そうな視線の集中砲火を浴びた。このホールに集まった人はそろってお通夜みたいな顔をしている。そのなかで笑ってるのは僕らだけだと思ったら、よけいにおかしくなって、また一段階大きな声で笑った。

ようやく笑いの発作が治まると、レックスはフラスクを逆さまにして、最後に残った数滴を舌の上に垂らした。それからキャップを閉めてフラスクをデニムパンツのポケットに入れた。

「〝R2がやられた〟」レックスは『スター・ウォーズ』のルークのせりふを引用して、ダース・ベイダーにやられたR2-D2の甲高い〝悲鳴〟を真似した。今度は僕が思いがけず鼻を鳴らして吹き出す番だった。

「で、どうなの、スター・ロード」レックスは言った。「正直に言いなさいよ。ランキング何位なの？」

「《テラ・ファーマ》の順位は、口に出して言うのがはばかられるくらいお粗末だ」僕はうわべだけ謙虚なふりを装って言った。「でも、《アルマダ》では六位だ」

レックスが目を見開き、顔をこちらに向けて僕をじっと見つめた。

「六位？　世界で第六位？　それほんと？」

僕は胸の前で十字を切った。子供じゃないから、〝嘘だったら死んでもいい〟とは言わないけどね。

「それってすごいじゃない」レックスは言った。「脱帽でございます、ザック＝ザック・ライトマン」

「光栄でございます、ミス・ラーキン」僕は応じた。「でも、僕の《テラ・ファーマ》のプレイを見たら、がっかりすると思うよ。ATHIDはそこそこ操れるけど、センティネルはまるでだめなんだ。いつも民間人が大勢住んでるアパートを踏みつぶしちまって、罰として歩兵に戻される」

「うわ、サイアク！　民間人殺傷に物的損害！　いつもハイリスク・ハイリターン狙いなの？」

僕が答える前にホールの照明が落ち、場内が静まり返った。レックスが僕の腕に手を置き、血流が止まりそうなくらい力を入れてつかんだ。僕はまっすぐ前を向き、アームレストをしっかりと握り締めて、一生分くらいの期待に胸を震わせながら、明るくなり始めたスクリーンを見つめた。

次の瞬間、人類史上もっとも強く見る者の心をかき乱す、政府製作の研修ビデオが始まった。

10

地球防衛同盟軍の動く紋章がスクリーン上に現れた。EDAの大文字のEとDは透明な楯に姿を変え、自転する青い地球を守るように包みこんだ。Aの脚のあいだの空白は、センティネル・メカのドーム形の頭部に似た形を取り、Aの真ん中のスペースにはまぶたのある目が一つ描き出された。目は、月の裏側に設置されたEDAの秘密基地、月面基地アルファを意味している。本物のEDAはどうして紋章に月面基地アルファを入れたんだろうと不思議に思った。だって、月面基地は実際に存在するはずがない。でも、すぐに思い直した——たった二時間くらい前まで、僕はEDAそのものについても実際に存在するわけがないと信じてたじゃないか。

EDAのラテン語のモットー〝汝平和を欲さば《シ・ウィス・パケム》、戦への備えをせよ《パラ・ベルム》〟が紋章の下に表示されたが、まもなく紋章もモットーも消え、どこまでも続く星空だけが残されて、不吉な雰囲気の音楽が聞こえ始めた。《アルマダ》のオープニングにかかるオーケストラの楽曲で、作曲者はなんとあの『スター・ウォーズ』で有名なジョン・ウィリアムズだ。ロンドン交響楽団の弦楽セクションが加わるくだりにさしかかったところで、僕のうなじの産毛《うぶげ》が逆立った。

これは現実なんだぞと自分に言い聞かせた。息をするのを忘れるなよと、これも自分に言い聞かせた。

スクリーン上にNASAの初期の木星探査機が現れ、無限の星空を猛スピードで飛んだ。昔、どこの家の裏庭にもあったような皿形のパラボラアンテナに、丈の長い屋外テレビアンテナを三つ直角にボルト留めしたみたいな物体だった。NASAが世界で初めて太陽系外縁部の探査のために宇宙に送り出した双子の探査機、パイオニア10号と11号のどちらかだろう。打ち上げられたのは一九七〇年代前半だ。ということは、いま見ているこの映像はCGか。

カメラが探査機の後ろ側に回り、探査機はまもなく木星に到達しようとしているところだとわかった。巨大ガス惑星がスクリーン上に大写しになったところで、サウンドトラックに男性のナレーションが重なった。あ、この声は——レックスと僕は同時に息を呑んだ。ホールのあちこちから同じような気配が伝わってきた。この声の持ち主は二十年も前に亡くなっているのに、誰の声なのか、ここに集まった全員が知っている。

カール・セーガンだ。

ナレーションの最初の一文が終わるか終わらないかのうちに、僕がこれまで教えられてきた〝宇宙についての人類の知識〟は根こそぎ覆された。

「一九七三年、NASAは地球外知的生命体が存在する最初の証拠を発見した。その証拠は、地球が属するのと同じこの太陽系にあった。惑星探査機パイオニア10号から送られてきた、木星の衛星のうち四番目に大きいエウロパのクローズアップ写真を、カリフォルニア州パサデナにあるジェット推進研究所が太平洋標準時十二月三日午後七時二十六分に受信し複号化した瞬間のことだった」

EDAがこのビデオのナレーションをドクター・セーガンに依頼した理由はすぐにわかった。ドクター・セーガンの自信に満ちた、そして誰もが聞き慣れたバリトンの声は、冷厳な科学的事実が暗示している意味を僕らの心に確実に染み通らせる。セーガンは一九六〇年代に始まる地球外知的生命体探査を牽引《けんいん》した人物だ。だから、その声が伝えてくる事実はただならぬ重みを持っていた。一九七三年にNASAが宇宙人を発見したのなら、そしてその事実を世間から隠すことにあのカール・セーガンが亡くなるまで協力していたなら、よほどの理由があってのことだったに違いない。でも、なぜなのか、僕には見当さえつかなかった。

EDAは、セーガンの声を編集するか合成するかしてこのビデオに使ったとか？　そうでなければ、セーガンを脅迫してやらせたのか。そうだ、EDAは国防総省《ペンタゴン》の地下に秘密のラボか何かを持っていて、そこに死体から採取した細胞を使って人間を再生できるアクスロトル・タンクをずらりと並べ、工場でホンダ・アコードを生産するみたいに、一日二十四時間、セーガンやアインシュタインのクローンを作り続けているのかもしれないな。

ここでドクター・セーガンその人が映っているビデオがスクリーン上に流れて、本物のナレーションなのかという疑問は解決した。そのビデオは明らかに一九七〇年代に撮影されたものだった。ドキュメンタリーシリーズ『コスモス』出演時より若いセーガンは、ジェット推進研究所のコントロールルームにいる。同じ部屋にぼさぼさ頭の科学者が大勢詰めかけていて、小型の白黒テレビの前に全員が集合し、人類が初めて目にする衛星エウロパのクローズアップ写真がゆっくりと――画素の列が一度に一本ずつ――鮮明になっていく様子を固唾《かたず》を呑んで見守っている。エウロパの右半球は影に覆われているが、左半球には太陽の光が当たっていて、表示されている写真の解像度はまだ低いものの、その表面の特徴はすでにぼんやりと見て取れた。

画像のダウンロードが完了し、エウロパの表面全体が少しずつ鮮明になっていくにつれて、身を乗り出して画面に見入っていたセーガンや科学者たちのあいだの空気が微妙に変化し、当惑と、恐怖混じりの驚きが広がっていった。まもなく画素の最後の列が完成して完全な画像がテレビ画面に表示された瞬間、エウロパの氷に覆われた表面の広大な一画に巨大な鉤十字が出現した。

ホールを埋めた候補生のあいだから、怯えたささやき声や小さなののしり言葉が聞こえた。僕の隣でレックスが「あれってどういうこと?」とつぶやいた。

僕はまったくだとうなずいた。歴史の真実を知らされて、こんなに動揺したことはこれまでなかったと思う。しかも次にどんな事実が明かされるのか、まったく予想がつかない。

「探査機から初めて送られてきた画像は、衛星エウロパの表面に巨大なシンボルが刻まれていることを伝えていた」セーガンの冷静沈着な声が説明を続けた。「衛星の南半球に、先端が直角に曲がった正方十字――地球では〝卍《まんじ》〟と呼ばれるシンボルがくっきりと見えていた。その面積は百万平方キロに及ぶ。その巨大さは、パイオニア10号から送られてきた最初の写真が衛星表面の湾曲に起因して歪んで見えたほどだった。NASAは、このシンボルの発見を地球外知的生命体の存在を裏づける確固たる証拠であると即座に認めた。しかし、当初はこの記念すべき発見に沸いたものの、このシンボルに隠された意味をめぐる議論がその喜びを陰らせた。〝まんじ〟は数千年にわたって世界各地の数多くの平和な文化において、装飾用のシンボルとして、あるいは幸運の印として使われていたが、一九二〇年にナチスが党のシンボルに採用し、その後行った非人道的行為によって、人類の残虐さを象徴する記号へと意味合いが変わるという経緯があったからだ」

「そうだよ、どうせなら陰陽《インヤン》マークでも貼りつけておけばよかったのに」レックスが隣からぼそぼそ言った。呂律《ろれつ》がやや怪しい。「それを見たらNASAもぶっ飛んだだろうな、きっと」

僕はしーっと言ってレックスを黙らせた。レックスはたがが外れたみたいな短い笑い声を漏らしたあと、落ち着きを取り戻したようだった。僕らはまたスクリーンに視線を戻した。

「そのシンボルが人類にとって何を意味するか、衛星エウロパにそれを刻みつけた者が知っていたかどうかはわからない」セーガンのナレーションは続いた。「より詳しい情報が手に入るまで、いつからそこに刻まれていたのか、その意味するものは何なのか、臆測することしかできなかった。我が国の政治指導者や軍首脳部は、この発見を伏せておくことにした。衛星エウロパに鉤十字が刻まれているなどという事実を公表すればパニックが起き、世界の宗教、政治、経済に大混乱を引き起こしかねないと恐れたからだ。当時の大統領リチャード・ニクソンは、より詳しい研究がなされるまで、NASAの不穏な発見を最高機密に指定するという極秘大統領令を出した」

ドクター・セーガンやジェット推進研究所がアメリカ政府の隠蔽に協力した理由はこれだ。協力に同意するか、繊細な心を持つ地球の住人たちに〝ナチスのシンボルが刻みつけられた衛星が木星の周囲をぐるぐる回っていることがわかりました〟と伝えるか、二つに一つだったからだ。一九七三年当時の夜のニュース番組で、アンカーマンのウォルター・クロンカイトがそんな爆弾を落としていたら、地球に住む全員が怒り狂っていただろう。そんななかで次の惑星探査機をエウロパに送る計画を遂行するのは困難だったはずだ。もしかしたら不可能になっていたかもしれない。

しかしこのストーリーには納得できない要素がいくつも含まれている。たとえばNASAが発見した内容は、前にも見た、聞いたことがあるという奇妙な感覚を呼び起こした。ちょっと考えて、そのわけにようやく思い当たった。

一九七〇年代後半から、この太陽系内で地球外生命体が見つかるとすれば、もっとも可能性が高いのは衛星エウロパだろうと言われてきた。表面の氷層の下に液体の海があるからだ。その結果、エウロパは多くのSF小説の舞台に使われてきた。エウロパに宇宙人がいたという設定の小説は、ぱっと浮かぶだけで五つか六つある。有名なところでは、アーサー・Ｃ・クラークの『２００１年宇宙の旅』の続編、『２０１０年宇宙の旅』だ。八〇年代にピーター・ハイアムズ監督で映画化された。映画『２０１０年』の結末は小説版とは少し違っていて、〝エネルギー生命体〟が人工知能ＨＡＬ９０００を使って人類にメッセージを送り、エウロパには近づくなと警告する。

〝エウロパへの着陸を試みてはならない〟。

異星人との最初の接触に鉤十字が出てくる設定も、どこかで見たことがある。考えたあげく、永遠に思い出せそうにないとあきらめかけたころ、いま目の前に答えがあることにようやく気づいた。カール・セーガンの小説だ。セーガンの最初で唯一のＳＦ小説『コンタクト』のなかで、似た筋書きが使われている。『コンタクト』では、地球外知的生命体探査《SETI》プロジェクトが地球外知的生命体から受け取ったメッセージのなかに、彼らが傍受したテレビ放送初期の映像のコピーが含まれている。それが一九三六年のベルリン・オリンピックで開会宣言をするアドルフ・ヒトラーの映像だ。小説でも映画でも、ＳＥＴＩの科学者が異星から送られてきた動画を複号化すると、最初に映し出されるのが鉤十字のクローズアップだったというシーンは、強く印象に残る場面の一つだ。

ホールのスクリーンから語られるストーリーは、『2010年』や『コンタクト』の異星人との最初の接触のシナリオと違っているとはいえ、似通っている。単なる偶然とは思えない。

セーガンと同じく、クラークもNASAと深い関わりを持っていた。パイオニア10号のエウロパでの発見内容をクラークも知らされていて、その隠蔽に一役買ったとしても合点はいく。とはいっても、その後、二人ともが自作のベストセラーSF小説にトップシークレットに指定された事実の断片をさりげなく織りこんだのはなぜだろう？　EDAがそれに文句を言わなかったのはどうして？　しかも、どちらの小説も大作映画になったわけで、結果的には機密情報を世界に向けて暴露したも同然だ。

僕の疑問自体が答えじゃないかと気づいたとき、ホールのスクリーン上にエウロパの高解像度画像がいくつか現れた。衛星の表面が鮮明に見て取れる。こうしてアップで観察すると、エウロパは、薄汚れた雪玉――長さ数千キロメートルの赤みがかったオレンジ色のひび割れや筋が無数についた雪玉みたいだ。それを背景に、黒い巨大な鉤十字がくっきり際立って見えた。

「それから一年後、一九七四年十二月にパイオニア11号が木星に到達した」セーガンのナレーションが続く。「11号は木星の地表ぎりぎりを通過するよう設定されていたため、地球に送られてきた衛星エウロパと表面の異常を撮影した画像は10号が撮影したものよりはるかに鮮明で、それまで根強く残っていた10号の画像は合成された偽物だったのではないかとの疑惑は一掃された。このころすでにNASAはエウロパ探査に目的を限定した新型探査機の開発を秘密裏に進めていた。この新型探査機によって、エウロパに着陸して鉤十字を間近から観察し、その起源や目的を解き明かす手がかりとなるデータを収集できるだろうと期待されていた。アンヴォイ1号と命名された新型探査機は一九七六年七月九日にエウロパに到達し、この日、人類は異星の知的生命体と初めての接触を持つこととなった」

何かの映像にここまで目が釘付けにされたのは生まれて初めてだ。

スクリーンに現れたアンヴォイ1号——正確にはそのCGシミュレーション画像——が衛星エウロパの軌道に乗った。背景には木星の堂々たる姿が映し出されている。巨大な燃料タンクと着陸船をやっつけ仕事で本体にくっつけたみたいなアンヴォイ1号は、NASAがその翌年に打ち上げたボイジャー1号と2号の洗練度がやや低くて図体のでかいバージョンといった風情だ。

軌道船《オービター》は黒い巨大なシンボルをかすめるように飛び去り、そこから切り離された着陸船だけが氷に覆われた衛星表面に向けて降下を開始した。

画面はここで切り替わって、アンヴォイの着陸船搭載のカメラが撮影した実際の映像とおぼしきものがスクリーンに流れ始めた。

真上から見下ろすと、衛星エウロパの太陽の光を浴びた地表に描かれた巨大鉤十字は、黒ずんだ氷の線でできているように見える。黒く変色した氷はほかの部分と同じように日光を反射していて、色が違うことを除けば、氷の山と谷によって衛星の表面に刻まれた縞模様にも乱れたところはなさそうだ。誰かが鉤十字をくり抜いた太陽系最大の型紙《ステンシル》をエウロパの表面にぺたんと貼りつけ、スター・デストロイヤー・サイズのスプレー缶に入った黒いアクリル塗料を吹きつけたみたいな感じだった。

「アンヴォイの着陸船は、表面異常の南端近くに着陸した。後にティーラ黒斑と呼ばれるようになった地形のすぐそばだ」セーガンのナレーションが続くなか、着陸船は降下を完了し、鉤十字の南端とそれに接するまっさらな氷の境目をまたぐようにして着陸した。

意外なことに、着陸船の船体部分に、見覚えのある金色の円形の金属板が取り付けてあった。ボイジャー1号と2号に搭載された有名な〝ゴールデンレコード〟とまったく同じもののようだ。

「アンヴォイの着陸船には、銅に金メッキを施した十二インチのディスクが搭載されていた」セーガンが説明を加える。「地球の多様な生命や文化を伝える自然音や画像などが収められたこのフォノグラフレコードは、人類からの友好のしるしの意味がこめられていた」

着陸船がソーラーパネルの設置を終えると、関節のあるロボットアームが船体下部から伸び、黒く変色した表面のサンプル収集を開始した。アームの先端の金属シャベルを熱し、氷の表面に深さ三十センチほどの溝を掘った。その深さの氷もやはり黒かった。作業を終えたアームが引っこむと、着陸船本体が金属の花のように開き、魚雷形の探査装置が現れた。先端はまっすぐ下、氷の表面のほうに向いていた。

「木星の潮汐《ちょうせき》加熱で発生する熱のおかげで、エウロパの氷でできた外郭の下には液体の水があり、その地下海に生命が存在する可能性がある。衛星の表面にシンボルを作った生命体を探す先として、地下海にまず狙いを定めたのはそのためだ」

セーガンの声が聞く者の心をいかに落ち着かせるか。僕は改めて感嘆した。ダース・ベイダーの声を演じたジェームズ・アール・ジョーンズがこのビデオのナレーターに選ばれていたら、恐ろしくて見ていられなかっただろう。

「着陸からまもなく、アンヴォイの着陸船はクライオボットを地表に下ろした。このクライオボットは原子力を動力源とし、エウロパの氷層を溶かしながら掘り進み、外郭の下に隠された海を探索して、地球外生命体の痕跡を探す目的で開発された試作機だった」

着陸船は魚雷形のクライオボットをゆっくりと降ろした。超高温に過熱された先端が黒ずんだ氷にめりこみ、湯気の柱がまっすぐ上に噴き出してエウロパの薄い大気を貫いた。クライオボットはオニキス色をした氷層を溶かしながら重力に導かれて進み、きれいな円柱形にくりぬかれたトンネルを作っていった。

数秒後、着陸船の送信機に接続された光ファイバーの長いロープを引きずりながら、クライオボットは地中に消えた。スクリーン上にエウロパの断面図が映し出され、クライオボットが硬い氷を深さ数キロメートルまで掘り進む様子が示された。やがてクライオボットは氷層を縦断してその下の暗い海に到達した。

「エウロパの氷層の下側に抜けた直後、クライオボットとの通信が途切れた。NASAは機器の故障を疑った。エウロパの表面で待機している着陸船との通信も同時に断絶したからだ。しかしそれから数時間後、アンヴォイの軌道船が着陸地点上空をふたたび通過した際に送ってきた衛星画像は、二つの事実を伝えていた。着陸船は消え、鉤十字も消えていたのだ」

スクリーン上に軌道船が撮影した静止画像が続けざまに映し出された。たしかに、鉤十字は影も形もなくなっていた。まるでそんなものは初めから存在しなかったかのようだ。次に画像のなかの着陸地点が拡大された。着陸船の四本の脚が残した〝足跡〟がはっきり見て取れる。クライオボットが氷を溶かして開けた円形の穴も見えた。ただし、黒く変色していたはずの氷は、魔法のように周囲と同じ色に戻っている。

「四十二時間後、着陸船との通信が回復した。断絶前と同じNASAの極秘周波数を使って新たに届いた信号には、短い音声メッセージが含まれていることが判明した。エウロパの生命体から送られたものであることは明らかだった。驚いたことに、メッセージは平易な英語で、そして人間の子供の声で記録されていた」

幼い女の子の声が流れ始めた。

「おまえたちは我々の聖なる寺院を汚した」抑揚のない機械的な調子だった。「許しがたい行為だ。おまえたちの星に行って、皆殺しにする」

僕は思わず身を震わせた。ただ、おかしな話だが、そのメッセージには聞き覚えがあるような気がした。幼稚なSF映画からそのまま切り出してきたと言われたとしてもうなずけそうだ。

カール・セーガンの穏やかな声が続けた。

「分析の結果、異星人から送られてきた女の子の声は、着陸船に搭載されていたゴールデンレコードに収められていた短い音声から合成したものと判明した。

不可解なことに、それ以降、この短いメッセージが延々と送られてくるようになった。何時間も。何日も。我々が〝エウロパ星人〟と呼ぶ生命体は、どのような返事を送っても、また氷を溶かしたわけを説明しようとしても、完全に無視し続けた。我々にはいまだに理解できない理由から、接触を試みた我々の行為は、許しがたい戦争行為と見なされたようだった。クライオボットを使って氷を溶かし、氷層の下に何があるか探索することによって、我々はそうとは気づかないまま領土を侵すか、エウロパ星人にとって大事な宗教地帯を冒瀆《ぼうとく》するかしてしまったのかもしれない。あるいは、彼らは我々人類を自分たちの存続を脅かす敵と認識しているのかもしれない。エウロパ星人の動機はいまも不明のままである。その後も我々は繰り返し意思の疎通を図ってきたが、実を結ぶことは一度もなかったからだ」

怯えたような話し声が波のように広がって、ホール全体がまたざわついた。僕は場内を見回した。興奮して騒ぎ出す候補生が一人や二人はいるだろうと思ったが、意外にもみんな静かに席に座っていた。僕もだ。短気なエイリアンが地球に来て人類を滅ぼそうとしていると知らされても、誰一人として騒ぎ立てず、パニックが起きることもなかった。その理由はわかる気がする。過去数十年、エイリアンが登場するＳＦ小説や映画、アニメ、テレビ番組が洪水のように世の中にあふれ、僕らはその奔流にさらされてきた。宇宙からの訪問者という概念はすでにポップカルチャーに浸透しきり、人類の集合的無意識にすっかり定着している。こうしてフィクションが現実になったときのために、僕らは少しずつ心の準備を整えていたわけだ。

「我々は、その後もエウロパに探査機を送り続けた。その数は数百に上ったが、ほぼすべてがエウロパの軌道に到達した直後に消息を絶ったり、破壊されたりした。しかし試行錯誤を経て、ごく少数の遠隔操作式の偵察衛星を木星の衛星のいくつかに配備することに成功し、先方に気づかれることなく衛星エウロパを監視できるようになった。搭載されたカメラから、このような軌道偵察画像が送られてきている」

エウロパを撮影した数千枚の衛星写真がスクリーン上に現れた。年代順に次々と表示されていく様子は、画像の粗いストップモーションアニメのようだった。エウロパの赤道近くに、金属のデブリから成る薄いリング状のものができあがっていく。やがて写真の何枚かが拡大された。コンピューター処理によって画質が向上すると、軌道上に組まれた足場を這うようにして動き回る数百万台の建設ロボットと、ロボットが建造中の宇宙船のまだ骨組みだけの船体が浮かび上がった。

昨夜の《アルマダ》ミッション中に見たソブルカイ星軍の母星の様子にそっくりだっ

た。ただ、ソブルカイの母星表面は赤かったが、衛星エウロパはおおむね白い。背景に浮かんでいるものも、紫がかったガス惑星であるくじら座タウ星ｖだったゲームに対して、本物は巨大な目を思わせる木星の大赤斑だ。

ソブルカイ星軍と同じように、エウロパ軍は大艦隊《アルマダ》を建造している。ただし、ソブルカイ星より、もっとずっと地球に近い星で。エウロパの軌道上にある何隻もの建造船から戦闘機やドローンが次々と吐き出されている──昨夜、ソブルカイ星上空で見た光景とこれもそっくりだった。エウロパ星人はそれに加えて、大型の小惑星や彗星《すいせい》をいくつか軌道上まで引っ張ってきており、クモ形の建設ロボットが群がって表面に穴を掘ってもぐり、金属などの資源を採掘していた。一つの惑星の資源を掘り尽くしてしまうと、次の小惑星をまた軌道上に引いてくる。

タイムラプス動画は進んでいく。自己増殖するマシンが休む間もなく建造を続けて、数週間が数カ月になり、数年になると、光り輝く宇宙船から成る小さな艦隊がエウロパの周囲に出現し始めた。その数はどんどん増えていき、やがてエウロパの赤道上に、土星のそれを思わせる軍艦の環ができた。

続々と運ばれてくる小惑星の資源を使い、ドレッドノート・スフィア六隻もエウロパ星人の軌道上で形をなし始めた。

「地球側は地道な休戦交渉を続けたものの、エウロパ星人は戦争の準備を進めた。まずはドローンが作られ、次のそのドローンが別のドローンを製造した」ナレーションが重なった。「月を追うごと、年を追うごとにその数が飛躍的に増えていくのを目の当たりにして、我々の懸念は深まった。

一九八〇年代半ばになると、エウロパ星軍の偵察機がたびたび地球を訪れるようになった」セーガンは続けた。「アメリカ軍は敵の偵察機の一部を拿捕《だほ》することに成功した。偵察機がいずれもドローンであることが判明したのはこのときだった。エウロパ星人は即時的量子通信の一形態と思われる技術を使い、何億キロメートルものかなたからドローンを遠隔操作していた。そのため、エウロパ星人の生物学的構造や見かけについてはほとんど何もわかっていない」

もどかしさと安堵が沸き上がってきて落ち着かなくなり、僕は席に座ったままもぞもぞと身動きをした。エウロパ星人は《アルマダ》のソブルカイ星人そのままのイカ頭のヒューマノイド型宇宙人だと言われるのだろうと半分確信していた。そうではないらしいとわかってほっとする一方で、最初の接触から四十年が経過したいまになってもまだ敵の生態は何一つわからないと聞いてがっかりしたのも確かだ。

「しかし研究の結果、地球の科学者は異星人の量子通信技術をリバースエンジニアリングし、敵の宇宙船の推進システム、兵器システムも部分的に解明した。それ以降、新たに得たテクノロジーを応用して防衛ドローンを大量生産し、全世界に配備した。それによって人類は、侵略者と互角に戦う兵力を得たものと我々は信じている」

無意識のうちに不安混じりの溜め息をついた。これまで僕は、「異星人のテクノロジーのリバースエンジニアリングにたった数年で成功した」というEDAの説明は眉唾物だと思っていたが、たかがゲームの架空バックストーリーだ、深く追求することでもないと考えていた。しかし、歴史の事実として提示されたら、いくらカール・セーガンの声で説明されても、すんなり受け入れることはできない。通信や推進、兵器に関わるはるかに進んだテクノロジーを数年のうちにリバースエンジニアリングするなんて、しかもそれをずっと世界から隠し通すなんて、どう考えても不可能だろう。ましてやドローンを数百万機も量産するなんて絶対に無理だ。百歩譲ってそれは可能だったと考えたところで、敵が黙って見ているとは思えない。いま聞いた説明によれば、エウロパ星人は自軍の艦船をわざと拿捕させたうえに、地球人がその仕組みを解明し、同等の能力を持った艦隊を作り上げる時間的猶予まで与えたことになる。しかも自分たちの艦隊を衛星の軌道上で——地球側の偵察衛星から丸見えの場所で建造した。これこれこんな風におたくを侵略する予定ですよという詳細な解説ビデオを提供したも同然じゃないか。

EDAの言い分には真実も含まれているはずだ。僕を迎えにきたシャトルはそれを裏づける証拠の一つだろうし、この基地もそうだろう。だが、僕らに話していないことはまだありそうだ。それもたくさん。

「互いの違いはひとまず措《お》いて、いまは人類と地球の未来を守るために団結しなければ、我々は近く滅亡することになるだろう──地球の指導者たちはそう確信するようになった。そこで最悪のシナリオが現実となり、エウロパ星軍の大艦隊が地球に向けて出発する日に備え、国際連合の参加国の一部が集まって、地球規模の同盟軍、〝地球防衛同盟軍〟が創設された」

地球防衛同盟軍の紋章がふたたびスクリーンに映し出された。

「その日まで、我々は開戦の可能性をにらんだ準備を進めながら、平和交渉を粘り強く続けていく決意でいる」

セーガンのナレーションが締めくくられると同時にスクリーンが暗くなって、ビデオは唐突に終わった。レックスはずっと僕の腕をつかんでいたことに気づいたらしく、手を離した。見ると、皮膚にレックスの爪が食いこんだ痕が残っていたが、僕はその痛みに気づかずにいた。これまでの現実認識を完全に打ち砕く衝撃の展開を追うのに忙しくて、それどころじゃなかった。

まもなく場内が明るくなった。この直後、僕らはものすごく不吉なニュースを伝えられることになる。

11

地球防衛同盟軍の軍服に勲章をじゃらじゃらつけた長身の男性がホール前方のステージに現れ、中央の演台に向かって歩き出した。演台の前に立つと同時に、背後のスクリーン上に男性の顔が映し出された。僕は息を呑んだ。レックスやホールを埋めたほかの候補生たちが同じように息を呑む気配が伝わってきた。

アーチボルド・ヴァンス元帥だった。《アルマダ》と《テラ・ファーマ》の両方でミッション開始前にプレイヤー向けのブリーフィングを行う、隻眼《せきがん》のEDA元帥だ。

あれは俳優なんだと僕はずっと思っていた。元帥役を演じるために雇われたプロの俳優なんだと。だが、それについても僕は間違っていたようだ。

元帥は演台に両手を置き、品定めするような視線を場内にめぐらせた。

「ようこそ、新兵候補諸君」元帥が口を開いた。「私はアーチボルド・ヴァンス元帥、地球防衛同盟軍の指揮官を任じられて十年以上になる。私が架空の登場人物ではなく実在の人間であると知って、驚いている諸君も多いだろう。しかしごらんのとおり私は実在の人間で、地球防衛同盟軍も同様に実在の組織だ」

まばらな歓声と抑えた笑い声が起きてホールがざわついた。元帥は完全な静寂が戻るのを待って先を続けた。

「今日こうして集まってもらったのは、諸君の協力を請うためだ。諸君は世界でもっとも高い技能を持ち、高度な訓練を受けたドローン・パイロットだ。諸君が腕を磨いてきたゲーム、《テラ・ファーマ》と《アルマダ》は、実はいずれも地球防衛同盟軍が製作した戦闘訓練シミュレーターで、その目的は諸君のような市民――迫り来るエウロパ星人襲来の脅威からこの地球を守るのに必要な才能の持ち主を選別し、訓練することだった。先ほどのビデオで見てもらったように、異星の敵の存在は、発見当初から極秘とされてきた。地球の指導者が総力を結集して防衛体制を整えるまでのあいだ、世界の人々にこれまでどおり落ち着いて生活してもらうためにはやむを得ないことだった」元帥は演台に置いていた手を下ろし、また場内に視線をめぐらせた。

「しかし、ついに時間切れが間近に迫った。長年恐れてきた日はもうすぐそこまで来ている。ＥＤＡは新兵候補として世界数十カ国から集められた諸君に望みを託そうとしている。だからこそ、人類が直面している状況について世界に向けて真実を発信する前に、こうしてここに——安全な場所に移ってもらったのだ」

「誰か嘘だって言って」隣でレックスがつぶやいた。

「先ほど見てもらったブリーフィング映像は、一九九〇年代初めに製作されたものだ」

ヴァンス元帥は続けた。「その後、CG画像を最新のものに差し替えたりはしているが、内容は製作時とほとんど変わっていない。EDAは、侵略の脅威を隠しておくことはもはやできないと判断した時点で、この映像を公開する心づもりできた。残念なことに、その日は目前に迫っている。四十年以上にわたって我々人類を滅ぼすと脅し続けてきたエウロパ星人は、ついに戦争の準備を完了したのだ」

元帥は体を支えようとしているみたいに演台の両端を握り締めた。気づくと僕も椅子のアームレストを同じように握り締めていた。

「昨日の早朝に撮影された衛星画像をお見せする」衛星エウロパを撮影した新たな高解像度画像が元帥の背後のスクリーンに映し出された。さっき見たビデオではまだ建造中だった艦隊は完成していた。花のように開いた六つのドレッドノート・スフィアの内部に死の貨物を運びこむ作業が行われている。気が遠くなるような数の戦闘ドローンが螺旋状の長い収納ラックを満杯にしていた。あとは輸送と出撃を待つばかりだ。

「次の画像は、いまから数時間前に撮影されたものだ」元帥がそう言い終えると同時に、エウロパの別の画像がスクリーンに現れた。氷の衛星の軌道上を周回していた光り輝く建造船は消えていた。六隻の巨大ドレッドノート・スフィアもだ。そしてエウロパの南半球に大きな丸い穴が開いていた。昨夜の《アルマダ》ミッションでソブルカイ星を攻撃した際、アイスブレーカーがメルトレーザーを照射したちょうどその地点だった。

「ちょっと待ってよ！」僕は叫んだ。声を上げたのは僕一人ではなかった。「昨日のミッションは本物だったわけ？」

「え、なになに、どういうこと？」レックスが横から聞いた。

僕がそれに答える前に、元帥が話の先を続けた。

「EDAは昨夜、衛星エウロパを攻撃した。いまここに集まっている《アルマダ》パイロット諸君の多くが参加してくれた昨夜のミッションの目的は、敵が人類を滅ぼすためにドローンを出陣させる前に、一度かぎりの先制攻撃を仕掛けて敵を滅ぼすことだった。しかしアイスブレーカーのミッションは失敗に終わった。そしていま、敵の大艦隊が地球に向けて航行中だ」

不審の念を胸にしまっておけなくなって、僕はレックスに小声で言った。「辻褄《つじつま》が合わないよ。だってそうだろう、人類を全滅させる気なら、どうして四十年も待ったの？七〇年代にやろうと思えばできたのに、こっちがやつらの技術を解明して応戦する準備を整える時間をわざわざ与えたのはどうして？　どうして待った？」僕は首を振った。

「ゲームのバックストーリーとして聞いたときも、おかしな話だと思った。いまも同じだよ。どうしてドローンなんか送ってくるんだ？　ウィルスや殺人小惑星《キラー》で攻撃したほうが簡単――」

「ねえ、そんなのどうでもよくない？」レックスがささやくような声でさえぎった。僕の視界の隅っこに映ったレックスは、震える手でフラスクを口もとまで持ち上げ、また一口飲もうとしたが、もう空になっていることに気づいて悪態をつき、キャップを閉めた。「もしかしたら、寿命が数千年って生き物なのかもしれないでしょ？　そしたら四十年なんて、三連休の週末程度の話じゃない？」レックスは目を細めて照り輝くスクリーンを見つめた。「それに、いまとなってはどうでもいい話だよ。待ち時間は過ぎたってことみたいだから」

レックスは視線を元帥に戻した。僕も元帥の話を集中して聞こうと努めた。

「これは敵艦隊の現在地と飛行経路だ」ヴァンス元帥の背後のスクリーンにこの太陽系の動画マップが表示された。そこにアメーバみたいな形をした、緑色の染みのようなサイズの異なる点が三つあって、一番大きい一つがエウロパ星軍艦隊の現在地を示している。三つの点が木星と地球を結んだ線上に並ぶ様子は、小惑星帯を通って惑星間旅行中の荷馬車隊といった趣だった。

エウロパ星軍艦隊は、三波に分かれて地球に接近しているようだ。鮮やかな黄色の線で示された飛行経路を見るかぎり、目的地がどこなのか、疑いの余地はない。

「ちょっとちょっと」レックスが小声で言った。「もう半分近く来てるってことじゃない」

レックスの言うとおりだ。第一波はすでに、火星の軌道の外側にある小惑星帯に接近しようとしていた。

画像が拡大され、先発隊――先頭の点――が大写しになった。一つの〝染み〟と見えたものは、実際には濃い緑色をした大きな円一つと、それを取り囲む数千の小さな緑色の三角形の集まりから構成されていた。ドレッドノート・スフィア一隻と、その護衛の戦闘機だ。ヴァンス元帥は戦術マップを調整して、今度はその後ろから来ている、先頭の一つよりさらに大きな〝染み〟二つを拡大した。第二波はドレッドノート・スフィア二隻と、第一波の倍の数のグレーヴ・ファイターから、そして第三波はドレッド・ノート三隻と三倍のグレーヴ・ファイターから成っていた。

元帥はレーザーポインターを使って、三つの艦隊を指し示した。

「理由は現時点で定かではないが、敵は侵略軍を三波に分けた。規模はあとに行くほど大きくなっている。ＥＤＡの概算によれば、ドレッドノート・スフィア一隻につきおよそ十億機の戦闘ドローンが積載されている」

僕だってその程度の簡単なかけ算はできる。計六十億機のドローンがいま、人類を滅ぼすために地球に向かっているということだ。公平な戦いではないのは明らかだろう。第二波が到着した時点で、地球側が圧倒的に不利になる。

元帥は第一波の三角形の集合体をレーザーポインターで指し示した。「現在の針路、速度を維持したと仮定すると、先発隊は――敵艦隊の第一波は――いまから八時間以内に月防衛線に到達する」

スクリーンの右下隅にデジタル時計が現れ、第一波の到着までの時間のカウントダウンを開始した――〈07：54：07〉。

一瞬遅れて、手首に装着した僕のＱコムがビープ音を鳴らした。ホールに集まったほかの候補生のＱコムも同じ音を鳴らして、全部が合わさった大きなビープ音が一つ、場内にこだました。手首のＱコムを確かめると、ディスプレイに侵略タイマーが表示されていた。元帥の背後のスクリーンに表示されている時計と秒の単位まできっちり連動していた。

07：54：05
07：54：04
07：54：03

「やだ」レックスが自分のQコムを見つめてつぶやいた。タイマーは粛々と秒を刻んでいる。「スネーク・プリスケンになった気分だよ、『ニューヨーク1997』の」

笑っている場合じゃないのに、僕はつい噴き出しそうになった。その鼻を鳴らすような音が静まり返ったホールに響いて、僕はあわてて笑いを噛み殺したが、僕らの前に座っている大勢の候補生が一斉に振り返って僕らの方角をにらみつけた。それを見て今度はレックスが忍び笑いを漏らし、僕は人差し指を唇に当ててレックスを黙らせた。

「先発隊の攻撃をどうにかやり過ごせたと仮定すると、第二波はそのおよそ三時間後に地球に到達する。第三波の到着はさらにその三時間後だ」

先発隊《ヴァンガード》という語を元帥が口にするたびに、そのタイトルの古いアーケードゲームが思い浮かんでしまう。《ヴァンガード》は一九八〇年代なかばごろに流行した横スクロール型のスペースシューティングゲームで、父さんのコレクションのなかにもあった。敵は五つの波に分かれて襲来し、やはりあとに行くほど難度が高くなる。最終ラウンドに進むと〝ゴンド大王〟というラスボスが現れる。僕の頭のなかではすでに、エウロパ星の皇帝の外見はゴンド大王そのものになりかかっていた。しかし、そうだ、エウロパ星には皇帝なんかいないのかもしれない。さっき見たビデオで、敵の生物学的特徴や社会構造などはまったくわからないと聞いたばかりだ。リーダーという概念さえなくて、全員が一つの意識を共有する集合精神《ハイブマインド》ということだってありえる。

ヴァンス元帥が説明を終えてスクリーンから僕らのほうに向き直ったところで、場内に不安げなざわめきが広がった。その声はしだいに大きくなって、ヴァンス元帥は身振りで静粛を求めた。

「諸君が不安に思うのは当然だ」元帥は言った。「全面的な侵略戦争が始まろうとしているうえに、数ではこちらがはるかに負けているのだからね。しかし幸い、状況は見かけほど絶望的ではない。地球防衛同盟軍はこの日のために何十年もかけて世界中の人々の心の準備を整えてきた。いざ開戦となったら、人類は一丸となって敵を迎え撃ち、我が家たる地球を守り切ることができるはずだ」

ジョン・ウィリアムズ作曲の《アルマダ》のテーマ曲がかかり、スクリーン上に地球防衛同盟軍の紋章がふたたび現れると、場内から勇ましい歓声が上がった。いま聞いた話はどれも怪しいと思いながらも、この流れでテーマ曲を聴くと、やはり武者震いが出た。

ADI‐88インターセプターがいっぱいに並んだ格納庫がスクリーンに映し出された瞬間、驚愕のあまりぽかんと口を開きそうになった。《アルマダ》で操縦してきたドローンと、微細な点に至るまで同じだ。別の写真が表示された。コンクリートの掩蔽壕《えんぺいごう》とおぼしき場所に、数千体のATHIDがまぶしいフラッドライトを浴びて整列していた。最後に、センティネル・メカが一機だけ写った写真が現れた。レックスが小さな声で「うわ」とつぶやいた。やはりゲームのなかで見るセンティネル・メカと、巨大さまでまったく一緒だった。

「昨今の世界的金融危機の本当の理由はこれだ。地球上のあらゆる国や地域のテクノロジー、産業、天然資源は、数でも兵器開発においても我々をはるかに上回る敵軍を撃退する準備にすべて注《つ》ぎこまれた。そしてついに、我々の軍の出撃準備が整った」

次々と写真が表示されていく。世界中の秘密基地で出陣の時を待つ、数千機の本物のインターセプターにセンティネルにATHID。僕の胸に、同胞に対する誇らしい気持ちが沸き上がった。僕らは科学技術を発展させて奇跡を起こした——種が生き延びるために。

「我々は数百万機のドローンを建造し、世界各地に戦略的に配置された基地に隠した」ヴァンス元帥は続けた。「敵の侵略が始まったら、世界中の民間採用の新兵がゲーム機と敵軍が開発した即時量子通信リンク技術を使ってこれらのドローンを操作することになる。不利な戦いを強いられた我々が互角に渡り合うための唯一の希望は、この防衛ドローンの世界的ネットワークだ」

元帥の背後のスクリーンにEDAの紋章がふたたび現れた。

「同盟軍の多国籍部隊は、数十の敵軍の偵察ミッションを妨害することに成功してきた。その戦闘を通じ、敵の戦闘機や兵器、戦術に関する豊富な情報を入手することにも成功した。そして収集したデータを現実の敵軍ドローンとの戦闘に生かすため、二種類の訓練シミュレーター《テラ・ファーマ》と《アルマダ》に残らず反映させた。つまり諸君は、何年にもわたって今回の戦争のシミュレーション版をプレイしてきたのだ」元帥はここでシニカルな笑みを浮かべた。「そしていま、いよいよ本物をプレイするときが来たというわけだ」

元帥は両手を背中で組み、表情を和らげた。「諸君のなかには、恐怖にすくみ上がっている者もいることだろう。生命の危険を冒して入隊せよと強制することはできない。しかし、どうか理解してもらいたい。たとえ家に逃げ帰ったところで、この戦争から身を隠すことはできない。それは諸君の友人や家族にも言えることだ。地球上のどこの誰であろうと、逃げることはできない。正体が何であれ、侵略者どもは、我々人類を皆殺しにするつもりでいる。敵を退けるか、我々がこの世から消滅するか、二つに一つだ」

ここでヴァンス元帥は演台に両手を置くと、最前列に座った新兵候補に話しかけるように視線を下に向けた。

「我々はかならず敵を退ける。七十億の人々が一致団結し、一つの種として、そして一つの惑星として、全力で立ち向かえば、この戦いにかならず勝利できる。私はそう確信している。勝利に向けた我々の戦いは、いまこの瞬間から始まる——諸君一人ひとりとともに」

聴衆のあいだから歓声が沸いた。初めは控えめに、次第に大きく。僕はそこに加わらなかった。レックスもだ。それでもレックスは、行動を求めるヴァンス元帥の呼びかけに応じるしかないと自分に言い聞かせるように、ゆっくりとうなずいていた。ステージ上の元帥はそこで一呼吸置きながら顔を上げた。それから、さっきまでと同じ、穏やかでありながら緊張をみなぎらせた口調で、ふたたび話し始めた。

「エウロパ星軍の先発隊が月防衛線に到達するまでまだ八時間ほどあるが、今日のもっと早い時間に、先発隊の到着を待たずに奇襲を仕掛けてくる恐れがあると信ずるべき理由がある。この数日、エウロパ星軍の偵察機数十機が上空で確認された。その一部は、この基地のようなEDAの施設や拠点を偵察していたものと思われる」

元帥は背後のスクリーンに表示された世界地図を指さした。敵軍の偵察機が目撃された地点を示す赤い点があちこちで点滅していた。そのほとんどは人口の多い大都市周辺に集まっていたが、一つは僕が暮らす街の上で点滅していた。

「偵察機を追跡する手段はまだなく、現在の位置は不明だ。しかし――」

そのとき、頭上のどこかから、くぐもった爆発音を思わせる重たい音が轟いたかと思うと、ホール全体がびりびり震えた。小さな地震が起きたかのようだった。何人かが悲鳴を上げた。甲高い警報がそれに続いた。

「レッド・アラート。この施設は攻撃下にあります」女性の合成音声がスピーカーから流れ始めた。「全兵員、割り当てのドローン操縦ステーションに急行してください。繰り返します。この施設は攻撃下にあります。レッド・アラート」

レックスと僕は信じがたい思いで顔を見合わせた。

「これ、ほんとなの？」レックスは言った。「まさか、リアルに起きてることじゃないよね」

「ありえない」僕は言った。「からかってるんだよ。きっと訓練か何か……」

また地上で爆発が起きたらしく、ホールの石張りの床が震えるのが足の裏に伝わってきた。さっきより激しい。怯えた悲鳴や怒鳴り声があちこちから聞こえた。ホールの巨大なスクリーンに映し出されていたマップは唐突に消え、地上に設置された八台のライブカメラがとらえたリアルタイム映像に切り替わった。酪農場を装ったクリスタル・パレスの敷地周辺に置かれたカメラがさまざまな角度から映した映像だ。建物は一つ残らず炎に包まれていた。真上の空は数十機のグレーヴ・ファイターで埋め尽くされている。刃《やいば》のように反り返った船体が鏡みたいに朝日を反射しながら、基地にレーザー砲やプラズマ爆弾を雨あられと降らせていた。

一瞬、ホールは不気味な静寂に包まれた。誰もがスクリーン上の映像を呆然と見つめていた。まもなく、さっきよりも大きな悲鳴と怒号がふたたび沸き起こった。

スクリーン上では、グレーヴ・ファイターの中隊が急降下してきたかと思うと、ドッキング・ベイの防爆扉を狙って絨毯《じゅうたん》爆撃を行った。

ホールがまたもや揺れ、鉄筋コンクリートの天井に入った亀裂から細かな砂が幾筋も降ってきた。これだけの激しい攻撃を受けて、この天井はいつまで持つだろう。

「諸君、冷静に！」ヴァンス元帥がパニックを起こした聴衆の喧噪に負けじと声を張り上げた。「死にたくなければ、落ち着いて指示に従いなさい」

元帥の声にはかすかな不安の響きが含まれていて、それが背後のスクリーンに映し出されている光景と同じくらい恐ろしく思えた。

「繰り返します。この施設は攻撃下にあります」スピーカーから流れる合成音声が繰り返す。「全兵員、割り当てのドローン操縦ステーションに急行してください。詳しい指示は各自Qコムで確認してください。全兵員、割り当てのドローン操縦ステーションに――」

レックスがQコムを取り出した。ディスプレイのバックライトが点灯して、基地のナビゲーション地図が表示された。僕らがいま座っているホール最後部から緑色の線が延びて、階段を下ったところにある一番近い出口へ続いている。そこからさらに、廊下をしばらく進んだ先にある〈操縦ハブ3〉という円形の部屋まで通じていた。僕も自分のQコムを見た。僕の行き先は〈ハブ5〉だった。レックスのとほぼ同じルートだが、〈3〉より〈5〉のほうが少しだけ遠い。

「行こう！」レックスが言い、父さんのジャンパーを僕の膝に置くと、僕の前を強引に通り過ぎて先に行こうとした。僕は座ったままでいた。スクリーンに映し出されている地上のカオスからまだ目が離せずにいた。今日、初めて知った事実は頭のなかでぐるぐる渦を巻くばかりで、あいかわらず筋が通らない。何かがおかしい。それに、父さんは

EDAとどう――

「ザック?」

目を上げると、レックスが通路に出る手前で振り向いて僕を見つめていた。いかにも焦れったそうな目をしている。「どうしたの? そのままぼんやり座ってるつもり? 黙って殺されたいわけ?」

そうだった。これはEDAの落ち度じゃない。悪いのはエウロパ星人だ。今日ついに本当の敵の正体が明かされた――生まれてからずっと僕につきまとってきた疫病神《やくびょうがみ》の正体がついにわかったんだ。異星から来た侵略者。何もかもやつらのせいだ。何十年も前、エウロパ星人が地球に宣戦布告したとき、人類の歴史は大きく進路をはずれ、僕らは未来を奪われた。そしていま、ほかのすべてでも奪われようとしている。

恨みを晴らしてやりたい――ふいにそう思った。一人残らずやっつけてやる。

「待って、僕も行くよ」僕は言い、跳ねるように立ち上がった。ジャンパーをバックパックに押しこみながら、走ってレックスを追いかけた。レックスはもう、階段を三段飛ばしで駆け下りていこうとしていた。

一番近い出口は大渋滞を起こしていた。レックスと僕は人波をかき分けて進んだ。ようやくホールから出て廊下に飛び出すと、レックスはまた走り出し、レックスほどやる気のなさそうなほかの新兵候補たちを押しのけるように前に出て、ついに先頭に立った。僕は遅れまいと必死で走り、石の床を蹴るレックスのコンバットブーツの音を追いかけた。

地上からまた爆発音と衝撃が伝わってきて床を震わせた。廊下の天井のタイルの隙間から塵や微細な砂《シルト》が細い川になって流れ落ちてくるなか、誰もが自分のQコムに表示されたマップを確かめながらそれぞれ別の方角に猛ダッシュしていく。

僕はQコムを見ずにひたすらレックスを追いかけた。レックスは永遠に続くんじゃないかと思える廊下の連なりをたどった末に、〈操縦ハブ3〉と書かれた防爆扉の前で立ち止まった。

「あたしはここ」レックスは言い、廊下の先を指さした。「〈ハブ5〉はこの先みたい」

僕はうなずき、激励の言葉をかけようと口を開いたが、「がんば――」まで言ったところでレックスが振り返って僕の頬にキスをした。膝の関節の制御が怪しくなりかけたものの、僕はどうにか踏ん張って直立を保った。

「連中を叩きのめしてやってよね、IronBeagle」レックスはそれだけ言って防爆扉の向こうに消えた。ドアが勢いよく閉まった。

脚がまた言うことを聞くようになるやいなや、僕は走り出した。同じ廊下の突き当たりで〈操縦ハブ5〉と書かれた両開きのドアを見つけ、そこに飛びこむ。奥には樽の形をした広大な空間が開けていた。緩やかに弧を描く壁に数百のドローン操縦ステーションが埋めこまれている様子は、蜂の巣を思わせる。上のほうのステーションには幅のせまいはしごやスロープ伝いに行けるようになっていた。《アルマダ》のムービーで一瞬だけ映るドローン操縦センターを大きくしたみたいだった。Qコムのディスプレイが切り替わって、いまいる空間の3Dマップが表示され、そのなかの僕に割り当てられたステーション——〈DCS537〉が明るく浮かび上がった。一番近いはしごに飛びついて三層目に上り、鉄のスロープを走って自分のステーションまで行った。近づくとスキャナーが電子音を鳴らし、ドアが自動で開いた。僕は急いでなかに入った。

僕がレザー張りの椅子に座るとドアがしゅっとかすかな音を立てて閉まり、椅子を取り巻くように設置されたコントロールパネルが明るくなった。曲面ディスプレイにはEDAの紋章が表示されていた。

周囲を見回す。コントローラーは使い慣れたレイアウトになっている。僕は目の前のフライトスティックを右手で握った。昨日、レイからもらった《アルマダ》のフライトスティック・コントローラーとまったく同じもののようだ。左手にセットされたデュアルスロットル・コントローラーもやはりカオス・テレイン社が一般家庭用に販売しているものと同一だが、これは僕がいま座っているエルゴノミック・パイロットシートにボルトで固定されている。

ステーションにはコントローラーのオプションがほかにも数種類用意されていた。《テラ・ファーマ》のATHIDやセンティネルを操縦するためのパワーガントレット、キーボードとマウスの組み合わせ、Xboxやニンテンドー、プレイステーションの付属コントローラー。これだけ選択肢があれば、どんなゲーマーでもすぐふだんどおりにプレイできるだろう。

赤い光が一瞬閃いて、網膜スキャンが完了した。次の瞬間、ディスプレイに赤いX印が表示され、その下に〈ドローン・コントローラーへのアクセスは禁じられています〉というメッセージが現れた。

「新兵候補にお知らせします」さっきと同じ合成音声のメッセージが流れ、同じ内容がディスプレイに文字でも表示された。「ドローンの操縦、戦闘への参加には、地球防衛同盟軍に正式入隊する必要があります。いますぐ地球防衛同盟軍に入隊しますか」

細かな文字がびっしり並んだテキストがディスプレイ上に現れて自動でスクロールされ始めた。入隊に当たっての注意事項などが小難しい専門用語でまとめられている。全部読むには何時間もかかりそうだが、全部読んだところで一言たりとも理解できないだろう。

「冗談じゃないよ」僕は大きな声で言った。「入隊しないと戦えないってどういうことだよ」

「ドローンの操縦、戦闘への参加には、地球防衛同盟軍に正式入隊する必要があります」コンピューターの声が繰り返す。

「なんか悪徳商法みたいじゃないか、これ？」

「表現を変えてもう一度質問してください」

「まじめにやれよ！」僕はコンソールにパンチを食らわせた。

「この手続きで地球防衛同盟軍に入隊する意思がない場合は、このドローン操縦ステーションを出て、近くの除隊手続ステーションに出頭してください」

僕がすぐに答えずにいると、コンピューターは言った。「申し訳ありません、お返事が聞き取れませんでした。いますぐ地球防衛同盟軍に入隊しますか」

またしても爆発が起きて、基地全体が揺れた。僕のステーションの天井に埋めこまれたライトが瞬断を起こした。

「わかった、入隊するよ！」僕はディスプレイの一番下の〈承諾〉ボタンを何度もタップした。「入隊するって！　だからさっさと手続きしてくれ！」
「右手を挙げて、入隊の誓いを読み上げてください」
ディスプレイに短い文章が表示された。冒頭に僕の名前があらかじめ挿入されている。読み上げ始めると、読んだ単語が頭から順にグレーアウトされていった。

私、ザッカリー・ユリシーズ・ライトマンは、地球防衛同盟軍士官に任用されるにあたって、以下のとおり厳粛に誓います。全力を尽くして地球とその市民を支援し、あらゆる外敵から守護すること、また地球とその市民に対して正しい信念と忠誠を持つこと。隠し立てやごまかしをすることなく、この職務を自由意志で選択すること。上官の命令に従うこと。これから就く職務の責任を忠実に実行すること。神のご加護を。

最後の一文には〈任意〉の注意書きがついていて、僕は昔から敬虔な不可知論者だが、急いでいたから全部読み上げた。それにいまは神は存在するのかもしれないなと思い始めている。神はいると思えば、僕の現実認識を根っこからひっくり返そうとしているやつが誰なのか、説明がつくからね。

「おめでとう!」コンピューターの声が言った。「あなたは中尉の階級の地球防衛同盟軍パイロットに任じられました。EDAスキル・プロファイルおよび《アルマダ》パイロット・ランキングを確認しました。フライト・ステータス——承認。コンバット・ステータス——承認。ドローン操縦ステーションのアクセスを承認します。ユーザー設定をインポートしました。インターセプターの同期を完了しました。健闘を祈ります、ライトマン中尉!」

ディスプレイが唐突に切り替わって、見慣れた一人称視点の画像が現れた。出撃準備が完了したADI-88エアロスペース・ドローン・インターセプターのコクピットから見た画像だ。ザ・キンクスをヴァン・ヘイレンがカバーした『ユー・リアリー・ガット・ミー』がドローン操縦ステーションのサラウンドスピーカー・システムからいきなり大音量で流れ始めて、僕は椅子の上で飛び上がった。コンピューターがブルートゥース接続で僕のQコムにアクセスし、父さんの〈レイド・ジ・アーケード〉プレイリストの続き再生を始めただけだとわかって、またリラックスした。

僕はためらわなかった。〈出撃〉ボタンを押す。僕のインターセプターはロケットみたいに飛び出し、穀物サイロを装った発射トンネルを抜けて、澄み切った青空に舞い上がった。

本物の空、本物の雲が浮かんだ本物の空だ。

このとき、コクピットからの視界が、《アルマダ》をプレイして見慣れているものと微妙に違っていることに気づいた。ＨＵＤの表示情報や照準はゲームとまったく一緒だが、それを透かして見えている高解像度の映像は、僕が操縦している現実のインターセプターが搭載している立体カメラがとらえた周囲の画像だった。ドローン操縦ステーションのドアが閉まっていると、本当に実際のコクピットで操縦しているようにしか思えない。機体前方に突き出しているサン・ガンの牙みたいな先端までちゃんと見えていた。

一秒とたたないうち、ディスプレイのなかの空が見慣れた物体であふれ返った。グレーヴ・ファイターの大軍が四方八方から攻撃してくる。僕の機ももちろんターゲットだ。グレックスに急《せ》かされたおかげで、僕のインターセプターは出撃一番乗りだった。言い換えれば、いまこの瞬間、敵の目に見える空飛ぶターゲットは、僕の一機だけだ。

回避行動を取ろうとして機を傾けた拍子に、地上の様子が視界をさっと横切った。農場内の家屋、納屋、サイロ――あらゆるものが燃えていた。地面そのものもだ。上空からのレーザー砲を浴びて真っ黒に焼けていた。

ＨＵＤによれば、基地を攻撃しているグレーヴ・ファイターの数はちょうど百機だ。

今回は本物だぞ、ザック。撃退できないと、おまえは本当に死ぬことになる。

コントローラーの設定をいくつか変更しなくてはならなかったが、慣れたインターフェースが使われているおかげで、何秒とかからずに完了した。それから一つ深呼吸をし、状況を把握しようとあたりをざっと見渡した。いまや炎に包まれた農場の北端に並んだサイロ形発射トンネルから、味方のインターセプター・ドローンがロケットみたいに次々と飛び出してきていた。その発射トンネル近くでやはり炎を上げている納屋や離れの下に隠されている掩蔽壕から、ATHID数百機とセンティネル・メカ数機がぞろぞろと出てくるのも見えた。

HUDで確認すると、地上軍を率いるように先頭を走るセンティネルは、思ったとおり、レックスが操縦する機だった。僕のディスプレイに映っているセンティネルに、レックスのコールサインと階級が重なって表示されている。レックスのセンティネルは、パワージャンプすると同時に左右のリストガンを発射し、頭上を高速で飛びながらレックスのドローンを狙って機銃掃射を仕掛けてきた敵のグレーヴ・ファイターの列を攻撃した。

僕はインターセプターの翼を傾けて旋回しながら基地の真上に視線をめぐらせた。グレーヴ・ファイターの大部分は基地の入口——地面に埋めこまれた二枚の巨大防爆扉に攻撃を集中させているようだ。扉はすでに熱で真っ赤になり、レーザー砲やプラズマ爆弾の威力で歪み始めている。あそこを破られたら、グレーヴ・ファイターの大軍が基地の地下深くまで入りこみ、あらゆるものに砲火を浴びせるだろう。僕もレックスも殺される。クリスタル・パレス内にいる全員が死ぬ。

しかしそう考えても、自信をなくしたり、不安になったりすることはなかった。この時のために、生まれたときから準備を重ねてきた――ゲームのコントローラーを生まれて初めて握ったときから、ずっと。

いま何をすべきか、迷いはなかった。

フライトスティックをぐいと引き、スロットルを前に倒して出力を全開にすると、すぐ目の前の空を埋め尽くすグレーヴ・ファイターの群れに突っこんでいった。HUDに表示された機影の一つ、一番近い機が明るく輝いた。僕はその機に狙いを定めた。敵機の速度と僕の機との距離を考慮に入れ、その少し先を狙ってサン・ガンのトリガーを少し長めに引いた。二発とも命中した。最初の一発がグレーヴ・ファイターのシールドを無効にし、二発目が機体を破壊してまぶしい火の玉に変えた。

このときは知る由もなかったが、その瞬間、僕はこの戦いで、そしてこの戦争で、敵機を撃墜した最初のパイロットという栄誉を手に入れた。

ただ、事態はそこから坂を転がるように一直線に悪化した。

12

クリスタル・パレスの戦い。のちにそう呼ばれるようになったこの戦闘で、僕は生まれて初めて命を懸けて戦うことになった。実際にインターセプターに乗っているわけではないが、戦線から数百メートル離れただけの地中から、自分がいまいる地下基地を守るために戦った。地上の防衛線が破られ、やつらが基地に侵入してくれば、僕は死ぬ。レックスも。元帥も。地下基地にいる全員が死ぬことになる。

殺されてたまるものか。

それに、RedJiveが彼の（または彼女の）ドローンで出撃し、栄誉をまるごとかっさらうのをぼんやり見ているわけにはいかない。

僕は咳払いをした。「TAC？　聞こえる？　返事して」

初期設定の合成された女性の声が応じるかと思ったが、意外なことに、僕が《アルマダ》用にカスタム設定している音声ファイルもシステムにインポートされているらしく、映画『ナビゲイター』から拝借したお馴染みの声が聞こえた。

「りょーうかーい！」ピーヴィー・ハーマンがヴォコーダーを通したみたいな声でTACが叫んだ。「指示をどうぞ、ライトマン中尉」

「オートパイロットを起動して」僕は3Dタクティカルディスプレイをタップしながら言った。ディスプレイ上で指をすべらせ、敵機が一番密集しているところにS字形の飛行経路を描いた。「この密集地帯に飛びこむよ。操縦は任せた。僕は攻撃に徹する」

「りょーうかーい！」

これは現実のバトルだってことを思うと、『ナビゲイター』の音声ファイルはそぐわないし、気が散りそうだ。そこで初期設定の音声に戻した。TACの声優を務めたのは、粋なことに、名女優キャンディス・バーゲンだ。カオス・テレイン社はそういうことに金を惜しまない。

オートパイロットに移行するのを待って、コントローラーの割り当てを変更した。スロットルとフライトスティックを、レーザータレット用のデュアル・ジョイスティック式多軸攻撃コントローラーに設定すると、タレットの3D照準システムが自動的に起動して、至近の敵機が一つ残らずハイライトされ、赤い照準ブラケットが無数に点灯し、僕の周囲で互いに重なり合いながら渦を巻いた。

「やあ、お魚たち」僕は常套句をアレンジしてつぶやいた。「僕の樽にようこそ」

（元の常套句は「樽のなかの魚の群れを撃つような」で、「失敗しようがないほどたやすい」「楽勝」という意味）

TACは僕が描いたS字形のルートをなぞりながら、入り乱れる敵機のど真ん中にまっすぐ突っこんでいった。ハイライトされたターゲットの渦がHUDに重なる。BGMの音量をなおも上げてから、僕はリーダー格のグレーヴ・ファイターに狙いを定めてレーザー砲を発射した。

正確に狙いを定めてトリガーを引き続けると、驚いたことに、続けざまに七機に命中した。回避行動を取る暇さえ与えなかった。その直後、僕のHUDがとらえていたほかの機が攻撃隊形を崩し、僕に反撃しながら――正確には、一ミリ秒前に僕の機があったところに射撃を加えながら、旋回してばらばらな方角に飛び去った。二列に並んで飛んでいた敵機のど真ん中を僕のインターセプターがすり抜けていくと、僕の計画どおり、敵機は二秒から三秒ほど味方同士で撃ち合う格好になって――いいぞ！――少なくとも十数機が吹き飛んだ。しかし次の瞬間、まるで集合精神か何か一つのものに制御されているみたいに、互いに撃ち合うのを全機一斉にやめた。僕はその隙に敵機のあいだを通って無事反対側に抜けた。

ゲームの《アルマダ》内の空中戦で、同じ戦法を何百回と試してきた。タイミングさえ合えば、百発百中で魔法みたいにうまくいった。敵機がいつもかならず同じ動きをするおかげだ。《アルマダ》に限らず、ゲームの敵はそんなものだろう。
しかし、同じ戦法が今日も――リアルの世界でも功を奏したのはなぜだ？　こいつらが異星から来た本物の戦闘ドローンで、地球から五億キロ以上離れた衛星エウロパの海中に住む知的生命体が操縦しているのだとしたら、どうしてゲームのなかの敵とまったく同じ動きで飛び、戦うんだろう？

カオス・テレイン社が敵軍の飛行パターンや戦術をここまで完璧に再現できるとは思えない。そんなことはありえないはずだ――エウロパ星軍のドローンを操縦しているのが感覚を持った知的生命体であるなら、不可能だ。人工知能や、相互にリンクされた集合精神か何かだというなら、話は違ってくるとしても。

　僕のインターセプターを敵弾がかすめてシールドがダメージを受け、警告のブザーが鳴り出して、僕の意識を戦闘に引き戻した。椅子に内蔵された触覚《ハプティック》フィードバック・システムが作動し、敵のプラズマボルトがシールドに当たった衝撃を再現して僕の体に伝えてきた。シールドの強度インジケーターががくんと半分まで落ちた。僕は３Ｄタクティカルディスプレイをまた指でなぞって新たな飛行経路を描き、〈設定〉アイコンをタップした。

「了解しました」ＴＡＣが穏やかな声で返答し、コンピューターの操作でドローンは急上昇を開始した。たくさんのグレーヴ・ファイターが僕の動きに追従し、敵機が連なった長い鎖が旋回しながら上昇する様子がHUDに映し出された。

さっきレーザータレットを連射したせいだろう、パワーセルのエネルギーが早くも尽きかけていた。僕は武器をサン・ガンに切り替え、照準を敵の先頭の機に向けると、慎重に狙いを定めた。片方の目をつむり、大きく吸った息を止めて——発射した。もう一度。そしてもう一度。どーん！　どーん！　どーん！　すぐ目の前でまた三機のグレーヴ・ファイターが次々と明るい火の玉に姿を変えた。ゲームのなかで同じ光景を数え切れないくらい目撃してきた。命の心配とは無縁の、郊外の家の自分の部屋で。若きルーク・スカイウォーカーの声が心のなかでこだました——「故郷のベガーズ・キャニオンを思い出すよ」

また一機グレーヴ・ファイターを撃ち落とした。そしてもう一機。僕はノリにノっていた。グレーヴ・ファイターの動きも攻撃パターンも、何もかもが見慣れたとおりだった。もっと言えば、やつらのすることは全部予測できた。

それに、やはり楽勝すぎる気がする。作り事の異星から来た悪党はたいがいそうだが、これまで《アルマダ》で戦ってきたソブルカイ星軍の戦闘機は、〝ストームトルーパー症候群〟から脱せずにいる。狙いははずしまくるし、倒すのはあっけないくらい簡単だ。

ただ、それはゲームのなかの架空のエイリアンの話だ。いま僕が相手にしているのはリアルな異星軍の戦闘機で、これは本当に命がかかったリアルなバトルだ。なのに、ゲームで有効だった戦法がそのまま使えるのは奇妙じゃないか。

僕はヘッドセットから流れるクイーンの『地獄へ道づれ』に合わせて口ずさみながら、グレーヴ・ファイターを次から次へと撃ち落としていった。「ほらまた一人、ほらまた一人、次々に命を落とす」

プラズマボルトを連射して、また三機グレーヴ・ファイターを撃墜し、キルカウンターは十七になった。HUDに表示されたミッション・タイマーを見ると、出撃からまだ七十三秒しか経過していなかった。

しかし、自分が無敵に思え始めたところで僕の機は背後から続けざまに被弾し、シールドが完全にダウンした。HUD上で警告のランプやメッセージが点滅し、TACは攻撃をかわすためにインターセプターを横に一回転させた。一気に高度が落ちて基地が目前に近づいた。

地上には敵にやられたATHIDの骨格が数百体分も転がって炎を上げていた。僕の目は、脚と頭部がちぎれているものの、まだ腕をばたつかせながらミニガウス銃を空に向けてぶっ放している一体に吸い寄せられた。そのATHIDを操縦しているオペレーターがようやく自爆シークエンスを作動させたらしく、その爆発のあおりで、火を噴いて燃えていた近くの建物が一棟崩壊した。

その直後、僕のドローン操縦ステーションの壁や床や天井に並んだサラウンドスピーカーから、金切り声みたいな音が連続で響いた。その音と交互に、短い雷鳴みたいな音も聞こえた。《アルマダ》で何度も耳にしたことがある音――EDAの地対空砲が発射される音だ。ゲームのオンライン合同ミッション中にこの音がしたら、自分が撃たれないようとっさに回避行動を取る癖がついている。地対空砲の操作を任されるのはたいがい、ろくに狙いも定めずにぶっ放すへたくそなプレイヤーだからだ。

僕はインターセプターを右に傾け、地上に目を走らせて音の源を探した。農場の外周に沿って、隠し塹壕《ざんごう》がいくつか口を開けていた。それぞれに数十門の対空プラズマ砲や地対空レーザータレットが並んでいる。その一つひとつが独特のパターンで動きながら火を噴いていた。きっと僕みたいなEDAの新兵が操作しているんだろう。僕と同じように、地中深くのどこかにある薄暗いドローン操縦ステーションにいて、命を懸けて戦っている。

タクティカルディスプレイを3Dから2Dに切り替えると、古いアーケードゲーム《ミサイルコマンド》みたいな画面になった。グレーヴ・ファイターの中隊がいくつか、急降下と急上昇を繰り返しながら地面に設けられた防爆扉を集中的に攻撃している。四機か五機で一つのグループを組み、基地の対空砲の絶え間ない砲火をかわしながら一斉に降下して防爆扉にプラズマ爆弾を投下しているが、ほとんど当たっていない。

敵の数はすでに目に見えて減り始めていた。地球軍側のインターセプター・ドローンが穀物サイロ形発射トンネルから次々と発進して攻撃に加わり、敵はそれこそ秒を追うごとにいっそう激しい銃火にさらされている。

歩兵も続々と到着し始めていた。新たなATHIDやセンティネルが掩蔽壕からあふれ出すように現れ、敵機を狙って攻撃を開始した。

僕の機のシールドが復活した。オートパイロットを解除し、螺旋を描くようにして急降下しながら、防爆扉に絨毯爆撃を加えようとしているグレーヴ・ファイターの中隊に攻撃を仕掛けた。防爆扉は真っ赤に過熱し、敵機の激しい砲火で歪んで、周囲に隙間ができかけている。その隙間は目に見えて大きくなっていく。あの様子ではもうじき戦闘機がすり抜けられる隙間が開いてしまうだろう。たとえ一機でも入られたらおしまいだ。

僕は降下角度を微調整しながらグレーヴ・ファイターの中隊に上から接近し、HUDに密集して表示されているシルエットに照準を合わせた。親指でウェポン・セレクターを操作してマクロスミサイルを装塡した。しかし、いざ発射しようとした刹那《せつな》、敵の中隊はふいに防爆扉への攻撃を中止し、なおも急な角度で降下を始めた。

一瞬、その五機は自爆覚悟で防爆扉に突っこむつもりなんだと思った。だがすぐにわかった。やつらの狙いは防爆扉じゃない。扉から数百メートル先、農場のちょうど真ん中あたりに集まっている地球軍の歩兵ドローンだ。歩兵もすでに敵機の意図に気づいてちりぢりに逃げようとしていた。

ところが中隊は衝突寸前に唐突に停止し、地上一メートルほどでホバリングを始めた。五機のグレーヴ・ファイターは空中で向きを変え、数秒後には星形の隊形を組んでいた。互いの翼の先端が触れそうなくらい接近し、鎖のようにつながって円を描いている。まもなく、ゆるく弧を描く剣のような翼が互いに組み合わさり、合体して、一体の巨大なヒューマノイド型ロボットになった。地球軍のセンティネルとほぼ同等の大きさがある。まるで組み立て式のバシリスクだ。

金属のゴーレムみたいなロボットは体を大きく左右に揺らしながら歩いて、一棟だけぽつんと離れた母屋《おもや》に向かう農場唯一の道路を横切った。まるでゴジラ映画だった。やがて電線がぶちんとちぎれた。不格好に歩く上半身に青白い電光の網が広がったが、ロボットはものともせずに同じ速度で前進を続けた。ひたすら突進してくる。その背後で、ほかのグレーヴ・ファイターも次々合体して着陸を始めた。

それを見たときだ。僕の自信が揺らぎ、代わりに不安を感じたのは。いや、不安じゃない。恐怖だ。《アルマダ》や《テラ・ファーマ》で、ソブルカイ星軍の戦闘機がこんな挙動を示したことは一度もなかった。こんなのは初めて見た。近くにいたATHIDやセンティネルはすでに新たな敵を取り囲み、さっそく攻撃を開始しようとしていた。

「何かの冗談だよね！」コムリンクのパブリックチャンネル経由で女性の声が聞こえた。レックスだ。「こいつら、いつからボルトロン（変形・合体する戦闘ロボットが登場するテレビアニメ）に変身できることになったわけ？」

そのあとも続けて何か言っているようだったが、レックスのセンティネルがガウス銃を発射するチェーンソーみたいな轟音がその声をかき消した。

レックスの声が聞こえた瞬間、ほかのドローン・パイロットたちも、コムリンクが使えることを思い出したらしい。パブリックチャンネルに突然、数え切れないくらいたくさんの声が入り乱れた。いくつかは地上部隊からの応援を求める叫びだった。グレーヴ・ファイター五機が合体した巨大メカが、自分と比べたら乳幼児くらいのサイズしかないATHIDを蹴散らすようにしながら、装甲板で守られた両腕に一基ずつ装備されたフォトン砲からプラズマボルトを浴びせ始めたからだ。巨大メカが膝を曲げ、地面を蹴って前方にジャンプした。足の裏のスラスターから青い炎が噴き出し、メカは百メートルも先の炎の海に着地した。基地の防爆扉はそのすぐ先だ。二枚の扉は熱で歪んでフレームからはずれかけ、周囲に大きな隙間ができていた。巨大メカが強引にすり抜けられそうな大きな隙間もある。

僕は波のように押し寄せていくATHIDとセンティネルを目で追った。各オペレーターのコールサインがHUDのドローンの映像に重ねて表示されている。それでもレックスを発見するまでには数秒かかった。レックスはパワージャンプを繰り返し、たったいま合体したばかりのグレーヴ・メカに接近しようとしているが、レックスもほかのドローンも、地上の味方ドローンを援護しようと上空から急降下しながらプラズマボルトの雨を降らせてくるグレーヴ・ファイターの攻撃をかわすので精一杯の様子だ。

僕は急旋回して左に針路を取り、いまも飛行中のグレーヴ・ファイターを攻撃する友軍機の列に加わった。やつらのど真ん中に突っこみ、ありったけの武器を使って攻撃した。十秒ほどのあいだに、僕は敵機を少なくとも二機撃墜したし、味方の機も合計で一ダースくらいのグレーヴ・ファイターを墜《お》としたが、こちらもインターセプターを何機か失った。

地上をちらりと確認すると、レックスのセンティネルが先頭のグレーヴ・メカにちょうど追いついたところだった。防爆扉の一番大きな隙間のすぐ手前で、高くそびえる二体のロボットがかっぷりと組み合った。センティネルは目を見はるような動きを見せた。反時計回りに回転しながら巨大な腕を片方持ち上げ、相手の首のあたりを狙ってなぎ払った。敵のメカはよろめき、つぎはぎの上半身から地面に倒れこんだ。レックスはパワージャンプしてそれをかわした。金属の恐竜じみたメカが動けなくなったところに、ほかのセンティネル二体が集中砲火を浴びせた。その砲撃に数百体のATHIDも加わった。グレーヴ・メカは数秒と持たずに爆発し、破片が雨のように周囲に降り注いだ。いくつかは煙を上げている防爆扉にぶつかり、からん、ごとんと乾いた音を鳴らした。

僕はインターセプターの機首を上に向けて旋回した。まだ空に残っているグレーヴ・ファイターを片づけにかかろうと思った。しかしHUDの情報では、残りはもうたった五機だった。タクティカルディスプレイを確かめると、緑色の三角形の小さな集まりが僕のはるか上空で攻撃隊形らしきものを組んで飛んでいる。

僕は針路を変えてその五機に接近しようとした。ちょうどそのとき、五機が同時に急降下を始めた。最後にもう一度だけ〝カミカゼ攻撃〟を試みようというのか、まっすぐ基地を目指して飛んでいく。ただ、僕の目には角度が合わないように見えた。歪んだ防爆扉にできた隙間を狙って降下しているのではない。五機が向かっているのは、近くにずらりと並んだインターセプターの発射トンネル——数分前まで穀物サイロを装っていたトンネルだ。偽の外装は焼けたり吹き飛ばされたりしてほとんど失われ、いまはその下の傷だらけの装甲板だけになっていた。

五機のグレーヴ・ファイターは降下の途中で散開した。それぞれ別のトンネルを狙っている。この瞬間、僕はふいに気づいた。トンネルの先の扉はどれも全開になっている。そこから入れば、地下のドローン格納庫まで一直線だ。HUDの3Dマップによれば、格納庫は基地の奥深く、いま僕がいる場所からそう遠くない場所にある。

やつらは全滅覚悟で基地に侵入しようとしている。ドローン発射トンネルの開きっぱなしの扉から、なかに入ろうとしているんだ。《アルマダ》でシミュレーションされた侵略者がそんな戦術を試みたことは一度もなかった。この基地はきっと世界一流の頭脳が集まって設計されたに違いない。なのに、基地の防御に大穴が開いていることに誰も気づかなかったのか？

しかし幸いにも、僕は気づいた。僕ならこのピンチを救える。

僕はスロットルを思い切り前に押しこんで、上空から五機を追った。敵が射程に入る前からトリガーを引き続けた。運よく二機を撃墜した。近くをうろうろしていたほかのインターセプターの何機かがようやく事態に気づいて追撃に加わり、残り三機が発射トンネルの全開になった入口に飛びこむ寸前に二機を撃ち落とした。

しかし最後の一機はぎりぎりで僕らの攻撃から逃れ、黒焦げの地面から骸骨の指みたいに突き出している偽のサイロの列へと一直線に降下していく。僕はそのあとを追った。

「パレス司令本部より、全インターセプター・パイロットに告ぐ」ヴァンス元帥の聞き慣れた声がコムリンクから聞こえた。「追跡と攻撃を中止せよ！ その戦闘機を追うな、発射トンネルへ進入を試みるな！ 繰り返す。追跡と攻撃を中止せよ！ 基地には自動セキュリティ・フェールセーフが備わっている。万が一、敵機が入りこんでも――」

僕はコムリンクを切って元帥の声を意識から締め出した。

タクティカルディスプレイを確かめる。僕の後ろから何機かインターセプターがついてきていたが、みな元帥の指示に従って撤退を始めていた。一瞬、僕も従おうとしかけた。何年も《アルマダ》をプレイしてきた甲斐あって、上官の命令、とりわけヴァンス元帥の命令に従う習慣が染みついている。それでボーナスがもらえる仕組みになっているからだ。

でも、それはゲームの話であって、これはリアルな戦争だ。元帥が土壇場になって発した追跡を中止せよという命令は、自殺行為と思えた。最後に残ったグレーヴ・ファイターを何としても撃ち落とさなくてはいけない。この一機がトンネルを通り抜け、ドローン格納庫に入ったところで自爆シークエンスを作動させる前に撃墜しなくちゃだめだ。

こいつが自爆したら、地下基地は崩壊し、僕やレックスはもちろん、基地内にいる全員が死んで、地球を救う最大のチャンスは失われる。そんなリスクは冒せない。この基地を設計したのと同じバカども、たったいま目の前のこの一機に侵入を許した防御の大穴を見逃したバカどもが作った〝自動セキュリティ・フェールセーフ〟とやらに命を預けるなんてごめんだ。

そこで僕は衝動的に上官の直接命令を無視しようと決め、カミカゼ・ファイターを追ってサイロの開きっぱなしの入口から発射トンネルに入った。頭のなかでマスター・ヨーダが執拗に繰り返す声が聞こえていたが──「言ったじゃろう、こうなると！　後悔するぞ、おまえは！」──それも無視した。

僕と敵機は細い発射トンネルを猛スピードでたどった。銃身の内側で追いかけっこをする弾丸みたいだ。二機とも本来とは逆向きに飛んでいる。僕がまた砲撃を加えようとすると、敵機はバレルロールで回避した。それをきっかけに右の翼端がトンネルの壁にこすれて盛大に火花を散らした。僕は右回りに回転してそれをよけた。体勢を立て直したとき、照準にグレーヴ・ファイターを一瞬だけとらえられた。サン・ガンのトリガーを軽く引いた。しかしシールドをかすめただけで命中はせず、グレーヴ・ファイターは何事もなかったように飛び続けた。一方の僕の機は武器の使いすぎで速度が落ち、グレーヴ・ファイターとの距離が開いてしまって、照準を合わせるのがいっそう難しくなった。《スペースインベーダー》を思い出した。最後に生き残る敵はかならずやっかいなやつで、なかなか撃墜できない。ほかのエイリアンよりすばしこいからだ。僕の思いこみにすぎないのか、それともこの一機は本当にほかの使い捨てグレーヴ・ファイターよりはるかに強敵なのか。

僕はしばし攻撃を中断した。操縦に集中しないと危ない。速度をじりじりと上げながらインターセプターをトンネルの壁にぶつけないように操縦するのと、敵を照準にとらえ直すのを両立するのは困難だ。トンネルのコンクリート壁に埋めこまれた衝突防止ランプが明滅して、その前を飛び過ぎるたびに前方を飛ぶグレーヴ・ファイターの銀色の機体がネオンカラーにきらめいた。

僕のインターセプターのパワーセルはほとんど空っぽだった。攻撃するのか、置いていかれないように追跡するのか、まもなく二つに一つの選択を迫られることになるだろう。サン・ガン二発分くらいのエネルギーしかもう残っていなかった。

追いかけっこをしながら下へ下へと潜っていくにつれ、トンネルがほんのわずかに広くなっていっていることに僕は気づいた。サン・ガンをまた一発ぶっ放したが、敵機をかすめもしなかった。僕のうぬぼれに近い自信はがらがらと崩れて恐怖に変わった。最後のグレーヴ・ファイターがついにトンネルの地中の出口を抜けて、洞窟みたいなドローン格納庫に飛びこんでいくのが見えたからだ。

僕も続いて格納庫に入った。同時に、インターセプターの慣性ブレーキを踏みつけた。敵を追い詰めたと見えたからだ。プラズマ砲で攻撃を続けた。静止した状態から撃つと、照準の精度は格段に向上した。敵機のシールドに二発続けざまに命中した。一発目でシールドが点滅し、二発目で完全に消えた。

シールドが消えた瞬間、敵の機は僕より少し先、洞窟みたいな格納庫のちょうど真ん中あたりで急停止した。《アルマダ》のなかで、グレーヴ・ファイターやEDAのインターセプターが同じ挙動を示すのを数え切れないくらい見てきた。自分でも幾度となく同じことをした。生き残りのグレーヴ・ファイターはたったいま、自爆シークエンスを作動したのだ。およそ七秒後に炉心が過負荷になる。

僕はシールドを失った敵機に向けてプラズマボルトを発射した。炉心に過剰なエネルギーがたまって、グレーヴ・ファイターはすでに細かく振動し始めている。僕はそこに向けて飛んでいくプラズマボルトを息を詰めて見守った。心のなかでクロムの神に祈った——無事にグレーヴ・ファイターに届いてくれますように、あいつが大量破壊兵器に変身する前に破壊してくれますように。

時間が止まったように思えた。僕はちらりと――一秒くらいの長さに思えたが、ほんの一瞬だ――格納庫の様子を見た。まだ半数を超えるドローンが残っている。未使用のインターセプターが数千機、ゆるやかな弧を描く強化コンクリートの壁に沿って設えられたコンベアベルト式の発射ラックに並んでいた。

僕は自分が発射したプラズマボルトの行方を目で追った。グレーヴ・ファイターの震える機体に向けてスローモーションで飛んでいき、ようやく的にたどりついた。コクピットの曲面ディスプレイに目がくらむような白い光が炸裂した。

次の瞬間、すべてが真っ黒になった。僕のドローン操縦ステーションの電源が落ち、小さな空間は真っ暗闇にのみこまれた。頭上のどこかで、炉心が爆発するくぐもった音が聞こえ、基地の何階層分かが崩壊する身の毛のよだつような音がそれに続いた。

どれだけの時間、真っ暗闇にじっと座って自分の失敗の残響に耳を澄ましていただろう。やがて僕の操縦ステーションのドアが開く気配がしたかと思うと、戸口に女性のまぶしい光があふれ出して、視界が真っ白に飛んだ。視力がゆっくり回復すると、猛烈に女性のシルエットが浮かんでいた。レックスだ。片方の手を腰に当てて立っている。

「ねえ、いまの見た？」レックスは首を振りながら言った。「どっかのおバカなインターセプター・パイロットがグレーヴ・ファイターの最後の一機を追いかけて発射トンネルに飛びこんだの。その直後に格納庫が吹き飛んだ」

僕はうなずき、よろよろと立ち上がってコントロール・ポッドから出た。本物のインターセプターから降りたような感覚、本物の戦闘を終えたような感覚だった。まあ、もちろん、実際にそうなんだけど。

「格納庫で何が起きたのかな。よくわからなかった」僕は嘘をついた。

「あの爆発の前にもう、あたしたちは勝ってたんだよね」レックスが言った。「ドローン戦闘機を一つだけ残して、敵は全部やっつけたの。ところが、その最後の一機はなぜかよりによってドローン格納庫に侵入してから自爆した。誰かさんがよけいなことをしたせいで」

僕が答えずにいると、レックスはちょっと黙って僕の顔を見つめた。

「あれ、ザックだよね。違う？」レックスは言った。「ヴァンス元帥がコムリンクで何度もわめいてたのに、聞こえなかった？　ほかの全員にはちゃんと聞こえてたのに！」

レックスは唇をすぼめ、両手の親指を突き立ててみせた。

僕は頭のなかで必死に言い訳を組み立てようとした。が、そこで手首に着けたQコムがビープ音を鳴らしてぶるぶる震えた。それでもまだ僕は気づかないだろうとでもいうのか、ディスプレイに真っ赤な光が灯ってやかましく点滅を始めた。まもなくメッセージ本文が表示された。司令本部のヴァンス元帥のオフィスに出頭せよ。その下に基地のインタラクティブ・マップが現れ、ドローン操縦ハブ内の僕の現在地から廊下の先のエレベーターホールまでのルートを示す緑色の線が浮かび上がった。

僕がメッセージを読み終えると同時に、今度は基地内放送システムから女性の合成音声がこう告げた。「ザック・ライトマン中尉、大至急、レベル3の司令本部、ヴァンス元帥のオフィスまで出頭してください」

戸口をふさいでいたレックスは、一歩脇によけて僕を通しながら、からかうように節をつけてささやいた。「校長先生がお呼びだってさ、悪ガキ君」

13

Qコムに表示された3Dマップは、わざと基地のいろんな階層を経由する遠回りなルートを歩かせているように思えた。格納庫で起きた爆発の被害が一番大きかった区域を避けて通っているようだが、それでもダメージの痕跡を行く先々で目の当たりにすることになった。

なかば崩壊した廊下には煙が充満し、漏電したケーブルから火花が散っている。途中で非常時対応チームのATHID数体とすれ違った。ほかのドローン・パイロットも何人か見かけた。みんな塵や灰にまみれていた。ゾンビみたいに足を引きずっている人もいたし、すっかり動転した様子で走っていく人もいた。角を一つ曲がろうとするたびに、その先に死体が転がっているんじゃないか、僕のせいで死者が出たんじゃないかと思うと、身がすくんだ。

この基地に来るまで感じていた夢見心地の陶酔感はもう完全に消えていた。代わりに、困惑と不安、そして何より破滅の予感がごちゃごちゃになって渦巻いていた。

クリスタル・パレス司令本部の手前に設けられたセキュリティチェックポイントを通ったとき、僕が誰なのか、何の用で司令本部に来たのか、警備兵は二人とも知っているように見えた。それどころか、僕を見かけた相手がみんな、ものすごい目でにらみつけてきているような気がして、僕は縮み上がりそうになったが、そのたびにふてぶてしい目つきでにらみ返した。

ようやくヴァンス元帥のオフィスまで来ると、入る前に廊下で敬礼のしかたを練習した。映画で見た兵士の真似だけどね。それから深呼吸を一つして、壁のスキャナーに掌を当てた。電子音が鳴って、ドアがすっと開いた。覚悟を決めてなかに入った。背後でドアがまたすっと閉じた。

僕が来たのに気づいて、デスクの奥に座っていたヴァンス元帥が立ち上がった。僕は入ってすぐのところで足を止め、たったいまリハーサルしたばかりの慣れない敬礼をした。

意外にも、元帥も背筋を伸ばして返礼した。ぴっと伸ばした右手を、輪郭がにじむくらいの高速で額の高さまで持ち上げ、次の瞬間にはギロチンの刃みたいな勢いで下ろす。右手が動いた隙に、元帥の右の腰にピストルがあるのがちらっと見えた。やや時代遅れな九ミリのベレッタだ。僕が見たかぎり、ホールでのブリーフィングのときには携帯していなかった。

僕は敬礼の手を下ろしたが、直立の姿勢は崩さなかった。元帥と目を合わせないよう必死の努力をした。元帥は隻眼なのに、その視線から逃げ回るのは思いのほか難しかった。沈黙が続いたが、元帥は黙っている。しばらくして、そうか、僕のほうから何か言うのを待っているのかと気づいた。

「ザック・ライトマン中尉です」僕は咳払いをしてから言った。「命令のとおり出頭しました……サー」

「楽にしてくれたまえ、中尉」元帥は拍子抜けするほど穏やかな声で言った。「かけなさい」

元帥はデスクの隣のスチール椅子を手で指した。それから自分の椅子に腰を下ろすと、デスクの上に半円形に並んだモニターの一つの電源を落とした。画面が暗くなる寸前に、そこに映し出されていたものがちらりと見えた。僕のEDAのIDバッジの顔写真と同じものが一番上にあった。ほかに学校の年鑑に載っている顔写真と、学校の成績を含めた個人情報が細かい文字でびっしりと表示されていた。僕がいまこのオフィスに来る直前まで、元帥は、僕の経歴を確認していたらしい。しかもそのことを僕に隠そうとしなかった。

「初日からいろいろしでかしてくれたね、ライトマン中尉」元帥が話を切り出した。「入隊から一時間とたたずに軍法会議に出頭を命じられた新兵は、EDA史上初めてではないかな」そう言って笑みを作る。「『ギネスブック』に載るかもしれないぞ。明日もまだ『ギネスブック』が存在していればの話だが」

「元帥。サー──何がいけなかったのか、自分ではまだわからないんですが」僕は言った。決して嘘じゃない。「あの戦闘機が基地の内部で自爆する前に止めようとしただけです。ほかにどうしていたらよかったんですか」

「命令に従えばよかったんだよ、中尉」元帥は答えた。このとき初めて、元帥の声に怒りが忍びこんだように聞こえた。元帥がキーを一つ叩くと、モニター上に現れた。グレーマウスを何度かクリックすると、僕のインターセプターがモニター上に現れた。グレーヴ・ファイターの最後の一機を追ってドローン発射トンネルの地上出口に飛びこんでいくところだ。背後で元帥の怒鳴り声が聞こえていた。「追跡と攻撃を中止せよ！　その戦闘機を追うな、発射トンネルへ進入を試みるな！　繰り返す。追跡と攻撃を中止せよ！」

「僕が上空で活躍してる場面はそっくりカットですか」僕は文句を言った。「そこも少しは見ましょうよ。前後の状況を確認する意味で」

元帥は僕を無視した。モニター上の映像は別のカメラが撮影したものに切り替わった。最後のグレーヴ・ファイターがトンネルの地中側の出口から格納庫に飛び出してきた。直後に僕の機も現れた。あいかわらず撃ちまくっている。元帥はそこで再生を停めた。

「私は正当な理由があって攻撃中止の命令を出したんだよ、中尉」元帥の声は穏やかだった。「もしきみがその命令に従って追跡を中止していれば、自動封鎖システムを作動させて発射トンネルの両方の出口をふさいでいた。つまり、敵機がトンネルに入ることもなかったわけだ。たとえばこんな風になるはずだった――見たまえ」

別のモニターの一つに、ワイヤフレーム処理のＣＧアニメーションが映し出された。

グレーヴ・ファイターが地上出口から発射トンネルに突入しようとしている。しかし飛びこむ寸前、分厚い円盤のような扉が閉じて発射トンネルの開口部をふさいだ。次の瞬間、敵の戦闘機はそこに衝突して爆発し、CGの炎に包まれた。

「しかし、こうはならなかった」元帥は言った。「このシステムが作動しなかった原因は、きみが私の命令を無視して、敵機のすぐ後ろについて追跡を続行したことにある。きみのインターセプターに内蔵されたトランスポンダーをシステムが検知し、味方の機を安全に通過させることを優先したからだ。不運なことに、きみが追跡していたグレーヴ・ファイターまで同時に通過させてしまったわけだよ。きみのおかげで、グレーヴ・ファイターは我々の防御を突破してドローン格納庫に侵入した。そして即座に自爆シークエンスを作動させた」

元帥は再生を再開した。グレーヴ・ファイターの自爆シークエンスが完了して爆発するのを僕は無言で見届けた。

「ブラヴォー、IronBeagle」元帥は当てこするようなしぐさで拍手をした。「奇跡的に、この爆発による死傷者は出なかった。しかし、五百機を超える新品のADI-88インターセプターを失った」

僕は顔をしかめた。五百機。そんなに。

「パイロットのなかで僕が一番多くの敵機を撃墜しました」僕は言った。

「そうだな」元帥はうなずいた。「しかし、きみのささやかなヘマは、今回の敵の奇襲より多くの損害を我が軍に与えた」元帥は眉間に皺を寄せて僕を見つめた。「きみはどっち側の人間なんだ？」

答えられなかった。『フルメタル・ジャケット』ばりに罵倒《ばとう》されるものと覚悟していた。でも、こうして静かな落胆を感じさせる声で説かれるほうがよほど胸に迫ってきた。

「何年もかけて作ったドローンだ。何百万ドルもかけて」元帥は続けた。「だが、金の問題じゃない。人類の未来にとって値がつけられないほど貴重なものだった。ついに時間切れが来て、これ以上作ることはできないのだからね」

「ですが、サー――自動の封鎖システムがあるなんて、僕はまったく知りませんでした。ゲームには出てこなかったから。《アルマダ》のソブルカイ星軍は、ドローンの発射トンネルから自軍の戦闘機をEDAの基地に侵入させようとしたことなんて一度もなかったです」

「ゲームに出てこなかったのは、敵の戦闘機が発射トンネルの封鎖システムを突破するなどという事態は想定されていなかったからだよ」元帥は溜め息をついた。「自爆覚悟で格納庫への突入を試みた敵機を追跡するようなバカ者が我が軍のパイロットのなかにいるなどという事態は、誰も想像していなかった」

「その責任を僕に押しつけるのは不公平でしょう」僕は言い返した。「本物の戦闘なんて今回が初めてだし——戦いたいなんて考えたこともないし！　そっちが勝手にここに連れてきたんじゃないか。この基地が攻撃される十分前になって、実はエイリアンが地球を侵略しに来るなんて話を初めて聞かされたんだ！　僕はただの高校生なのに！　本当なら、いまだって教室で授業を受けてるはずなのに！」

元帥はうなずき、まあ落ち着きなさいというように両手を挙げた。

「きみの言うとおりだ。謝るよ。今回のことはきみの責任ではない」元帥はにやりとして言い直した。「きみだけの責任ではない」

その意外な反応に、僕は呆気にとられた。言葉がない。

「ゲームを一般市民の戦闘訓練の唯一の方法とすればそういった弊害を招きかねないという点は、EDAも当初から懸念を抱いていた」元帥は続けた。「しかし状況を考えると、それしか選択肢がなかった。数百万に上るふつうの市民を選び出し、本人たちには気づかれないよう、短期間でドローンの操縦を覚えてもらうには、それしかなかった。きみのように、訓練されておらず、何をするか予想がつかない一般市民を最前線で戦わせるのだから、今日のきみの命令拒否は——それが引き起こした惨事も——起きるべくして起きたことだよ。ただ、きみは我が軍でもっとも有能なパイロットの一人だ。だから、メリットがリスクを上回るだろうと説得された」元帥は疲れたような溜め息をついた。「どうやら結果的にはそうではなかったようだがね」

そこで言葉を切り、僕に釈明の機会を与えるように間を置いた。僕はやり過ごした。

「たとえ無謀な行動を取ったとしても、《アルマダ》のバトルでのことなら大した傷にはならない」元帥は続けた。「プレイヤーランキングの順位はいくつか下がるかもしれない。命令に従えと説教するムービーが流れたりもするだろうが、即座にスキップすればすむ」そこでデスクに身を乗り出した。「しかし、事情は変わった。もう〝たかがゲーム〟ではないんだよ。今日のような暴走行為を大目に見ている余裕はない。わかったね？」

「あの、僕は軍法会議にかけられずにすむってことですか」

「当然だろう」ヴァンス元帥は言った。「EDAはきみを必要としているんだよ、中尉。エウロパ星軍の艦隊がいざ襲来したら、戦う力のある者すべてを駆り集め、一致団結して立ち向かわなくてはならない。しかも、全員で戦ってもまだ足りないかもしれないんだ」

元帥は振り返り、デスクの背後の壁で侵略までの時間をカウントダウンしているタイマーを見上げた。僕もつられて時計を見た。残り七時間二分十一秒。Qコムを確かめると、同じ数字が表示されていた。奇襲開始から戦闘が終わるまでに一時間もかかっていなかったなんて、にわかに信じがたい。僕は着々と秒を刻んでいく時計を見つめた。

「ただし、厳重注意ですむのはこれが最初で最後だぞ」元帥が言った。「また今回のようなヘマをやってみろ……〝香港便の貨物機の担当にしてやる〟」

僕は驚いて元帥を見つめた。元帥も怖い顔で僕をにらみつけていたが、やがてそうとわからないくらい小さな笑みを浮かべた。そうか。僕がいま話している相手は――ヴァンス元帥は、《アルマダ》のパイロットランキングで、僕がこの基地に来てすぐ会ったRostam よりさらに上、現在四位にいる Viper だ。バイパー《Viper》は映画『トップガン』の登場人物の一人のコールサインでもある。そしていま元帥は、『トップガン』のせりふを引用した。

いまのいままで僕は知らずにいた。Viper とヴァンス元帥が同一人物だなんて。《アルマダ》のストーリーラインはリアルな世界にはみ出してきているが、その小さな秘密はこれまでのところ明かされていなかった。

元帥は僕の返事を待ってじっと見つめている。さっきの笑みはもう消えていた。

「互いに理解し合えたように思うが、どうだね、坊主《son》?」

僕は言葉の選択についむっとした。

「はい、理解できたと思います、サー」僕は歯を食いしばって答えた。「でも、僕は元帥の息子《son》じゃありません」

元帥は長いこと黙って僕を見つめた。それから笑顔になってうなずいた。

「わかっている。きみはゼイヴィア・ライトマンの息子だ」

僕らの視線がぶつかり合った。

「お父さんにそっくりだな」元帥はさらりと言った。「飛びかたまでそっくりだ」

元帥のオフィスが回転を始めたように思えた。僕を中心にして、少しずつ加速しながらぐるぐる回っている。

「父さんを知ってたんですか」そう聞くだけで精一杯だった。

「いまも知っている」元帥は自分のＱコムを指さした。「ついさっき、きみが来る前にもライトマン大将と話したばかりだ。言うまでもなく、きみについて」

元帥の言葉は、雪崩みたいに僕をのみこんだ。

ほんの子供だったころから、僕は現実離れしたシナリオを数限りなく思い描いてきた。父さんは自分が死んだと見せかけただけだとか、記憶をなくしたんだとか、ＣＩＡに拉《ら》致《ち》されて洗脳され、映画『ボーン』シリーズのジェイソン・ボーンみたいな暗殺者にされたんだとか。しかし、空想しただけで、本気で信じたことはない。父さんは実は生きているんだと考えたことは一度もなかった。いま、この瞬間までは。

「父さんは死にました」僕はせりふを棒読みするように言った。「僕が一歳の誕生日を迎える前に死にました」

「きみのお父さんは生きている」元帥はそう言うと、右の頬にあるぎざぎざの傷跡に指先で触れた。「命の恩人だ。我々全員の命の恩人だよ」

僕の心は、断固として拒絶し続けていた。そんなことがあるわけがない。僕の父さんがいまも生きている？　しかも地球防衛同盟軍の大将だって？　地球を救う責務を負った戦争の英雄？

僕は口を開きかけた。しかしヴァンス元帥は、僕が聞く前から次の質問を予想していたらしい。

「きみのお父さんを入隊させたとき、ＥＤＡはお父さんを死んだことにした。初期にスカウトされた者はみな、それまでの生活と完全に縁を切るよう求められた。引き替えにＥＤＡは、彼らが地球を救うために尽くすあいだ、残された家族を経済的に支援すると約束した」

じゃあ、父さんはすべて了解したうえで自ら進んで僕ら家族をだまし、見捨てたというのか？　よくもそんな――

ヴァンス元帥がまた僕の思考に割りこむようにさえぎった。「お父さんに腹を立てるな。きみを守るためにしたことなんだ。世界を守るために。自分を憐れむのもよしなさい。犠牲を払ったのはきみの家族だけではないのだからね」元帥は自分の左手を見下ろした。薬指に指輪があった。「聞きなさい、ザック。きみのお父さんは一瞬たりともきみを忘れたことはなかったよ。忘れるどころか、さみしい、きみに会いたいと泣き言ばかり言っていた」元帥は僕の表情を探るようにしながら続けた。「それに、きみは知らないだろうが、何年か前から、お父さんはきみの人生にふたたび関わるようになっていたんだよ。

ライトマン大将は、《アルマダ》が一般に向けてリリースされて以来ずっと、きみの訓練を監督してきた。きみが参加したミッションの大部分にお父さんも参加していた。ついでに言えば、《アルマダ》のランキングトップに君臨するパイロットでもある。コールサインは――」

「RedJive！」僕は叫ぶように言った。「〝レッド・バロン〟が僕の父さんなの？」

元帥はうなずいた。

「いまここにいる？」僕はドアのほうを振り返りながら聞いた。いまこの瞬間にも父さんが入ってくるんじゃないかと思った。「いつ会える？」勢いよく椅子から立ち上がった。「父さんと話したい！　いますぐ！」

「まあ、そうあわてるな、中尉」元帥は言った。「大将の配属先はこのクリスタル・パレスではない」

ヴァンス元帥は、デスクに置いてあった透明のプラスチックフォルダーから書類を一枚だけ取り出して僕に差し出した。地球防衛同盟軍のネーム入り用紙に印刷された連絡票のようなものだった。僕のフルネーム、階級など、主要な情報が一番上に整然と並んでいた。その下に、僕には意味不明な略語や頭文字語だらけのテキストが数行分並び、最後に元帥の名前とサインがあった。

「これは？」僕はテキストを解読しようと首をひねりながら聞いた。

「辞令だよ」元帥が答えた。「配属先もそこに書いてある。同じ文書の電子版をきみのQコムに送信しておいた」

僕は顔を上げて元帥を見た。「配属先はこの基地じゃないんですか」

元帥は違うよと首を振った。「いまこうしているあいだにも、クリスタル・パレスの人員の大部分が他の基地へ移動を始めている。この基地の所在はもはや秘密ではなくなってしまったからね――敵軍には初めから知られていたのかもしれないが。それに、きみも知ってのとおり、格納庫で爆発が起きた際に、ドローン戦闘機のほぼ全機が破壊されてしまった」

僕は辞令の文字を追っていた。いったいどこに行くことになるんだろう。まもなく目が吸い寄せられた。一番上にあった。〈配属先：MBA――月面DCS〉。

「え？ 配属先は月面基地《Moon Base》アルファ？」

元帥はうなずいた。

「ほんとにあるってことですか」僕は聞いた。「EDAは、月の裏側にあるクレーターに秘密の前哨基地をほんとに造ったんですか。ゲームと同じように？」

「そうだよ、ライトマン」元帥は言った。「ゲームと同じようにな。現実はきみのうんと先を行っている」

そのとき、デスクに置いてあったQコムが低い音を鳴らして、元帥はディスプレイを確かめたあと、回転椅子の向きを変えて、六台並んだモニターを注視した。

「話は以上だ、中尉」そう言って出口を指さす。「制服を受け取って、すぐにシャトル格納庫に行け」

僕はその場に突っ立ったまま元帥を見つめた。

「父さんに会わせてもらえるまでどこにも行きません、サー」

「きみは文字が読めないのかね、中尉?!」元帥が言う。「きみの新しい指揮官はお父さんだ」

僕はさっき渡された文書を見直した。本当だ。配属先のすぐ下に書いてある。〈指揮官：Ｘ・ライトマン大将〉。

「月の裏側に行ったら、お父さんによろしく伝えてくれ」ヴァンス元帥が言った。僕との距離がふいにまた何光年も開いてしまったみたいな声だった。「これであいこだとな」

Ｑコムに表示されたマップに従い、僕は基地のダメージを免れたエリアを通ってレベル４に向かった。まだ稼働しているターボエレベーターを降り、入隊手続センター前にできた新兵の列の最後尾に加わった。センターはカーペット敷きの広大な空間で、ブースを仕切る背の高いパーティションでできた迷路みたいだ。ポートランドの免許更新センターを思い出した。ただし、ゾッド将軍ありがとう（神〔ゴッド〕と『スーパーマン』の悪役ゾッド将軍をかけたスラング）、この待ち列のほうがずっと早く進んでいるようだった。僕の順番が来ると、制服姿の技官がまた網膜スキャンをした。次に背後の長い棚からぴしりと糊のきいたＥＤＡパイロットの制服と黒いランニングシューズをひとそろい取った。靴はソールがダークグレーで、紐ではなくベルクロテープで調節するようになっていた。メーカーのロゴはどこにもない。ハンガーに下げて透明ビニールをかけたままの紺色の制服は上下セットになっていて、ファスナーつきのジャケットの肩と袖に金色の縁飾りが施してある。左胸ポケットに地球防衛同盟軍の記章がついていて、その上に僕の氏名と階級が刺繡されていた。ほかの候補生と一緒に隣の更衣室に入り、空いた個室を探して服を脱いだ。私服をバックパックにしまってから、地球防衛同盟軍の制服を着た。サイズは全部ぴったりだった。

わざと鏡を見ないようにしていたが、着替えを済ませたところで自分の姿を鏡に映してみた。制服なんて、カブスカウト時代以来だ。今回もやっぱり似合わないだろうと思った。ところが横向きに立って確かめると、おお、意外に悪くない。一生に一度の大冒険に旅立とうとしている若く勇敢な宇宙時代のヒーローに見えなくもなかった。そう思ったところで気づいた。僕の新しい任務は、ざっくり言ってそのとおりじゃないか。鏡に映った自分の顔を観察した。不安と恐怖が互いに領土を主張してバトルを繰り広げていた。

最後にもう一度、制服の裾を整えてから、バックパックを持って更衣室を出た。さっき入ったときより十センチくらい背が高くなったみたいな気がした。Qコムのマップを確かめる。次は基地のもといた側に戻るようだ。今回も敵軍の奇襲で損害を被《こうむ》ったエリアを迂回する複雑なルートが表示されていた。

シャトル格納庫に行ってまず驚いたのは、滑走路に砕けた岩のかけらがいくつか散らばっていることを除けば、奇襲（と僕の歴史的大失敗）の被害をほぼ免れたらしいということだった。

格納庫の楕円形をした滑走路を囲むように配置されたナンバーつきの離着陸場に、EDAのシャトルが数機止まっている。僕は線に沿って歩き、辞令で指定された一機を探した。目当ての機のハッチは開いていて、何人かもう搭乗して離陸を待っているのが見えた。

「あ、いたいた」背後から女性の声が聞こえた。「士官や紳士に相応しくない行為の主」

振り返ると、レックスだった。レックスの体の線を強調するためにあつらえたみたいなEDAの制服を着て、直立不動の姿勢を取っている。

「ご感想は？」レックスが聞く。

そうだな、きみは僕の理想の女性だって気がするけど、もう二度と会えないような気もしてる——僕は頭のなかでそう答えた。でも、そんなことを口に出して言う勇気はない。そこで僕は一歩前に出て背筋をぴんと伸ばすと、ぴしりと敬礼を決めた。

「ザック・ライトマン中尉、着任いたしました、マアム！」

「アレクシス・ラーキン中尉」レックスは敬礼を返しながら言った。「地球を救う覚悟であります！」

僕は手を下ろして元の位置に下がった。「すごく格好いいよ、ラーキン中尉殿」

「あら、ありがとう、ライトマン中尉殿」レックスはおどけた調子で言った。「そっちもなかなか悪くなくてよ」レックスは僕の制服の階級章を確かめてから言った。「元帥は反抗的な中尉を軍法会議にかけるのをやめたってわけね」

僕はうなずいた。「今回は厳重注意ですんだ」

するとレックスは首を振りながら言った。「やっぱり。あなたが特別扱いされてるのは、見てればわかる」僕を肘で軽くつつく。「お父さんが国会議員なの？　それともマフィアのボス？」

どう答えていいかわからない。だから話題を変えた。「きみの配属先は？」

「サファイア・ステーション」レックスは答えた。「モンタナ州ビリングズにある、ここと同じような基地のコードネームだって。そっちは？」

僕はヴァンス元帥からもらった紙の辞令を差し出した。行き先をようやく見つけたとたん、レックスは目を見開き、顔を上げて僕をまじまじと見た。

「月面基地アルファ？　実在するってこと？」

「そうらしいよ」

レックスはうんざりした顔で文書を僕に突き返した。「クソったれじゃない？　あたしはモンタナで、あなたは月？　それってえこひいき」そう言ってまたふざけた様子で僕を肘でつつく。「あたしも命令にさからえば、ひいきしてもらえるかな」

ただの冗談だろうから、僕は黙っていた。気まずい沈黙が続いた。

レックスは手首からQコムのストラップをはずした。「すぐすむから、そのあいだ腕を動かさないで」

僕は言われたとおりにした。レックスが自分と僕のQコムを触れ合わせた。両方からビープ音が鳴った。

「お互いのコードが登録された」レックスは言った。「これでいつでも連絡が取れるね」それからQコムのタイマーを指さして微笑んだ。「といっても、確実に連絡が取れそうなのは、あと六時間と四十三分だけ。それを考えると、喜ぶほどのことじゃないか」

「ありがとう」僕はQコムのディスプレイに表示されたレックスの名前を見つめた。次にその隣のタイマーを確かめた。

「へえ、人気者じゃん」レックスは自分のQコムを見ながら言った。ディスプレイを何度かタップしてから、僕に見えるようにこちらに向けた。僕の連絡先に登録されていた項目三つがそこに表示されていた。アージャン・ダグ、アレクシス・ラーキン、レイ・ハバショー。次にレックスは音楽のアイコンをタップした。どうやったのかわからないが、僕のデバイスに入っている音楽も転送されていた。

「ちょっと、どうやったんだよ？」僕はレックスのQコムを奪い取ろうとするふりをした。レックスは僕の手の届かないところにQコムを引き寄せた。

「いままで使ってた携帯をハッキングされて頭に来たから、こっちもハッキングしてやろうと思って。やってみたら、拍子抜けするくらい簡単だった」レックスはにやりとした。「そういうところにも異星人のテクノロジーを使えばよかったのにね。でも、EDAがインストールしたソフトウェアはみんな、人間が作ったものだった――あたしみたいに、長時間労働のわりに安月給で、手を抜けるところは手を抜いちゃおうとするようなプログラマーが作ってる。ファイル共有システムのセキュリティなんて、笑っちゃうくらいお粗末だったよ。五分くらいで脱獄《ジェイルブレイク》できちゃった」

Qコムを片手で背中に向けて放り、もう一方の手を背中に回して楽々と受け止めた。

そのあいだ、目はずっと僕を見たままだった。次にQコムを僕の鼻先に突きつけるようにした。

「公衆回線へのアクセスはまだ無効のままだから、おばあちゃんには連絡できてない」レックスは言った。「でもQコムネットワークの管理者特権を有効にする方法は見つけた。それを使えば、このQコムから他人のQコムに電話したり、物理的に触れ合わせたりするだけで、そこに保存されてる私的なデータを吸い出せる。連絡先、メッセージ、Eメール。何でも」

「そもそもどうしてそんな機能がソフトウェアに含まれてるわけ？」

「どうしてだと思う？」レックスは聞き返した。「〝ビッグ・ブラザー〟があたしたちをスパイできるように。この世の終わりまでずっと」レックスは僕のQコムに手を伸ばした。「貸して。そっちもジェイルブレイクしてあげる」

僕は自分のQコムをレックスに渡した。ディスプレイに表示されたソフトウェアキーボードの上で、レックスの指が踊るように動き回った。

「きみって本当にすごいな」僕は思わずそう言っていた――本当にそう思ったから。それに、今日、世界はもうじき終わると知らされたから。「自分で知ってた？」

レックスの頬が赤くなるのがわかった。でも、視線は僕のQコムに注いだままだった。

「〝まあ、あれだ〟」下を向いたままおどけた表情をして、映画『ビッグ・リボウスキ』のせりふを真似て言った。「〝勝手にそう思っててくれて、こっちはいっこうにかまわない〟」

僕は笑い、レックスに一歩近づいた。レックスは距離を空けようとしなかった。

「聞いて」僕は、レックスがもう聞いてくれているのはわかっていたが、そう言った。「知り合ったばかりだってことはわかってる。でも、もっとずっと前に、違う状況で知り合えてたらよかったのにと思ってる。そのことを伝えておきたかった」

レックスは微笑んだ。「何よ、やめてよ、急におセンチになっちゃって」そう言って一歩下がる。「じゃあね」

そのまま向きを変えて行ってしまうかと思った――が、急に振り返って僕に向き直ると、僕のジャケットの襟をぐいとつかんで、キスをした。唇に。舌までからませて。長い情熱的なキスのあと、ようやく唇を離すと、レックスは僕に両腕を回してぎゅっと抱き締めた。それからまた一歩下がり、親指を立てて自分の背後、シャトル格納庫の奥のほうに一機だけ見えているシャトルを指した。

「あれに乗るの」レックスは言った。「たぶん、あたしを待ってるんだと思う」

「僕も急がないと」

「うん。二人とも急がなくちゃ」

でも、どちらも動こうとしなかった。

「幸運を祈るよ、レックス」僕はようやくそれだけ言った。

「大暴れしてやってよね、ザック」レックスは微笑んだ。「月の裏側から電話して。ディセプティコン（『トランスフォーマー』シリーズの悪の軍団）を見つけたりしたら、教えて。ナチスの秘密基地とか」

「了解」

僕らはまた敬礼を交わした。レックスは新品のEDAのバックパックを肩にかけると、自分のシャトルのほうに駆けていった。僕はレックスが機内に消え、シャトルのハッチが閉まるまでその場で見送った。レックスが乗りこんで数秒後、シャトルは離陸し、熱で歪んで全開にできなくなった防爆扉の細い隙間から地上に出た。

レックスを乗せたシャトルは、次の瞬間、機首を上げると、空に向けてロケットのように消えた。

僕は深呼吸をし、バックパックを肩にかけると、向きを変え、僕を月まで飛ばす《フライ・ミー・トゥ・ザ・ムーン》には何分くらいかかるんだろうと思いながら自分のシャトルのほうに歩き出した。

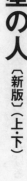

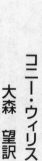

〈ローダンNEO①〉

スターダスト

PERRY RHODAN NEO STERNENSTAUB

フランク・ボルシュ
柴田さとみ訳

二〇三六年、スターダスト号で月基地に向かったペリー・ローダンは異星人の船に遭遇する。それは人類にとって宇宙時代の幕開けだった……宇宙英雄ローダン・シリーズ刊行五〇周年記念としてスタートした現代の創造力で語りなおすリブート・シリーズがｔｏ・ｉ８のイラストで遂に日本でも刊行開始　解説／嶋田洋一

ハヤカワ文庫

宇宙の戦士〈新訳版〉

Starship Troopers

ロバート・A・ハインライン

内田昌之訳

〔ヒューゴー賞受賞〕恐るべき破壊力を秘めたパワードスーツを着用し、宇宙空間から惑星へと降下、奇襲をかける機動歩兵。この宇宙最強部隊での過酷な訓練や異星人との戦いを通し、若きジョニーは第一級の兵士へと成長する……。映画・アニメに多大な影響を与えたミリタリーSFの原点、ここに。解説／加藤直之

ハヤカワ文庫

最後の帝国艦隊

Dark Space

ジャスパー・T・スコット

幹　遥子訳

遙かな未来、人類は銀河全域へと広がり、星系間帝国を築いていた。だが、災厄は思いもかけぬところからやってきた。昆虫型異星人サイジアンが大挙して侵入してきたのだ！　強大な異星人の艦隊に対して帝国軍はなすすべもなく、わずかに生き残った人々は帝国の残存艦隊とともに、〈暗黒星域〉へと逃げこむが……

ハヤカワ文庫

暗黒の艦隊

—駆逐艦〈ブルー・ジャケット〉—

Warship

ジョシュア・ダルゼル

金子 司訳

時は二十五世紀。型式遅れの老朽艦ばかりで、出港すると一年以上寄港できない苛酷な任務のため「暗黒艦隊」と揶揄される第七艦隊。だが、その中にも有能な艦長はいた。ジャクソン・ウルフ艦長——部下を鍛え上げ、老朽艦を完璧に整備していた彼は、辺境星域で突如遭遇した強大な異星戦闘艦に対し戦いを挑むが⁉

ハヤカワ文庫

訳者略歴　英米文学翻訳家，上智大学法学部国際関係法学科卒　訳書『グレイ』ジェイムズ，『T2 トレインスポッティング』ウェルシュ（以上早川書房刊），『ガール・オン・ザ・トレイン』ホーキンズ，『煽動者』ディーヴァー，『邪悪』コーンウェル他多数

HM=Hayakawa Mystery
SF=Science Fiction
JA=Japanese Author
NV=Novel
NF=Nonfiction
FT=Fantasy

アルマダ
〔上〕

〈SF2174〉

二〇一八年三月二十日　印刷
二〇一八年三月二十五日　発行
（定価はカバーに表示してあります）

著者　アーネスト・クライン
訳者　池《いけ》田《だ》真《ま》紀《き》子《こ》
発行者　早川浩
発行所　株式会社　早川書房
郵便番号　一〇一‐〇〇四六
東京都千代田区神田多町二ノ二
電話　〇三‐三二五二‐三一一一（大代表）
振替　〇〇一六〇‐三‐四七七九九
http://www.hayakawa-online.co.jp

乱丁・落丁本は小社制作部宛お送り下さい。
送料小社負担にてお取りかえいたします。

印刷・株式会社亨有堂印刷所　製本・株式会社川島製本所
Printed and bound in Japan
ISBN978-4-15-012174-7 C0197

本書は活字が大きく読みやすい〈トールサイズ〉です。